ullstein

Das Buch

Florenz um 1480: Selina de Valière ist mit ihrer Gesellschafterin Françoise Ferrand auf dem Weg zu ihrem Großvater, dem reichen Kaufmann Bene Santini, der Selina gegen ihren Willen mit dem mittellosen Adeligen Alessandro di Barenza vermählen will. Alessandro gilt als verschwenderischer Lebemann und selbstsüchtiger Frauenheld, was der energischen Selina gar nicht gefällt. Sie will sich ihren Zukünftigen erst einmal in Ruhe ansehen und tauscht deshalb mit ihrer Gesellschafterin Françoise die Rollen.

Alessandro erweist sich als äußerst attraktiver und charmanter Mann und Selina merkt, dass nicht alles, was über ihn erzählt wird, wahr ist. Zudem findet Alessandro viel mehr Gefallen an der vermeintlichen Gesellschafterin als an seiner Zukünftigen und bietet all seine Verführungskünste für sie auf. In Selina lodert die Leidenschaft. Sie ist kurz davor, dem attraktiven Grafen gegen ihren Willen mit Haut und Haar zu verfallen. Da merkt sie, dass Alessandro ihren Rollentausch längst durchschaut hat, und glaubt, dass er sie nur aus Geldgier besitzen möchte. Nun ist es an Alessandro, sie von seiner Liebe zu überzeugen …

Die Autorin

Mona Vara gilt als einer der Shootingstars des Genres. Sie ist überzeugte Anhängerin von Romantik, Humor und Happy Ends und setzt dieses Motto besonders in ihren erotischen Romanen erfolgreich um. Mona Vara lebt und arbeitet in Wien.

Mona Vara

Selina

Liebesnächte in Florenz

Erotischer Roman

Ullstein

Besuchen Sie uns im Internet:
www.ullstein-taschenbuch.de

Umwelthinweis:
Dieses Buch wurde auf chlor- und säurefreiem
Papier gedruckt.

Ungekürzte Ausgabe im Ullstein Taschenbuch
1. Auflage Juli 2008

Das Buch ist ursprünglich erschienen unter dem Titel Selina –
Liebesnächte in Florenz.
Umschlaggestaltung: HildenDesign, München
Titelabbildung: © Monti Jean via Agentur Schlück GmbH
Satz: LVD GmbH, Berlin
Gesetzt aus der Garamond
Druck und Bindearbeiten: CPI – Ebner & Spiegel, Ulm
Printed in Germany
ISBN 978-3-548-26915-3

Dramatis personae:

Selina Santini bzw. Selina de Valière

Françoise Ferrand
ihre Freundin

Bene Santini
ihr Großvater

Giovanni
ihr Onkel

Fiorina
dessen zweite Frau

Alessandro di Barenza
Selinas zugedachter Ehemann

Francesco Averti
Alessandros Freund

Luciano
Alessandros Diener

Riccardo
ein Vetter von Fiorina
und Verehrer von Selina

Florenz um 1480

Ankunft in Florenz

»Das geht niemals gut!«, jammerte Françoise und zerknüllte verzweifelt ein feines Tuch in der Hand. »Niemals! Ich weiß wirklich nicht, weshalb ich mich darauf eingelassen habe, Selina. Ich hätte niemals nachgeben sollen! Die Idee ist verwerflich! Sie werden uns sofort durchschauen!«

»Aber nein«, wiederholte Selina nun schon zum hundertsten Mal. Sie liebte Françoise, ihre Gesellschafterin und Vertraute, wie eine Schwester, aber in diesem Moment hätte sie sich eine charakterlich stärkere Begleiterin gewünscht. »Wie sollen sie uns durchschauen, Françoise? Sieh doch, meine Liebe, ich habe es dir schon so oft erklärt: Mein Großvater kennt mich so wenig wie der Rest der Familie meiner Mutter. Sie haben mich noch nie gesehen – abgesehen von einem Bild, das Mutter vor fast zehn Jahren nach Florenz geschickt hat. Damals war ich fünfzehn – wie soll man da noch eine Ähnlichkeit erkennen? Und außerdem«, sie musterte ihre Freundin mit kritischem Blick, »finde ich, siehst du diesem Bild ohnehin viel ähnlicher. Du hast fast meine Haarfarbe, ungefähr die gleichen dunkelbraunen Augen und wir sind gleich groß. Deine Nase ist hübscher als meine und dein Mund etwas zierlicher, aber auf diese Kleinigkeiten wird niemand achten.« Es gab auch noch andere Ungleichheiten zwischen Selina und Françoise, aber auf die mochte sie im

Moment nicht eingehen. Da war zum Beispiel Françoises Haar, das in der Sonne golden leuchtete, während ihres ein gleichmäßiges Haselnussbraun aufwies. Und dann noch gewisse Unterschiede in der Figur. Selina streifte die zarte Erscheinung ihrer Freundin mit einem wehmütigen Blick. Sie selbst war zwar ebenfalls schlank, was daher kam, dass sie ihre Tage lieber zu Pferd oder auf der Jagd verbrachte als im Zimmer, aber sie hatte es oft bedauert, dass sie so weit vom Schönheitsideal entfernt war, das kleine runde Brüste als Merkmal der Vollkommenheit bezeichnete. Ebenso wie einen kleinen Mund. Selinas Mund war zu breit und zu voll, ihre Hüften dagegen nicht breit genug und ihre Hände ein wenig zu groß. Nein, sie war bei Weitem nicht so schön anzusehen wie Françoise, aber keiner dort in Florenz würde den Unterschied bemerken. Wie sollte der Großvater auch auf die Idee kommen, dass seine Enkelin nicht als diejenige auftrat, die sie war? Er würde gewiss keinen Verdacht schöpfen. Und vor allem konnte sie sich in Ruhe in der Stadt aufhalten, ohne von diesem unerwünschten …

»Frag mich noch einmal«, unterbrach Françoise ihre Gedanken.

»Also gut. Wie heißt du?«

»Ich bin Selina Giovanna Arabelle de Valière«, leierte ihre Freundin herunter.

»Gut. Und wer sind deine Eltern?«

»Mein Vater war der Comte de Valière, er starb als ich zwölf Jahre alt war. Meine Mutter war Giovanna Santini, die Tochter von Bene Santini, dem florentinischen Kaufmann … oh Gott«, jammerte Françoise, »ich bin sicher, wenn ich dort ankomme, werde ich alles vergessen haben!«

»Du wirst nichts vergessen«, erwiderte Selina freundlich. »Wenn du nämlich einen Fehler machst und wir entdeckt werden, dann schneide ich dir die Ohren ab.«

Françoise sah ihre Freundin zuerst entsetzt an, dann kicherte sie.

»Lach nicht, ich meine es ernst«, sagte Selina finster, musste dann jedoch selbst kichern. Sie wollte es vor Françoise nicht zugeben, aber sie war ebenfalls aufgeregt. So sehr sogar, dass sie fast wünschte, die Fahrt durch die liebliche Landschaft der Toskana wäre noch lange nicht zu Ende. Dabei waren sie jedoch, wie ihnen der von hier stammende Kutscher versichert hatte, schon bald am Ziel. Ihr Großvater hatte ihn gesandt, zusammen mit einigen bewaffneten Knechten, die über die Reise seiner Enkelin wachen sollten. Sie hatten sich diesseits der Alpen getroffen und Selina hatte ihre eigenen Begleiter zurück nach Burgund geschickt. Zu diesem Zeitpunkt hatten die beiden jungen Frauen bereits die Rollen getauscht gehabt.

»Vielleicht ist er gar nicht so unangenehm, wie du denkst«, sagte Françoise plötzlich. Sie sprach ebenso wie ihre Freundin in ihrem heimatlichen Dialekt, damit die florentinischen Begleiter sie nicht verstehen konnten.

»Wer?«

»Nun, dieser Mann, mit dem dein Großvater dich verheiraten will! Möglicherweise, wenn du ihn näher kennenlernst …«

»Es genügt mir schon, was ich von ihm weiß«, erwiderte Selina abfällig. Sie zog den Brief des Großvaters aus ihrer Kleidertasche, öffnete ihn und hielt ihn Françoise hin. Er war beidseitig mit einer kleinen, fast zierlichen Handschrift beschrieben, und kaum ein

Fleckchen war frei geblieben. Der Großvater – oder sein Schreiber – war sogar so weit gegangen, noch um den Rand herumzuschreiben. Ein ziemlich sparsamer Mann, fand Selina. »Hier«, sagte sie zu Françoise, »du hast es ja selbst gelesen: ein verarmter Adeliger, den mein Großvater mit seinem Geld kaufen will, um mit seiner Hilfe Beziehungen zu knüpfen, die ihm jetzt noch verschlossen sind.« Bene Santini hatte mit der Herstellung von Wollstoffen ein Vermögen verdient, es jedoch trotz seines Geldes offenbar nicht geschafft, in die Kreise der alteingesessenen Florentiner Patrizierfamilien Eingang zu finden.

»Das steht so aber nicht da«, wandte Françoise ein.

»Natürlich nicht!«, rief Selina ungeduldig aus. Manchmal war Françoise doch wirklich zu einfältig! »Aber selbst, wenn er es anders darstellt – ich weiß, dass es so ist. Außerdem habe ich gehört, wie sich die beiden Knechte unterhielten, die er geschickt hat. Meine geplante Heirat mit einem mittellosen Lebemann ist schon Stadtgespräch in Florenz!«

»Aber was wir vorhaben, ist gewiss Unrecht«, machte die wohlerzogene Françoise einen letzten, schüchternen Versuch, um ihre Freundin von dem tollkühnen Plan abzuhalten. »Es ist unsere Bestimmung, Ehefrau und Mutter zu sein und einem Mann anzugehören, der uns beschützt.«

»Ich bin über fünfundzwanzig Jahre alt und schon lange kein dummes Gänschen mehr, sondern eine erwachsene Frau, die einen nicht unbeträchtlichen Besitz verwaltet«, antwortete Selina fest. »Mein Vater war kein armer Mann – und obwohl nach seinem Tod das meiste seiner Familie zugefallen ist, da Mama nochmals geheiratet hat, habe ich genug geerbt, um auch ohne Gatten mit allen Annehmlichkeiten auf dem Landgut zu leben und mein eigener Herr zu sein. Eher würde ich ins Kloster gehen, als zu heiraten! Das tun viele adelige unverheiratete Damen, die sich einen Tyrannen im Haus ersparen wollen.«

Françoise warf ihrer Freundin einen schrägen Blick zu. Es stimmte schon, dass es viele adelige Fräuleins gab, die das Leben im Kloster einer Ehe mit einem ungeliebten Mann vorzogen, aber für Selina kam ein solcher Schritt niemals in Frage. Allein schon die Vorstellung, ihre ebenso lebenslustige wie eigensinnige Freundin könnte sich in die Bescheidenheit eines demütigen Klosterlebens einfügen, war absurd.

»Wolltest du nicht noch einmal alles wiederholen?«

»Ja.« Françoise seufzte. »Meine Mutter starb vor sechs Jahren, dann lebte ich gemeinsam mit meinem Stiefvater auf unserem Besitz. Er wurde jedoch vor drei Jahren getötet und ich wohne seitdem mit einer Tante und meiner Gesellschafterin«, sie deutete dabei mit einem unglücklichen Lächeln auf Selina, »allein. Und nun hat mein Großvater mir geschrieben, dass ich nach Florenz kommen soll.«

»Und einen adeligen Nichtsnutz heiraten«, ergänzte Selina grimmig.

»Du hättest auch einfach antworten können, dass du lieber bei deiner Tante bleibst«, wandte Françoise ein. »Es war nicht notwendig, die Einladung anzunehmen und diese Maskerade zu betreiben.«

Selina zuckte mit den Schultern. »Es ist doch nicht für immer, Françoise. Ich habe gewiss nicht vor, den Rest meines Lebens in Florenz zu verbringen. Wir bleiben einige Wochen dort, sehen uns alles an, lassen uns von den Florentinern bewundern und dann reisen wir wieder heim. Aber ich wollte doch so gerne in den Süden! Etwas von der Welt sehen! Und welche bessere Gelegenheit könnte sich da noch bieten? Florenz! Stell dir vor, meine Liebe, dort gibt es gewiss keine kalten Winterstürme, keine feuchten Mauern. All diese Kirchen, von denen ich in den Reiseberichten gelesen habe und von denen gesprochen wurde! Die Kunstwerke, die geschaffen wurden! Kannst du dich nicht erinnern, was der alte Père Albert erzählt hat über die wunderbaren Fresken in den Kirchen von Florenz? Er hat dort fast zwei Monate in einem Kloster gelebt, dessen Mönche ebenfalls malten.«

»Alle Mönche?«, fragte Françoise mit großen Augen.

»Nun, zumindest einer von ihnen«, schränkte Selina ein. »Dessen bin ich mir aber ganz sicher. Auch wenn ich denke, dass er schon gestorben ist. Aber Père Albert hat dort in diesem Kloster gewohnt, bevor er nach Rom weitergezogen ist.«

»In Rom lebt der Papst«, sagte Françoise leise, die Kunstwerken weniger Reize abzugewinnen vermochte als dem Gedanken, einmal den Vertreter Christi auf Erden zu sehen. »Ach, ich wollte, wir führen nach Rom.«

»Dir war die Reise hierher ja schon zu anstrengend«, hielt ihr Selina vor, die sich noch gut erinnern konnte, wie Françoise bei der Überquerung der Berge gejammert hatte. Obwohl Selina am liebsten sofort nach Erhalt des Briefes von ihrem Großvater aufgebrochen wäre, hatten sie den Winter noch abwarten müssen und sich dann im Frühjahr auf den Weg gemacht. Dennoch lag im Gebirge noch Schnee. Die Pferde hatten sich zum Teil mühsam durchgekämpft und Françoise, die es vorzog, in einer Sänfte zu reisen, hatte ebenfalls auf ein ruhiges, aber kräftiges Tier umsteigen müssen.

Selina, die ohnehin lieber im Sattel unterwegs war als in einer schaukelnden Sänfte, war den größten Teil der Strecke geritten und hatte erst diesseits der Alpen in dem vom Großvater gesandten Reisewagen Platz genommen. Es war ein eher ungemütliches Gefährt mit einem halbrunden Holzaufbau, der mit einer Plane überspannt war und gegen Sonne und Regen schützen sollte. An beiden Seiten befanden sich Holzbänke. Wann immer es das Wetter zuließ, zogen sie die Plane seitlich hoch und hatten auf diese Art einen guten Blick auf die vorbeiziehende Landschaft. Die Wege hier waren offenbar viel befahren, denn der Wagen rollte ohne allzu hartes Rumpeln dahin.

Sie schwiegen eine Weile, während Selina auf die anmutigen Hügel der Toskana hinausblickte. Dunkle Zypressen stachen vom saftigen Grün ab, in der Ferne sah man Schafe weiden und von Zeit zu Zeit kam der kleine Trupp an einigen Hirtinnen vorbei, die im Schatten eines Baumes lagerten und ein Schwätzchen hielten. Je weiter sie nach Süden fuhren, desto milder wurde die Luft, und nun, da die Jahreszeit schon bald auf den Frühsommer zuging, wurde es Selina in dem warmen Reisekleid ein wenig zu heiß.

»Man sagt, die Florentinerinnen tragen tiefausgeschnittene Kleider«, sagte Françoise plötzlich, »und sind überhaupt sehr elegant und auffallend gekleidet.«

»Das sagt man von den Burgunderinnen auch«, erwiderte Selina lächelnd. »Es heißt, die Damen Frankreichs nehmen sich immer ein Beispiel an Burgund, und ich weiß, dass meine Mutter als eine der bestangezogenen Frauen gegolten hat.«

»Es muss dich schwer getroffen haben, als du nach deinen lieben Eltern auch noch deinen Stiefvater verloren hast«, sagte Françoise mitfühlend. »Ein Glück, dass deine Tante zu dir zog. Es wäre unmöglich für eine unverheiratete junge Frau gewesen, allein zu leben.«

»Ja.« Selina sah zum Fenster hinaus, während ihre Gedanken in die Vergangenheit zurückglitten. Zu Louis, dem Gatten ihrer Mutter, der nach deren Tod Selinas Geliebter geworden war. »Louis Dumonteuil war ein schöner Mann«, sagte sie endlich. »Schön und leidenschaftlich. Meine Mutter hat ihn sehr geliebt.«

»Und er?«

»Er sie ebenfalls. Er war sehr unglücklich, als sie starb.« Louis war jünger gewesen als ihre Mutter, aber das hatte die beiden nicht gestört. Ihre Mutter war so reizend gewesen. Voller Lebenslust und Temperament. Wenn sie nicht während der Jagd vom Pferd gestürzt wäre …

»Wir werden Florenz in wenigen Minuten erreichen, Signorina Selina«, rief der Kutscher über die Schulter zurück. »Wenn Ihr links hinausblickt, dann könnt Ihr es jeden Moment sehen!«

Die beiden jungen Frauen beugten sich gleichzeitig hinüber. Der Reisewagen rollte über eine Kuppe und dann gab die Landschaft den Blick auf Florenz frei. »Oh!«, machten beide beeindruckt. Die Stadt lag im Sonnenschein, kleine Wölkchen zogen über den leuchtend blauen Himmel und die umliegende grüne, nur von Ölbäumen, Zypressen und Landhäusern unterbrochene Hügellandschaft bot den schönsten Rahmen für die von einer Wehrmauer umgebene Stadt, die von einer weit über die Dächer ragenden Kuppel beherrscht wurde.

»*Il duomo.*« Der Kutscher wies mit der Peitsche stolz auf die Kuppel.

»Und wo lebt der Großvater von Signorina Selina?«

»Auf der anderen Seite des Arno«, erwiderte der Mann. »Im Quartier von Santo Spirito bei den anderen *lanaioli,* den angesehenen Mitgliedern der Wolltuchzunft.« Er lenkte die Pferde ein wenig nach rechts und schließlich rollten sie durch ein imposantes Stadttor. Die Wächter schienen die Männer zu kennen, denn sie grüßten lachend und glotzten dann neugierig auf den Wagen, auf dem Selina den Kopf unter der Plane hervorgestreckt hatte.

Gar kein Zweifel, dachte sie mit einer Mischung aus Ärger und Belustigung, *die burgundische Verwandte ist kein Geheimnis mehr in Florenz.*

* * *

Als der Wagen in einer engen Straße hielt, öffnete sich eine Haustür, und eine junge Frau lief heraus, gefolgt von zwei Kindern, die vor Selina und Françoise stehen blieben und sie mit offenen Mündern anstarrten. Die junge Frau – nein, fast noch ein Mädchen mit blondem Haar und einem lieblichen Gesicht – sah von einer zur anderen. »Selina?«

Selina gab ihrer Freundin einen liebevollen Stoß, der diese zwei Schritte vorstolpern ließ. Das Mädchen sah Françoise prüfend an, dann umarmte es sie und küsste sie auf die Wange. »Sei uns willkommen, Base. Ich bin Fiorina, die zweite Frau deines Oheims, dem Bruder deiner verstorbenen Mutter. Ach, ich kann dir gar nicht sagen, wie sehr wir uns schon gefreut haben, dich hier zu haben! Wie schön für dich, aus dem kalten Norden in unser freundliches Land zu kommen. Signor Bene wartet schon mit Ungeduld auf dich.« Sie deutete auf die Kinder. »Dieses sind meine Kinder, das

Jüngste liegt noch bei der Amme.« Sie nannte die Namen, die bei Selina wie auch bei der vor Verlegenheit und Angst bleichen Françoise ungehört verhallten, und sah dann fragend auf Selina.

»Meine … meine Gesellschafterin«, hauchte Françoise mit letzter Kraft. »F … Françoise Ferrand.«

»Seid auch Ihr uns gegrüßt, Signorina Françoise«, sagte Fiorina mit einem freundlichen Lächeln. »Aber so komm doch herein, Selina!«, rief sie lebhaft, als die beiden Neuankömmlinge neben dem Wagen stehen blieben. »Die Knechte werden sich um dein Gepäck und das deiner Begleiterin kümmern.« Es hatte sich bereits eine kleine Menschenmenge um sie gebildet und Fiorina nickte und winkte den Leuten zu, bevor sie Françoises Arm nahm und sie ins Haus führte. »Ihr müsst die Neugier der Leute verzeihen«, erklärte sie freundlich, »aber es hat sich schon in der ganzen Straße herumgesprochen, dass wir Besuch erwarten, und nun möchte euch natürlich jeder sehen.«

Selina trat hinter ihnen ins Haus und fand sich in einer düsteren Vorhalle wieder, deren kleine, mit Eisenstäben bewehrte Fenster durch die Enge der Straße kaum genug Licht hereinließen. Links und rechts öffneten sich Türen in andere Räume und auf der gegenüberliegenden Seite führte ein zweiflügeliges Tor wieder ins Freie. Fiorina trat hindurch und Selina sah zu ihrer Überraschung einen erstaunlich großen, hübsch gestalteten Innenhof mit Blumentöpfen, einem kleinen Kräutergarten, steinernen Bänken und einem Hündchen, das schwanzwedelnd auf sie zulief. Der Hof wurde auf der einen Seite von einer Loggia begrenzt, an deren Ende eine Treppe hinauf in die oberen Stockwerke führte.

»Der Großvater ist oben, in der *sala*«, erklärte Fiorina mit sichtlichem Stolz in der Stimme und Selina, die in einer großen Burganlage aufgewachsen war, fragte sich, was ihrer jungen Tante so außergewöhnlich an einem Saal erscheinen mochte. Sie ging hinter Françoise, die ihr einen panischen Blick zuwarf, die Treppe hinauf und gelangte endlich in einen großen Raum, der außer mehreren kunstvoll geschnitzten Stühlen, einem ebensolchen Tisch und einer Truhe leer war. Der Boden war wie ein Schachbrett mit kostbaren weißen und schwarzen Kacheln ausgelegt und an den Wänden hingen Teppiche. Am anderen Ende des Raumes saß in einem schweren Lehnstuhl ein alter Mann, dessen schütteres weißes Haar bis auf seine Schultern fiel. Er blickte den beiden Neuankömmlingen aus scharfen Augen entgegen, als Fiorina sie zu ihm hinführte.

»Signor Bene, endlich ist unsere Verwandte angekommen.« Sie schob die widerstrebende Françoise etwas näher zu dem alten Mann, der sie prüfend betrachtete.

»Du siehst genauso aus wie auf dem Bild«, sagte er statt einer Begrüßung. »Nur hübscher.« Das Letztere sagte er mit sichtlicher Befriedigung. »Ich bin angenehm von dir überrascht, Selina. Ich hatte schon befürchtet, du hättest die derben Züge der Nordländer geerbt.«

Françoise, deren Italienisch sich auf einige wenige Sätze beschränkte, die Selina ihr auf der wochenlangen Reise beigebracht hatte, lächelte nur unsicher.

Selina trat vor. »Verzeiht, Signor Bene, aber Selina spricht nur wenig Italienisch, sie hat mich als ihre Gesellschafterin mitgebracht, weil ich durch eine Amme von Kindheit an mit dieser Sprache vertraut bin.« Dies war die einzige schwache Stelle an ihrer kleinen Komödie, wie Selina ihren Rollentausch nannte, aber sie hoffte, dass sie überzeugend genug wirkte.

»Eine Magd bist du? Eine Bedienstete meiner Enkelin?«

Selina merkte, wie eine ärgerliche Röte in ihre Wangen stieg. Ihr gefiel weder die Art, in der der Großvater seine falsche Enkelin begrüßt hatte, noch die Weise, in der er mit ihr sprach. »Eine Gesellschaftsdame, Signore. Es ist bei adeligen Damen in unserer Heimat so üblich, Mädchen aus guter Familie ins Haus zu nehmen.« Sie hatte diese Worte absichtlich so gewählt, um dem alten Mann nicht den Eindruck zu vermitteln, er hätte es bei ihr mit einer niedrigen Bediensteten zu tun. Allein schon der hochmütige Blick, mit dem er sie ansah, sagte ihr, dass diese Entscheidung gut gewesen war.

Santini wandte sich wieder Françoise zu. »Du bist einen Tag zu spät gekommen. Dein zukünftiger Mann hat gestern die Stadt verlassen, um anderswo seine Vergnügungen zu suchen. Es ist nicht abzusehen, wann er wieder zurückkehrt, bis dahin wirst du dich aber hoffentlich schon eingelebt haben und unsere Sprache besser beherrschen.« Er musterte sie von oben bis unten. »Du bist zwar hübsch genug, um ohne Worte zu gefallen, und den meisten Männern sind plappernde Frauen ohnehin ein Gräuel, aber ich möchte Barenza auch keine Braut präsentieren, die stumm ist wie ein Fisch.« Er winkte herrisch mit der Hand. »Und nun geht! Fiorina!«

Die junge Frau hatte in der Tür gewartet und lief nun herbei. »Si, *messere*?«

»Zeig den beiden ihre Kammer und führ sie im Haus herum. Zum Abendessen bringst du sie wieder herunter, damit sie auch die andere Familie kennenlernen.«

Als Selina neben der erschütterten Françoise und Fiorina die schmale Steintreppe hochstieg, beglückwünschte sie sich heimlich zu ihrer Idee, die Rollen mit ihrer Freundin getauscht zu haben. Dieser alte Mann schien es für selbstverständlich zu erachten, seine Enkelin, die er nicht einmal kannte, an einen Mann zu verkaufen, der seinen ausschweifenden Lebenswandel mit dieser Heirat finanzieren wollte. Die Tatsache, dass dieser in einer anderen Stadt seinen Vergnügungen nachging, kam ihr äußerst gelegen. Auf diese Weise konnte sie sich in Ruhe Florenz ansehen, von dem ihr Père Albert in den glühendsten Farben erzählt hatte. Sie hatte ja schließlich nicht vor, sich hier an einen Mann binden zu lassen, der sie nicht nur als lästiges Anhängsel zu ihrer Mitgift betrachtete, sondern nach herrschendem Recht auch noch Herr über ihr gesamtes Vermögen und sie selbst wurde.

Fiorina führte sie in eine Kammer, in der ein breites Bett stand, das von reichgeschnitzten, mit Decken belegten Betttruhen umgeben war. Ferner ein länglicher Tisch mit einer Vase darauf und zwei Stühle, am Boden lag ein weicher Teppich und die Wände waren mit hübschen Mustern bemalt, bei denen sich Blumen mit geometrischen Formen abwechselten. Das Fenster zeigte auf den kleinen Innenhof, es war mit schweren Läden verschließbar, hatte jedoch Flügel mit kleinen in Blei gefassten Glasscheiben.

Die Bediensteten hatten das Gepäck bereits heraufgebracht und Fiorina lächelte Françoise freundlich an, als diese zögernd mitten im Raum stehen blieb. »Ich hoffe, das Zimmer gefällt dir. Ich habe selbst dafür gesorgt, dass es frisch gereinigt wurde und ihr die besten Laken und Decken erhaltet, die wir im Haus haben. Ihr sollt euch bei uns wohl fühlen. Das ist ebenfalls der Wunsch von Signor Santini, auch wenn dir die Begrüßung vielleicht ein bisschen herb vorkam. Er ist ein sehr strenger Mann und zeigt niemals Freude.«

Françoise nickte nur.

»Es wird sicherlich eine große Enttäuschung für dich sein, liebe Base, dass Alessandro di Barenza abgereist ist«, fuhr Fiorina fort. Sie sprach ganz langsam und deutlich, damit Françoise sie auch verstehen konnte. »Aber er bleibt selten lange in Florenz.«

»Ach, ja?« Da Françoise keine Anstalten machte, das Gespräch fortzusetzen, sondern ihr nur einen hilflosen Blick zuwarf, gab ihr Selina einen kleinen Schubs. Sie wollte noch mehr über diesen Mann wissen, der sich für Geld verkaufte. Das war natürlich nicht unüblich – in ihrer Heimat kam so etwas ebenfalls fast ständig vor, aber da wurden gewisse Spielregeln eingehalten, um die zarteren Gefühle der Beteiligten zu schonen. In diesem Fall jedoch tat der Großvater nichts dazu, um zu verhehlen, dass es sich um ein reines Geschäft handelte. »Reist Barenza viel?«, fragte Françoise mühsam.

Fiorina war von der kargen Reaktion ihrer falschen Nichte enttäuscht gewesen, sprach jetzt jedoch sofort weiter. Offenbar war Alessandro di Barenza ein Thema, das ihr am Herzen lag. »Oh ja«, erwiderte sie lebhaft. »Er ist sehr viel unterwegs, kommt nur alle paar Wochen in die Stadt, um seine Freunde zu besuchen und seine Mutter, die etwas außerhalb, in Fiesole, lebt. Er ist überall sehr beliebt und ein guter Freund des Magnifico.«

»Magnifico?«, fragte Selina, weil Françoise sichtlich Mühe hatte, das Gehörte richtig zu verstehen.

»Lorenzo di Medici, der über Florenz herrscht«, erwiderte Fiorina freundlich. »Man nennt ihn allgemein den ›Magnifico‹, weil er so prächtig zu leben versteht und die schönen Künste fördert.«

»Und Alessandro di Barenza ist mit ihm befreundet?«, fragte Selina weiter.

»Aber ja! Man sagt, die beiden kennen sich schon seit ihrer Kindheit. Dann jedoch schloss sich Alessandro dem Soldatenverband eines Condottiere, eines Feldherren, an und war viele Jahre fort. Man dachte schon, er sei ums Leben gekommen, aber vor etwa einem Jahr kam er wieder in die Stadt.« Fiorina war glücklich, in der Gesellschafterin ihrer Verwandten jemanden gefunden zu haben, der ihre Sprache verstand und ihr Interesse teilte.

Selina betrachtete sie aufmerksam. Fiorina war tatsächlich noch sehr jung, vermutlich kaum so alt wie sie, ihr Oheim jedoch nur ein Jahr jünger als ihre verstorbene Mutter. Vermutlich hatte er sich dieses halbe Kind gekauft. So wie sein Vater nun einen Mann für seine Enkelin kaufen wollte.

»Ach, halb Florenz beneidet deine Herrin um diesen schmucken Bräutigam!‹, sprach die junge Frau weiter.

»Das hat sich wohl schon herumgesprochen?«

»Aber gewiss doch! Schon seit der Vater den Brief an Selina gesandt hat. So etwas bleibt in einer Stadt wie Florenz nicht lange verborgen. Man kann weder vor den Bediensteten noch vor den Nachbarn etwas geheim halten. Und dann wurde es ja auch ausführlich in der Familie besprochen wie alle wichtigen Dinge.« Sie kam etwas näher und beugte sich vertraulich zu

Selina. »Seit der Vater meines Mannes herausgefunden hat, dass Alessandro große Summen beim Würfelspiel verloren hat – mehr, als sich ein Mann leisten kann, dessen Einkommen so gering ist wie das Alessandros –, hatte er diesen Plan. Mein Vetter Andrea, der im Kreis von Alessandro verkehrt, hat dann die ersten Beziehungen zwischen ihm und uns hergestellt. Ich weiß nicht, was zwischen ihnen besprochen wurde, aber Alberto, mein jüngerer Bruder, war damals zu Besuch. Und er hat durch das Fenster gesehen, dass Alessandro nur den Kopf geschüttelt und gelacht hat, bis mein Schwiegervater ihm Selinas Bild gezeigt hat. Der Graf hat es eine Weile betrachtet und ist dann wieder gegangen – mit dem Bild!« Sie warf einen raschen Blick auf Françoise, die sich mit zusammengekrampften Händen auf eine der Betttruhen gesetzt hatte. »Dabei war dieses Bildnis nicht besonders schmeichelhaft. Ganz im Gegenteil, denn ich finde meine Base bei Weitem hübscher. Auch fehlte dem Bild die Sanftmut, die sie in ihren Augen hat und die einer jungen Frau wohl ansteht. Der Maler hat sie viel zu … keck dargestellt.«

Nachdem Fiorina gegangen war, setzte sich Selina neben Françoise auf das Bett, tätschelte ihr beruhigend die Hand und dachte über das Gehörte nach. Der ihr zugedachte Ehemann hatte nach der Erzählung von Fiorina nicht gewonnen, sondern noch verloren. »Schmucker Bräutigam« hatte ihn ihre junge Tante genannt. Nun, Selina kannte diese eitlen Gecken zur Genüge, die aufgeputzt wie die Pfauen umherstolzierten und sich von allen bewundern ließen. *Meinethalben kann er einige Monate fortbleiben,* dachte sie zufrieden, während sie einem kleinen gefiederten Sänger lauschte, der in einem Käfig saß, den jemand aus einem Fenster auf der anderen Seite des Hofes gehängt hatte. *Je länger er seinen Vergnügungen nachgeht, desto mehr Zeit habe ich, alle die Herrlichkeiten zu genießen, die diese Stadt zu bieten vermag.*

* * *

Selina und ihre Freundin brauchten nicht lange, um sich einzuleben. Im Haus war es niemals langweilig, und selbst wenn Selina und Françoise sich in ihr Schlafzimmer zurückzogen, um dem Trubel zu entgehen, gab es immer noch genügend Besucher – allerdings nur Frauen und Kinder –, die bis zu ihnen vordrangen, sie anstaunten, ausfragten und die Schönheit der vermeintlichen Enkelin bewunderten.

Obwohl die Santinis so reich waren, dass sie ein großes Haus, fast schon einen Palast bewohnten, schien es Selina, die in einem herrschaftlichen Gutshof wohnte, dass es zwar etwas klein geraten, aber auch durchaus gemütlich und heimelig war. Es hatte in allen Schlafräumen und dem Repräsentationsraum, der *sala,* Kamine. Auf Bänken und Stühlen lagen hübsche Decken und auf den Tischen standen schön verzierte Vasen mit bunten Blumensträußen. Ihr und Françoises Zimmer erreichte man über die Steintreppe, die an der Hofseite des Hauses alle Etagen und Räume verband.

Die engere Familie bestand aus dem Großvater, dessen Sohn Giovanni, Fiorina, seiner zweiten Frau, und seinen drei Kindern – sowie seinem Sohn aus erster Ehe, der im Gegensatz zu seinem Vater rank und schlank gewachsen war und dem bereits ein leichter Flaum auf der Oberlippe wuchs. Dann gab es noch reichlich Cousinen und Cousins, die im Haus ein und aus gingen. Ferner waren da Freunde, Geschäftspartner und eine große Anzahl Nachbarn, die laufend zu Gast waren und das Haus zu einem lebhaften Treffpunkt machten. Selina hatte Mühe, sich ihre Namen zu merken, sah jedoch zu ihrer Zufriedenheit, wie freundlich und zuvorkommend sie alle zu Bene Santinis Enkelin waren.

Zudem gehörten zum Haushalt noch die engeren Gehilfen des Großvaters, Diener und Dienerinnen, und zu Selinas größter Verblüffung auch eine Sklavin, die Santini als Kind gekauft hatte und die im Haushalt groß geworden war. Sklaverei war in ihrer Heimat unbekannt, auch wenn sich die bäuerliche Bevölkerung in großer Abhängigkeit von den Grundherren befand. Hier, in der Umgebung von Florenz, war die Leibeigenschaft jedoch schon vor fast einhundert Jahren aufgehoben worden und dennoch hielten sich die meisten Familien Sklaven. Allerdings war deren Los, wie sie feststellte, nicht immer so schlecht, wie es den Anschein hatte. Auch wenn sie es als entwürdigend empfand, dass ein Mensch im Eigentum eines anderen stand, so genossen diese Leute oft die gleiche äußere Freiheit wie die anderen Diener, selbst wenn sie keinen anderen Lohn außer Unterkunft und Essen erhielten.

Weitaus schlimmer als sie waren nach Selinas Meinung die Arbeiter dran, knapp fünfzig Leute, die jeden Morgen durch Glockenschläge vom Aufseher zur Arbeit gerufen wurden und dann eng zusammengedrängt in den stickigen Arbeitsräumen saßen. Arme Teufel waren das, die auf der Suche nach Arbeit vom Land in die Stadt gekommen waren, um nun tagaus, tagein immer dieselbe Arbeit zu verrichten. Sie kratzten aus der verschmutzten Wolle einzelne Strähnen heraus und gaben diese an die Spinner weiter. Die Arbeiter sortierten, wuschen, klopften, spulten und pressten – und das alles nur für einen Hungerlohn und unter der ständigen Aufsicht des Aufsehers, der früher sogar das Recht besessen hatte, grobe Vergehen durch das Abschlagen von Händen und Füßen zu bestrafen.

Selina hatte auch daheim Armut gesehen und noch mehr, als sie auf ihrer Reise durch dreckige Städte und Dörfer gekommen war. Aber auf ihrem eigenen Land und Besitz sorgte sie dafür, dass alle ihre Bauern und Pächter genügend zu essen und anständige Kleidung hatten. Das war nichts, was sie von ihrem Vater gelernt hatte, einem Feudalherrn, der sich keine Gedanken um seine Leute gemacht hatte, und ebenso wenig von ihrer Mutter – sondern von ihrer Amme, die das einsame Kind oft zu ihrer eigenen Familie mitgenommen hatte, in der es unter ihrer Aufsicht mit den Dorfkindern hatte spielen dürfen.

Sie lernte in Florenz vieles kennen, das ihr bisher fremd gewesen war. Der Unterschied zwischen den fortschrittlichen Ideen, dem Wiederaufleben längst vergessenen Gedankenguts, den modernen Gebäuden, die der Antike nachempfunden wurden, und der patriarchalischen engstirnigen Welt, die daneben fast unverrückbar herrschte, faszinierte sie. Sie hatte daheim sehr zurückgezogen gelebt und ihre einzigen Vergnügungen waren die Jagd gewesen und Bücher, in denen sie in der kalten Jahreszeit, wenn nur wenige Besucher aufs Gut gekommen waren, gelesen hatte. Sie hatte jedoch stets darauf geachtet, ein offenes Haus für Reisende zu haben, vor allem für umherziehende Mönche, die ihr noch weitere kostbare handgeschriebene Bücher mitbrachten oder Erzählungen aus den Landen, die sie besuchten, und denen sie mit Begeisterung gelauscht hatte. Nur der Wunsch, selbst zu reisen und all diese Orte sehen zu können, hatte sie dazu getrieben, diese Komödie zu spielen.

Am Abend versammelte sich die Familie meist in der *sala,* speiste gemeinsam, besprach die Ereignisse des Tages, die Männer diskutierten wichtige Vorhaben und geschäftliche Belange, und dann saßen alle zusammen, bis es Zeit war, sich zur Ruhe zu begeben. Ihre Tante und Françoise arbeiteten an Nähsachen, sie selbst mühte sich gelegentlich ebenfalls mit einem Stückchen Stoff oder einer Stickerei ab. Die beiden Männer und der älteste Sohn spielten Schach und manchmal las Fiorina, die eine angenehme Stimme hatte, aus einem Buch vor – meist die Bibel, die der alte Patriarch neben seinen Geschäftsbüchern als lehrreichste Lektüre betrachtete.

Selina mochte dieses abendliche Zusammensitzen sehr gern. Sie hatte lange mit Françoise und ihrer Tante allein gelebt, nur von Dienstboten umgeben. Hier jedoch war die Zuneigung zwischen den vielen, auch nicht im Haus lebenden Familienmitgliedern fühlbar und sie erstreckte sich nicht nur auf Françoise, sondern sogar auf deren Gesellschafterin, die vielleicht nicht gerade gleichgestellt war, aber doch respektiert und geschätzt wurde.

Ihre dienende Position verschaffte Selina Freiheiten, die eine Enkelin des Bene Santini nicht gehabt hätte. Im Gegensatz zu Françoise konnte sie sich frei bewegen und ungestört in der Stadt herumlaufen, meistens in Begleitung eines der halben Kinder, die sich als Dienerinnen verdingt hatten, oder mit einem der Bauernmädchen, die froh waren, der Arbeit im Haus für einige Stunden zu entkommen. Ihre arme Freundin hatte es da wesentlich schwerer. Es war undenkbar für ein unverheiratetes Mädchen aus gutem Haus, allein auf die Straße zu gehen, und in ihrem Fall wachte der Großvater mit besonderer Strenge darüber, dass sie nichts tat, was sie kompromittieren und den heißersehnten Bräutigam veranlassen könnte, sich eine Frau unter den anderen reichen Familien zu suchen, die – wie Fiorina ihr heimlich zugeflüstert hatte – sich ebenfalls sehr bemühten, ihn für sich zu gewinnen.

Françoise und Selina wichen zwar dem alten Santini so gut wie möglich aus, mochten den Rest der Familie jedoch sehr gern. Wie es üblich war, hatte der Großvater die Gewalt über die ganze Familie und deren Güter und regierte wie ein kleiner König über seinen Sohn, seine Schwiegertochter und die Enkelkinder. Das entsprach ganz dem Recht und der hier herrschenden Sitte und es war auch in ihrer Heimat so üblich, dass Frauen und Kinder sich dem Willen des Vaters zu fügen hatten. Selina jedoch, die es gewohnt war, ihre eigene Herrin zu sein und frei schalten und walten zu können, empfand diesen Zustand als beklemmend. Niemals, so schwor sie sich, würde sie es einem Mann durch sein eheliches Recht erlauben, über sie und ihren Besitz zu verfügen.

Sie hatte, nachdem sie ins heiratsfähige Alter gekommen war, genügend Anträge bekommen und jeden abgelehnt. Dabei hatte sie auch ihr Stiefvater Louis unterstützt, wenn auch nicht aus ganz selbstlosen Gründen. Zuerst, weil er sich nicht von dem heranwachsenden, durchaus nicht ganz reizlosen Mädchen hatte trennen wollen, und später, weil er sich nach dem

Tod ihrer Mutter erhofft hatte, Selina als neue Gattin zu gewinnen.

Der ihr nun zugedachte Ehemann, Alessandro di Barenza, hielt sich immer noch in Venedig auf, wie sie von Fiorina erfuhren. Einem Ort des Lasters, wie diese ihnen mit Entrüstung und vor Vergnügen funkelnden Augen erzählte. Sie schien diesen Gecken sehr zu bewundern, schilderte ihn in den glühendsten Farben – und obwohl sie jeder dieser Aussagen pflichtschuldigst ein Lob für ihren liebenswerten und guten Mann hinzufügte, zweifelte Selina nicht mehr daran, dass sie den gutmütigen, aber langweiligen Onkel Giovanni sehr schnell gegen den offenbar so interessanten Alessandro eingetauscht hätte.

Alessandro di Barenza

Selina und Françoise waren unter der Aufsicht einer älteren Tante von Fiorina, eines Dieners und einer Magd zum Markt gegangen und kamen nun mit prall gefüllten Körben wieder zurück. Sie hatten Obst und Gemüse eingekauft und sich, weil Selina das bunte Treiben am Markt so sehr gefiel, länger als beabsichtigt dort aufgehalten. Als sie das Haus erreichten, stand Fiorina schon am Tor und winkte ihnen zu.

»Gut, dass ihr endlich hier seid! Schnell, der Vater ist schon ganz ungeduldig! Alessandro di Barenza ist angekommen!«

Françoise ließ vor Schreck den Korb fallen und musste sich am Türstock festhalten, während Selina, die kaum noch erwartet hatte, ihren Heiratskandidaten jemals zu Gesicht zu bekommen, ihre Überraschung verbarg, indem sie sich bückte und die Äpfel aufhob, die ihrer Freundin aus dem Korb gerollt waren.

»Das macht die Magd«, unterbrach Fiorina sie ungeduldig, nahm sie und Françoise bei der Hand und zog sie hinter sich her. »Schnell, eilt euch, so kann Selina Alessandro di Barenza nicht entgegentreten. Sie muss sich umkleiden und du dich ebenfalls.«

»Weshalb denn?«, fragte Selina widerspenstig. Sie hatte wahrlich nicht die Absicht, sich dieses eitlen Geckens wegen auch noch aufzuputzen. Ganz abgesehen davon, dass er ohnehin keinen zweiten Blick auf eine Bedienstete warf, die an Schönheit weit hinter seiner zukünftigen Braut zurückblieb.

Fiorina ließ einen raschen Blick über das schlichte Gewand schweifen, das Françoise zum Einkaufen angezogen hatte. »Weil der Großvater befohlen hat, dass Selina sich so hübsch wie nur irgend möglich kleiden soll.«

Françoise umklammerte Selinas Hand und folgte Fiorina gehorsam die Treppe hinauf in ihr Schlafzimmer. Dort wartete schon eines der Mädchen auf sie, half ihr aus dem einfachen Kleid und legte ihr eine Festtagsrobe an, während ein anderes ihre schweren Zöpfe löste, frisierte und neu flocht. Es war nicht mehr genügend Zeit, die vorderen, auf Kinnlänge geschnittenen Haare in Wellen zu legen, aber Fiorina steckte ihr noch einige Blüten ins Haar, und dann zogen sie die vor Angst und Aufregung Zitternde wieder die Treppe hinab zum Saal.

Selina, die nicht einmal einen Blick in den kleinen runden Spiegel geworfen hatte, folgte ihnen mit einem spöttischen Lächeln nach. Als sie hinter Françoise eintrat, sah sie sofort den hochgewachsenen schlanken Mann, der neben ihrem Großvater saß und sich bei ihrem Eintritt erhob.

»Komm her, mein Kind«, sagte der alte Santini, und zum ersten Mal seit sie und Françoise in Florenz angekommen waren, hörte Selina so etwas wie Freundlichkeit in seiner Stimme.

Françoise fasste Selina bei der Hand und trat näher, den Blick angstvoll auf den Besucher gerichtet. Dieser hatte die kleine Geste gesehen und ein amüsiertes Lächeln legte sich um seine Lippen.

»Dies ist also meine Enkelin, *messere*«, sagte der Großvater mit tiefer Zufriedenheit. »Selina, begrüße Alessandro di Barenza.«

Françoise verneigte sich, sank ein wenig in sich zusammen, den Blick zu Boden gerichtet, während Selina den Gast neugierig betrachtete. Das war also jener Mann, in dessen Familie sich Bene Santini mit dieser Heirat einkaufen wollte. Er sah ganz anders aus, als sie erwartet hatte. Sie hatte sich einen etwas älteren Menschen vorgestellt, weichlich und verlebt. Stattdessen fand sie nun einen etwa dreißigjährigen Mann vor, mit harten, aber nicht unangenehmen Zügen, ungewöhnlich braungebrannt, als hielte er sich die meiste Zeit im Freien auf. Er war barhäuptig, das schwarze Haar war aus dem Gesicht frisiert und so kurz geschnitten, dass es kaum die Ohren bedeckte. Seine Kleidung war bescheiden, ohne übermäßigen Zierrat, er trug der warmen Jahreszeit entsprechend lediglich eine kurze, gerade die Lenden bedeckende dunkelgrüne Tunika und darunter ein einfaches weißes Hemd. Die Beine steckten in den üblichen eng anliegenden Hosen und weichen Lederschuhen, die bis über die halbe Wade reichten, und um den Leib trug er einen Gurt mit einem Schwert.

Selinas Blick glitt wieder zu seinem Gesicht empor, das ohne das Lächeln, mit dem er ihre Freundin betrachtete, wohl streng gewirkt hätte. Bemerkenswert jedoch waren seine Augen. Sie waren dunkel, aber – obwohl er Françoise scharf musterte – war sein Blick nicht stechend, sondern freundlich, und es lag eine gewisse Fröhlichkeit darin, die sie als anziehend empfand. Die meisten Männer aus der Umgebung von Bene Santini gaben sich sehr zurückhaltend, ernst und wichtig, und bei keinem hatte sie jemals dieses kleine Blinzeln gesehen, das den Mann vor ihr sympathisch machte.

»Es ist mir eine Freude, Euch endlich kennenzulernen, Selina«, sagte er mit einer dunklen wohlklingenden Stimme, die Françoise veranlasste, endlich den Kopf zu heben. »Seit mir Euer Großvater gesagt hat, dass Ihr Euch entschlossen habt, nach Florenz zu kommen, habe ich diesen Tag mit Ungeduld erwartet.«

Selina dachte an das Geld, das er wohl noch sehnsüchtiger herbeigesehnt hatte, und gab unwillkürlich einen kleinen spöttischen Laut von sich. Sofort wandten sich die dunklen Augen ihr zu, Überraschung spiegelte sich in ihnen und dann Belustigung. Er trug, wie es in Florenz üblich war, keinen Bart, und als er den Kopf drehte, bemerkte sie auf seiner linken Gesichtsseite eine Narbe, die sich vom Ohr abwärts bis zum Kinn zog.

»Eure Freundin, Selina?«

Françoise nickte und zog Selina an der Hand näher zu sich. »Meine Freundin und Gesellschafterin, *messere.*« Sie hatte in den vier Wochen, die sie nun hier waren, die Sprache bemerkenswert gut beherrschen gelernt, konnte schon alles verstehen und sich leidlich fließend unterhalten.

Der Graf verneigte sich mit einem ironischen Lächeln, als er Selinas abwehrenden Ausdruck bemerkte.

»Ihr sprecht ebenfalls unsere Sprache, Signorina …?«

»Françoise Ferrand«, sagte Selina hoheitsvoll.

»Es ist mir eine Freude, Signorina Francesca. Wenn ich gewusst hätte, dass mich gleich zwei so bezaubernde Besucherinnen hier erwarten, hätte ich meinen

Aufenthalt in Venedig noch wesentlich mehr abgekürzt.« Sein Blick glitt über Selina, wanderte über das einfache Kleid, ihre unmodisch volle Brust, die sich kaum einschnüren oder flachdrücken ließ, und kehrte dann wieder zu ihrem abweisenden Gesicht zurück. Sein amüsiertes Lächeln vertiefte sich und machte seine Züge weicher und anziehender.

»Nun«, ließ sich der alte Santini vernehmen, »was sagt Ihr zu meiner Enkelin, Alessandro? Habe ich Euch zu viel versprochen? Ist sie nicht noch bei Weitem hübscher als das Bildnis? Sie hat gottlob nicht die Nase ihres Vaters geerbt, sondern die klassische unserer Familie.«

»Sehr bezaubernd«, erwiderte Alessandro, während Françoise blutrot wurde und einen verlegenen Blick zur Seite warf, wo Selina stand, die sehr wohl die leicht gebogene Nase ihres Vaters geerbt hatte. Obwohl sie sich durch die Worte ihres Großvaters hätte gekränkt fühlen müssen, merkte sie, wie das Komische an dieser Situation ihr ein kaum zu unterdrückendes Kichern hervorlocken wollte, und sie senkte schnell den Blick und sah auf ihre Hände.

»Sehr bezaubernd«, wiederholte Barenza, und als Selina wieder hochsah, blickte sie direkt in seine Augen. »Und eigenwillig«, fügte er mit diesem fast unmerklichen Blinzeln hinzu.

* * *

»Lorenzo di Medici besitzt die bemerkenswerteste Kunstsammlung in der Toskana«, sagte Alessandro eines Tages beim Abendessen, als die ganze Familie sich versammelt hatte und di Barenza mit seinem

Freund, einem hübschen, aber zurückhaltenden jungen Mann, als Gäste geladen waren.

Selina hatte ihn in der Woche, seit er von seiner Reise zurückgekehrt war, oft im Hause der Santinis gesehen. Meist hatte er den Großvater besucht, der dann auch die bereits völlig verzweifelte Françoise hatte kommen lassen. Und sie saß daneben, widmete sich ungeschickt einer Handarbeit und tat so, als würde sie nicht den Reden der anderen lauschen und di Barenza keine Beachtung schenken.

Dabei beobachtete sie ihn sehr genau. Jede seiner Bewegungen, seine Gesten. Sein Auftreten war sehr selbstbewusst, ohne überheblich zu sein. Er hatte gute Manieren, war liebenswürdig und wusste sich gut auszudrücken. Sie fragte sich immer öfter, weshalb ein Mann wie er es überhaupt nötig hatte, sich an eine Familie wie die Santinis zu verkaufen. Gewiss, anständige Kaufleute mit einem guten Ruf, die sich in der Wolltuchzunft einen Namen gemacht hatten, aber jemand wie er konnte doch unter den besten Familien der Stadt und des Landes wählen. Wenn es stimmte, was sie gehört hatte, so war er in jedem Hause ein gern gesehener Gast, und die meisten Väter würden nicht zögern, ihn als Schwiegersohn willkommen zu heißen.

»Vielleicht haben die beiden Signorinas Lust, mich einmal bei einem Besuch zu begleiten«, hörte Selina ihn soeben sagen.

»Eine sehr liebenswürdige Einladung«, erwiderte Bene Santini anstelle der beiden Frauen. Was Selina störte, da sie es als Burgherrin gewohnt war, stets um ihre Meinung gefragt zu werden und selbst zu entscheiden. »Allerdings ist es unmöglich für meine Enkelin, allein mit Euch dorthin zu gehen, Alessandro, das wäre unschicklich. Ich möchte nicht, dass Selina bei den Nachbarn ins Gerede kommt.«

»Ich würde auch lieber daheim bleiben«, ließ sich Françoise schüchtern vernehmen, die schon bei der Vorstellung, einen ganzen Vormittag in der Begleitung von di Barenza zu verbringen, blasser geworden war.

Selina gab ihrer Freundin einen kleinen Schubs. »Aber du wolltest doch so gern all die Kunstwerke sehen«, sagte sie drängend. »Wie sehr du mir doch davon auf unserer Reise hierher vorgeschwärmt hast! Und wäre dies nicht eine hervorragende Gelegenheit?« Sie wandte sich an Alessandro. »Man hat uns seit unserer Ankunft in Florenz so viel vom Magnifico erzählt. Er ist ein Förderer der schönen Künste und versammelt die herausragendsten Künstler und klügsten Köpfe des Landes um sich. Ich habe schon fast alles in der Stadt gesehen, auch die wunderbaren Malereien von Meister Ghirlandaio, der in der Kirche Santa Maria Novella arbeitet, aber ich würde so sehr …«

Sie hatte sagen wollen, dass sie auch die Sammlung von Antiken im viel gerühmten Garten der Medici gern gesehen hätte, unterbrach sich jedoch verlegen, da sie das kleine amüsierte Lächeln bemerkte, das bei ihren Worten auf Alessandros Gesicht erschien. Sie war in ihrer Begeisterung zu weit gegangen, hatte zu viel gesprochen und senkte nun schnell den Blick, als sie auf seinen traf, der sie interessiert musterte.

»Ich denke, Signor Bene«, wandte er sich an Santini, der Selina mit einem finsteren Blick bedachte und nur angesichts der Anwesenheit seiner Gäste darauf verzichtete, ihr eine derbe Rüge zu erteilen, »ich denke, wir werden eine Lösung finden, die es Eurer reizenden

Enkelin und ihrer Begleiterin ermöglicht, den Garten zu besuchen. Falls Eure Schwiegertochter keine Zeit hat, so werde ich die Cousine meiner Mutter, Lucrezia Tornabuoni, bitten, die beiden Signorinas zu behüten.«

Der alte Santini vergaß sofort seinen Ärger über Selina und musste sich beherrschen, um nicht seine Freude über diesen Vorschlag allzu deutlich werden zu lassen. Lucrezia Tornabuoni war nicht irgendjemand, sondern die Mutter des Magnifico und zählte zu den einflussreichsten Damen der Stadt. Sie hatte in ihrer Jugend als eine der schönsten Frauen gegolten, und obwohl ihre äußeren Reize mit den Jahren verblassten, so war sie immer noch eine sehr kluge Frau und eine Ratgeberin, auf die sich nicht nur Piero der Gichtige, Lorenzos vor Jahren verstorbener Vater, hatte verlassen können, sondern auch ihr Sohn. Alessandros Mutter und sie waren entfernte Cousinen, und wenn er sie um etwas bat, dann würde sie zweifellos zustimmen. Es nagte an Santini, dass all sein Reichtum ihm bisher immer noch keinen Zutritt zu den führenden Familien in Florenz verschafft hatte. Etwas, das er mit dieser Heirat zu korrigieren dachte. Außerdem hatte er herausgefunden, dass Alessandro jahrelang für ein bedeutendes venezianisches Handelshaus tätig gewesen war, und selbst wenn es ihm keinen Reichtum gebracht hatte, so lohnte es sich zweifellos, ihn auf seine Beziehungen anzusprechen und so eine Verbindung zu knüpfen. Das Haus Bernacci war bekannt dafür, dass seine gut bewaffneten Schiffe sicherer und schneller als alle anderen ferne Häfen erreichten, und er suchte schon lange nach einer Möglichkeit, seine kostbaren Wollstoffe auch in weit abgelegenen Ländern zu verkaufen. Im Gegenzug wollte er von Bernacci auch günstig exotische Waren erwerben, für die es hier viele reiche Abnehmer gab. Allerdings machte der geheimnisvolle Besitzer dieses Handelshauses nicht mit allen Geschäfte und er hatte bei jedem seiner Versuche eine abschlägige Antwort erhalten.

Nachdem er sich gebührend für die Ehre und Liebenswürdigkeit bedankt hatte, sagte er: »Verzeiht, *messere,* wenn die Bedienstete meiner Enkelin in so unverschämter Weise das Wort an Euch gerichtet hat. Sie wird nur am Tisch geduldet, weil Selina anfangs unsere Sprache nicht so gut beherrschte – und dann wurde eine Gewohnheit daraus. Eine sehr üble«, fügte er mit einem unzufriedenen Seitenblick auf Selina hinzu, die auf ihren Teller blickte und so tat, als würde sie nichts hören. »Aber«, seufzte er, »so ist das mit den jungen Frauen heute. Das kommt davon, weil man ihnen erlaubt, lesen und schreiben zu lernen. Anstatt diese Fertigkeiten jedoch dazu zu benutzen, ihr Wissen über den Haushalt und die Kindererziehung zu vertiefen, lesen sie Bücher, die niemals in die Hand einer Frau gehörten.«

»Das sehe ich nicht so«, widersprach der Graf zu Selinas heimlicher Genugtuung, die sich oft genug böse Worte hatte anhören müssen, wenn sie am Abend mit einem Buch auf den Knien dasaß. »Meine Mutter liest ebenfalls sehr viel, darunter auch die Schriften unserer Humanisten und Gelehrten. So wie Lucrezia Tornabuoni und viele andere Frauen meiner Bekanntschaft und Verwandtschaft das ebenfalls tun, und ich habe noch nie bemerkt, dass sich dies in irgendeiner Weise schädlich ausgewirkt hat. Im Gegenteil, ich finde es sehr ratsam für eine junge Frau, sich zu bilden und sich auch mit Dingen zu beschäftigen, die über die

Führung eines Hauses und die Erziehung ihrer Kinder hinausgehen.«

»Gewiss, gewiss«, murmelte der Alte, wobei man ihm ansah, dass er diese Meinung keineswegs teilte.

»Welcher auch nur durchschnittlich gebildete Mann«, fuhr Alessandro fort, »zöge es wohl nicht vor, eine Gattin heimzuführen, die ihm nicht nur eine treu sorgende Frau ist, sondern mit der er auch über Dinge reden kann, die ihn bewegen. Über Politik zum Beispiel, die schönen Statuen Donatellos, die ausdrucksvollen Gemälde von Giotto oder gar über die alten und neuen Philosophen.«

Selina hatte bei seinen Worten schon längst wieder den Kopf gehoben und musterte den ihr zugedachten Ehemann mit neu erwachtem Interesse. Sie war hierhergekommen mit dem festen Vorsatz, ihn nicht zu mögen, ihn zu verachten, heimlich zu verspotten. Aber nun war er so ganz anders, als sie gedacht hatte. Nicht der übersättigte Lebemann, der sich wie ein Pfau herausputzte und sich bewundern ließ, sondern ein Mann, den man ernst nehmen konnte. Sie betrachtete seine einfache, aber gediegene Kleidung, seine natürliche Frisur, die ohne künstliche Locken auskam. Ihr Blick blieb abermals an seinen Augen hängen. Die vielen kleinen Lachfältchen hoben sich hell von der dunklen Gesichtsfarbe ab. Ein ansprechendes Gesicht, nicht so aufgedunsen wie das der reichen Kaufleute, die sich um ihren Großvater scharten, sondern sehr männlich. Sie zuckte zusammen, als er den Kopf wandte und sie dabei ertappte, wie sie ihn anstarrte, und senkte tief errötend wieder den Blick. Sie mochte vielleicht weniger Vorbehalte gegen ihn haben als früher, aber die Genugtuung, ihn ihr Interesse merken zu lassen, wollte sie ihm doch nicht gönnen. Und darüber hinaus hatte sie in diesem kleinen Augenblick deutlich wieder dieses Lächeln bemerkt, das sie weitaus mehr verunsicherte als alle Liebesschwüre der Männer, die bisher um ihre Hand angehalten hatten.

Für den Rest des Abends vermied sie es tunlichst, auch nur einen Blick in seine Richtung zu werfen, zog sich beim geselligen Zusammensein nach dem Essen in die entfernteste Ecke des Raumes zurück und atmete erleichtert auf, als Françoise mit ihr den Saal verließ und sie sich auf ihr Zimmer begaben.

»Wie findest du Alessandro Barenza eigentlich?«, fragte Françoise ein wenig später. Sie hatte bereits ihr Kleid abgelegt und saß nur im Hemd auf einem Schemel, während Selina ihr dabei half, das Haar auszufrisieren und es für die Nacht zu flechten. »Ich glaube, er ist nicht so abscheulich, wie du anfangs dachtest. Jedenfalls macht er mir nicht den Eindruck eines eitlen Gecken, sondern im Gegenteil: Sein Auftreten ist sehr angenehm.«

»Vielleicht solltest *du* ihn ja heiraten«, erwiderte Selina gehässig. Françoise sprach zwar nur aus, was sie selbst schon längst dachte, aber aus einem ihr unbekannten Grund störte es sie, dass ihre Freundin solch lobende Worte für diesen Mann fand.

»Ich würde es tun«, antwortete Françoise, nicht im Geringsten gekränkt. »Aber zum einen habe ich keine Mitgift, die ihm anziehend genug erscheinen würde, um mich zur Frau zu nehmen – falls du es schon vergessen haben solltest, liebe Freundin, wir haben die Rollen getauscht: Du bist die reiche Enkeltochter, nicht ich.« Sie nahm Selina den Kamm aus der Hand, stand auf und drückte sie auf den Schemel, um nun ihr Haar zu frisieren. »Und zum anderen finde ich seinen Freund wesentlich liebenswerter.«

Selina hob die Augenbrauen. Es war ihr nicht entgangen, dass zwischen Alessandros Freund, einem gewissen Francesco Averti, und ihrer Freundin verschämte Blicke gewechselt worden waren. Sie selbst hatte dem jungen Mann, der sich immer sehr bescheiden und unauffällig im Hintergrund hielt, jedoch bei fast jedem Besuch Alessandros ebenfalls mitkam, nicht viel Aufmerksamkeit geschenkt. Ein netter junger Mann, ja, aber zu hübsch für ihren Geschmack. Er hatte ein zart geschnittenes Gesicht – fast wie das einer Frau –, bis zu den Schultern reichende blonde Locken und große braune Augen, die von Wimpern überschattet wurden, um die ihn Selina glühend beneidete. Nein, das war kein Mann, der ihr Interesse wecken konnte.

»Du hast dich in ihn verliebt, nicht wahr?«, fragte sie nachdenklich, während Françoise ihre schweren Zöpfe löste und das dichte braune Haar ausfrisierte. Wie immer, wenn sie allein waren, bedienten sie sich der Sprache ihrer Heimat und konnten so ungehindert sprechen, ohne Angst haben zu müssen, belauscht zu werden.

Im Spiegel sah sie, dass ihre Freundin eifrig nickte. Dann wurde ihr Gesicht traurig. »Aber ich tauge nicht als Frau für ihn. Er ist arm, Selina, ebenso wie sein Freund, das weiß ich von Fiorina. Und wie ich dir nicht erst sagen muss, habe ich kaum mehr als das, was ich an Kleidern besitze.«

Selina wandte sich um. »Aber Françoise, das soll doch kein Hindernis sein! Wenn du ihn liebst und sich herausstellt, dass er deiner Liebe würdig ist, so werde ich dich doch nicht im Stich lassen! Du weißt doch selbst, wie reich ich bin. Und ich habe daheim außer meiner Tante keine engeren Verwandten.« Sie stand auf und nahm Françoise, die Tränen in den Augen hatte, in die Arme. »Du bist doch nicht nur meine Freundin, sondern auch meine Schwester.«

Françoise legte ihren Kopf an den ihren und erwiderte die liebevolle Umarmung. »Ach, Selina, das weiß ich doch. Und ich wünschte mir nichts sehnlicher, als Francesco zu heiraten. Aber dennoch, mir ist manchmal so schwer ums Herz, dass ich wollte, wir wären schon wieder auf dem Weg nach Hause.«

* * *

Selina erwachte mit einem Ruck, setzte sich auf und blickte um sich. Der Mond warf einen schimmernden Schein durch das Fenster und sie sah neben sich Françoise liegen, die tief und fest schlief.

Sie hatte wieder von Louis geträumt. War im Traum von ihm gestreichelt worden, er hatte sie geküsst und sie hatte nachgegeben und ihn zu sich in ihr Bett genommen.

Ihre Beziehung zu Louis war nicht erst nach dem Tod der Mutter entstanden, sondern schon früher. Sie hatte den schönen, von allen bewunderten Mann ebenfalls verehrt und dieser hatte sie oftmals, wenn ihre Mutter sich allein zurückgezogen hatte oder bei einer Freundin zu Besuch weilte, zu sich gerufen.

Er hatte sie geherzt, war mit seinen langen, schlanken Fingern in ihren Ausschnitt gefahren, um ihre damals noch kleinen Brüste zu liebkosen. Und manchmal hatte er dann ihre Hand genommen, sie zwischen seine Beine gelegt und Selina hatte in ihrer damaligen Unschuld immer wieder gestaunt über den Wulst, der unter ihren Berührungen dicker und größer geworden war. Er hatte danach immer mit einem verschwörerischen Lächeln den Finger an die Lippen gelegt und ihr zugeflüstert, dass dies ihr kleines Geheimnis war, wovon die Mutter nichts erfahren sollte.

Und Selina hatte geschwiegen. Sie hatte ihre Mutter zwar bewundert und auch geliebt, wie es ihre Pflicht war, aber niemals ein inniges Verhältnis zu ihr gehabt. Die schöne Frau hatte das Kind schon gleich nach der Geburt einer Amme übergeben, die ebenfalls im Schloss wohnte und die für Selina immer mehr Mutter gewesen war als die Frau, die sie geboren hatte. Leider war die Amme sehr früh verstorben und Selina hatte sich danach gesehnt, von jemandem in die Arme genommen und liebkost zu werden. Etwas, das sie weder von ihrem Vater noch von ihrer Mutter je bekommen hatte. Deshalb war sie auch glücklich über die heimlichen Zärtlichkeiten ihres Stiefvaters gewesen, die sie als Ausdruck einer Zuneigung sah, nach der sie verlangte.

Nachdem ihre Mutter bei dem Unfall ums Leben gekommen war, hatte sich die Beziehung zwischen Louis und ihr verändert. Er hatte eines Tages begonnen, sie ernsthaft zu umwerben, und Selina, die immer schon heimlich in den schönen Mann verliebt gewesen war, hatte nicht lange gebraucht, um seinen Zärtlichkeiten mehr nachzugeben, als die Sittsamkeit es verlangt hätte. Sie war aber niemals bis zur letzten Konsequenz die Geliebte des etwa fünfzehn Jahre älteren Mannes geworden und hatte es abgelehnt, seine Gattin zu werden. Sie war reich und selbständig und gedachte, diesen für ihre Welt fast unermesslichen Luxus auf keinen Fall für einen Mann aufzugeben.

Das war aber noch nicht alles. Es hatte Selina auch gestört, dass ihr Geliebter zu viele Erfolge bei anderen Frauen hatte. Sie hatte davon gewusst, sich gekränkt gefühlt und ihm Vorwürfe gemacht, aber vergeblich. Und schließlich war er dann bei einem Duell von einem gehörnten Ehemann niedergestochen worden.

Davon und von ihrer Beziehung zu Louis wusste jedoch nicht einmal Françoise, die wohlbehütet aufgewachsen war, eine Tochter kleiner Landadeliger, die die meiste Zeit ihres Lebens im Kloster verbracht hatte, bevor sie in Selinas Haushalt gekommen war.

Selina hatte Louis' Tod betrauert, sich allein gefühlt, die Nähe eines Mannes vermisst, aber niemals daran gedacht, einen der Brautwerber zu erhören, die regelmäßig ins Haus kamen. Sie war die Erbin eines burgartigen Landgutes, zu dem ausgedehnte Ländereien gehörten, und obwohl es fast undenkbar war, dass eine junge Frau von Stand allein lebte, hatte sie sich aufgrund ihres Reichtums diese Ungehörigkeit leisten können, zumal es keine Verwandten gab, die sich einmischten. Und ihre Tante, die nach Louis' Tod zu ihr gezogen war, hatte einen zu liebenswerten und sanften Charakter, um ihr Vorschriften zu machen. So hatte sie die Jahre nach dem Tod ihres Stiefvaters sehr gut ohne männlichen Schutz gelebt, eine selbständige und selbstbewusste Frau. Etwas vollkommen Absonderliches in der engstirnigen Welt, aus der sie kam, aber sie hatte sich durchgesetzt und niemandem auch nur den leisesten Grund gegeben, an ihrer Ehrbarkeit zu zweifeln.

Und doch. Sie war jung und lebenslustig, hatte

Wünsche und Gefühle, die sich nicht so leicht unterdrücken ließen. Und obwohl sie ihnen niemals nachgab und sich nach Louis' Tod keinen heimlichen Liebhaber nahm, so fielen ihr die einsamen Nächte nicht immer leicht, und in ihren Gedanken wie in ihren Träumen wanderte sie oftmals zu der Zeit mit Louis zurück.

Auch heute war er ihr wieder im Traum erschienen. Er war – wie so oft in der Wirklichkeit – in ihr Zimmer gekommen, hatte sie entkleidet und über ihre Brüste gestreichelt, hatte sie geküsst und war dann vor ihr niedergekniet, um seine Zärtlichkeiten zwischen ihren Beinen fortzusetzen. Sie hatte sich am Rand des Bettes niedergelassen, ihre Beine über seine Schultern gelegt und sich so vollkommen der Kunstfertigkeit seiner Lippen und seiner Zunge hingegeben, dass sie ihre Umgebung kaum mehr wahrgenommen hatte. Auf dieselbe Art hatte auch sie ihn meist befriedigt und niemals zugelassen, dass er mit seinem kurzen, aber dicken Glied in sie gedrungen war. Sie hatte schließlich nicht die leiseste Absicht gehabt, Kinder von ihm zu bekommen oder sich dem bösen Urteil und Gerede der anderen auszusetzen – oder ihn gar heiraten zu müssen.

Sie mochte diese Träume, weil sie ihr gaben, was ihr sonst fehlte, aber heute war etwas anders daran gewesen. Verwirrend anders. Er war zuerst zwischen ihren Beinen gekniet, seinen Kopf zwischen ihren Schenkeln vergraben, während sie die Augen geschlossen gehabt und nur das aufsteigende Gefühl der Leidenschaft empfunden hatte. Aber plötzlich hatte er aufgehört, war über sie geglitten, hatte seinen Mund auf ihren gepresst und war, noch ehe sie ihn hatte wegschieben können, mit seinem harten Glied in sie hineingestoßen. Sie hatte schreien wollen, ihn schlagen, aber er hatte sie festgehalten, sie so heftig und leidenschaftlich geküsst, dass sie kaum mehr atmen konnte, während sich sein Unterkörper in immer schneller werdendem Rhythmus auf und ab bewegt und sie damit in einen Zustand der Erregung versetzt hatte, die sie in Wahrheit mit Louis niemals verspürt hatte. Endlich, als die Lust sie innerlich zu zerreißen gedroht und sie sich in seinen Armen hilflos aufgebäumt hatte, war auch er befriedigt auf sie gesunken. Anstatt jetzt jedoch müde schnaufend neben ihr einzuschlafen, wie er das sonst immer getan hatte, war er auf ihr liegen geblieben, hatte sie geküsst, gestreichelt und ihr Liebesworte ins Ohr geflüstert. Da endlich hatte sie die Augen geöffnet. Aber nicht Louis' hübsches Gesicht war vor ihr gewesen, sondern ein anderes. Harte, dunkle Züge, fast schwarze Augen, die sie anlächelten, und eine Narbe auf der linken Wange.

Sie hatte im Traum aufgeschrien, war davon erwacht und hatte sich aufgesetzt. Noch jetzt fühlte sie den Schrecken, als sie Alessandro di Barenza erkannt hatte, der auf ihr gelegen war, erlebte noch immer die Leidenschaft, die sie erfüllt hatte. Sie war schweißgebadet, die leichte Decke klebte an ihrem Körper und sie spürte die Feuchtigkeit zwischen ihren Beinen, die bezeugte, dass die Erregung nicht nur ein Traum gewesen war.

Vorsichtig, um Françoise nicht zu wecken, stand sie auf und öffnete die Fensterflügel, um frische Luft hereinzulassen. Françoise mochte es nicht, bei offenem Fenster zu schlafen, aber jetzt brauchte sie die kühle Nachtluft auf ihrem erhitzten Gesicht.

Es war unfassbar, was sie geträumt hatte. Nicht die Tatsache, dass ein Mann auf ihr gelegen hatte, sondern der Mann selbst.

»Alessandro di Barenza«, flüsterte sie.

Bei den Medici

Der Besuch in den Gärten der Medici in der Nähe von San Marco war zustande gekommen, und da Lorenzo ein offenes Haus hielt, waren außer den Santinis noch andere Gäste anwesend. Selina war es gelungen, sich ein wenig abseits zu halten, und sie genoss es, die anderen zu beobachten.

Ihr Großvater hatte sich zwar geziert, es sich dann jedoch nicht nehmen lassen, seine Enkelin und deren Gesellschafterin persönlich zu begleiten. Die Einladung ins Haus des Magnifico war eine Auszeichnung, die ihm ohne die Vermittlung seines zukünftigen Enkelsohns nicht zuteil geworden wäre, und er würde sie auszukosten wissen. Der Magnifico war zwar allgemein sehr gesellig, förderte die Künste und beschränkte seinen Umgang nicht nur auf die Patrizier und den Adel der Stadt, aber die Santinis waren so weit von seinem Umkreis entfernt, dass bisher keine Hoffnung bestanden hatte, in sein Haus geladen zu werden. Nun jedoch saß Santini gemeinsam mit einigen anderen Gästen bei Lorenzo in der großen Halle, lauschte voll höflicher Andacht seinen Worten und betrug sich so liebenswürdig, dass Fiorina, die den Alten nur als übelgelaunten und herrschsüchtigen Mann kannte, wohl vor Verwunderung die Hände zusammengeschlagen hätte, wäre sie ebenfalls anwesend gewesen.

Françoise stand bei einer Gruppe junger Leute, die

lachten und scherzten, neben ihr Francesco, der kaum einen Blick von ihr lassen konnte und hastig eine Blume, die seiner Angebeteten aus dem Haar gefallen war, aufhob und an seinem Busen barg. Ihre Freundin sah aber auch zu reizend aus. Sie selbst war ihr beim Ankleiden behilflich gewesen, hatte das Haar geflochten, am Hinterkopf zusammengebunden und dann anstelle einer Perlenspange einige weiße Blüten hineingesteckt, die Françoises ebenso zarten wie frischen Teint noch unterstrichen. Sie hatte Francesco in den vergangenen Tagen, seit sie von der Verliebtheit ihrer Freundin wusste, genauer beobachtet und nichts an dem jungen Mann gefunden, das es ihr nötig erscheinen ließ, Françoise zur Vorsicht zu mahnen. Wie gut die beiden schon im Namen zusammenpassten, nicht nur im Aussehen und im Charakter! Beides waren sie sanfte, liebenswerte Geschöpfe, die wie füreinander geschaffen zu sein schienen.

Als Selina die anderen zur Genüge mit geheimem Amüsement beobachtet hatte, schlüpfte sie durch eine Tür und ging in den Garten, wo sie staunend die Wunder der antiken Künstler besah, die sich viele junge Florentiner zum Vorbild nahmen und eine neue Kunstform schufen, die über die steifen und kühlen Formen des Nordens hinausging.

Auch ihr Stiefvater und späterer Geliebter hatte Statuen ins Schloss gebracht und in seinem Schlafzimmer hingen Gemälde, die die Fantasie und Leidenschaft seiner jungen Geliebten erregt hatten. Aber dergleichen wie hier, in Florenz, hatte sie noch nirgendwo gesehen. Ein altrömischer Cupido, der an einer schlanken Venus lehnte. Im Palast ein Fresko mit halbnackten Männern und Frauen. Ein zierlicher David mit einem Schwert – von einem der bedeutendsten Künstler dieser Zeit in Bronze gegossen.

Sie hatte es bisher noch keine Sekunde bereut, nach Florenz gekommen zu sein, auch wenn ihr nun, nach einiger Überlegung, ihre Komödie selbst etwas lächerlich erschien. Sie hatte nicht den geringsten Grund gehabt, di Barenza zu fürchten. Er war nicht der unangenehme Mann, den sie in ihm gesehen hatte, und niemand, nicht einmal der Großvater, hätte sie zwingen können, einen Gatten zu nehmen, den sie nicht wollte. Sie schüttelte ärgerlich über sich selbst den Kopf. Wie so oft in den letzten Tagen verirrten sich ihre Gedanken wie von selbst zu Alessandro di Barenza und sie vermochte nicht den Traum, der sie mehr aufgewühlt hatte, als sie selbst es wahrhaben wollte, aus ihren Erinnerungen zu verbannen.

Sie blieb etwas abseits von den anderen vor einer Statue stehen, die sie wie magisch anzog. Ein kräftiger, muskulöser nackter Mann, der ein Schwert in der Hand hielt. Das Werk eines unbekannten Bildhauers, der schon seit über tausend Jahren tot war.

Sie ließ ihren Blick von seinem männlichen Gesicht abwärts gleiten über die kräftigen Schultern, die breite Brust, die Arme, auf denen der Künstler die Muskeln so deutlich gezeichnet hatte, und dann über seinen Bauch, weiter hinab bis zu den ebenfalls muskelbepackten Schenkeln. Er stand aufrecht, in der Hand das Schwert, nicht zum Schlag erhoben, sondern mit der Spitze zum Boden weisend, sich leicht darauf stützend. Selinas Augen suchten das überdimensional große Glied, das trotz seiner steinernen Kälte so erregend war, und unwillkürlich glitten ihre Gedanken ab zu Alessandro di Barenza. Der Traum nahm sie wieder gefangen und in ihrer Vorstellung stand nicht diese Statue vor ihr, sondern Alessandro und … Sie zuckte zusammen, als sie plötzlich neben sich eine Bewegung mehr spürte als sah.

Sie blickte hoch und in Alessandros Augen.

Ein amüsiertes Lächeln lag darin und noch etwas anderes, auch wenn Selina diesen anderen Ausdruck nicht in Worte fassen konnte. Ein gewisses Interesse vielleicht. Neugier …

»Ich hatte nicht gedacht, Euch im Garten zu treffen«, sagte sie kühl, als er neben sie trat.

»Wenn Ihr nicht erwartet hattet, mich hier zu sehen, dann haben sich Eure Gedanken also mit mir beschäftigt«, erwiderte er lächelnd. »Das ist schon mehr, als ich zu hoffen gewagt hätte, Francesca.«

»Ich heiße nicht Francesca«, korrigierte sie ihn von oben herab, »mein Name ist Françoise.« Sie wiederholte ihren Namen sehr langsam und deutlich und fügte hinzu: »In Burgund spricht man das so aus. Aber es verwundert mich nicht, dass Ihr das nicht wisst.« Wenn sie jedoch gedacht hatte, dass di Barenza nun verlegen werden würde, sah sie sich getäuscht.

»Françoise«, wiederholte er nachdenklich und ließ dabei seinen Blick über ihr Gesicht schweifen. »Ein schöner Name. Sehr weich. Aber ich finde, Francesca passt besser zu Euch.« Sein Lächeln, das ihr in der ersten Minute ihres Kennenlernens schon aufgefallen war, vertiefte sich. »Francesca klingt munterer, heiterer, vielleicht sogar ein wenig keck, und wenn es sein muss, streng. Ja«, fuhr er fort, »ich denke, ich werde Euch Francesca nennen und hoffe«, er begleitete diese Worte mit einer höflichen Verbeugung, »Ihr werdet mir diese Freiheit verzeihen, *madonna*.«

Selina biss sich auf die Lippen. Sie war hierher nach Florenz gekommen mit der festen Absicht, diesen di Barenza unleidlich zu finden, und nun stellte sie abermals fest, dass er einen Charme ausstrahlte, für den sie höchst empfänglich war. »Dass Ihr mich mit *madonna* ansprecht, ist ebenfalls nicht richtig. Dieser Titel gebührt nur einer Dame von Stand.«

»Die Ihr ja seid, Francesca«, erwiderte er unbeeindruckt. »Das weiß ich von Eurer Freundin.«

Sie entschloss sich, keine Antwort zu geben, sondern wandte sich ab und ging den kiesbestreuten Weg weiter. Zu ihrem Verdruss war di Barenza jedoch nicht so leicht abzuschütteln. Er ging neben ihr her und Selina bemerkte, dass er sie beobachtete. Zuerst versuchte sie, ihn zu ignorieren, aber als die Verlegenheit ihre Wangen rötete, blieb sie abrupt stehen.

»Weshalb seht Ihr mich so an?«, fragte sie unwillig.

»Darf ich nicht?«, tat er verwundert. »Weshalb sollte Euch das stören? Ich dachte immer, Euer Geschlecht trachtet danach, angesehen und bewundert zu werden! Wenn das nicht so sein sollte, dann frage ich mich, weshalb Ihr ein so reizendes Kleid tragt und Euer Haar mit Bändern verziert habt, die es jedem Mann, sofern er nicht völlig blind ist, schwer machen, den Blick von Euch zu lösen. Wenn Ihr nicht angesehen werden wollt, meine ungnädige Dame, weshalb hüllt Ihr Euch dann nicht in braunes Sacktuch und versteckt Euer Haar unter einem dunklen Schleier?«

Selina rang sekundenlang nach Luft und setzte schon zu einer vernichtenden Antwort an, als sie das Lächeln in den dunklen Augen bemerkte. Sie schluckte die bösen Worte hinunter und sah ihn missbilligend an. »Es ziemt Euch nicht, solche Worte zu mir zu sprechen«, ließ sie ihn wissen, dabei Françoises wohlerzogenen Tonfall nachahmend.

»Und weshalb nicht?«, fragte er erstaunt.

»Weil …« *Weil Ihr so gut wie verlobt seid und Euch für Geld verkauft*, hatte sie sagen wollen, unterbrach sich jedoch hastig und ging weiter, ohne ihn noch eines Blickes zu würdigen.

»Wenn Ihr so schnell geht, habt Ihr nicht genug Muße, all diese schönen Statuen zu betrachten, Signorina Francesca«, rief er ihr nach. »Der Schwertträger ist vielleicht die eindrucksvollste, aber nicht die kostbarste Figur unter ihnen!«

Selina spürte, wie ihre Wangen noch heißer wurden. Er musste sie schon längere Zeit beim Betrachten der Statue beobachtet haben und ihr Gesichtsausdruck hatte ihm zweifellos ihre Gefühle dabei verraten. Bei jedem anderen Mann wäre ihr das gleichgültig gewesen, bei ihm jedoch fühlte sie sich – wohl zu Recht – ertappt. Es war ihr höchst unangenehm, dass ausgerechnet er sie so gesehen hatte.

Und doch spürte sie gleichzeitig eine seltsame Erregung.

Stadtrundgang

Es war ein außergewöhnlich schöner Tag. Die Sonne strahlte vom Himmel herab, ohne jedoch noch jene Hitze auszuströmen, die das Leben in den engen Straßen zur Sommerzeit so unangenehm machte, und Selina, die es kaum noch im Haus hielt, beschloss, wieder an jene Orte der Stadt zu spazieren, die sie am meisten faszinierten.

Sie wanderte in Begleitung eines der Mädchen, einer stämmigen Bauerntochter, der ein kleiner Fußmarsch nichts ausmachte, durch die Straßen, vorbei an der Kirche Santo Spirito, die das Viertel der Wolltuchmacher beherrschte und deren Glocken man im Haus des Großvaters hörte. Sie überquerte den Fluss über den Ponte Santa Trinita, die nächstgelegene Brücke, blieb eine Weile stehen, sah in das trübe Wasser hinab und ging dann weiter. Gemeinsam mit Françoise, die nicht gerne über längere Strecken zu Fuß ging, hätte sie wohl eine Sänfte nehmen müssen, aber sie selbst genoss das bunte Treiben auf den zum Teil engen Straßen.

Ihr Ziel war heute abermals die Kirche Santa Maria Novella, die sie regelmäßig aufsuchte, seit sie entdeckt hatte, dass Signor Ghirlandaio, einer der berühmten Künstler der Stadt, den Chor der Kirche mit Fresken schmückte. Soweit sie erkannt hatte, handelte es sich dabei um Szenen aus dem Leben der Jungfrau Maria.

Ihr Oheim, der sich gut in der Stadt auskannte, hatte ihr erzählt, dass Giovanni Tornabuoni das Patronat über diese Kapelle erhalten und den Meister beauftragt hatte, sie mit Gemälden zu verzieren – zur Lobpreisung seines Hauses und seiner Familie. Da dieser Giovanni Tornabuoni der Onkel mütterlicherseits des großen Magnifico war, wurden die Arbeiten an der Kapelle von der ganzen Stadt mit großem Interesse verfolgt, und es fanden sich meist ganze Scharen von Neugierigen ein, die oftmals recht rüde vom Meister verjagt wurden.

Auch Selina zog es an diesem Tag wieder hin. Sie stellte sich möglichst unauffällig in eine Ecke und sah andächtig zu, wie vor ihren Augen Figuren zum Leben erweckt wurden. Die Gehilfen des großen Ghirlandaio, Schüler, die er in seiner Werkstatt ausbildete, malten hingebungsvoll nach den Vorlagen, die ihr Lehrer ihnen vorgegeben hatte. Besonders fiel ihr ein schmächtiger Junge auf, der mit einer Inbrunst arbeitete, dass Selina kaum die Augen von ihm wenden konnte. Der Meister, der die Arbeiten beaufsichtigte, ging von einem zum anderen und kam dabei auch zu dem Jungen. Als er sah, dass seine Vorlage nicht genau eingehalten worden war, schalt er ihn. Der Junge antwortete etwas, der Meister holte aus, aber der kleine Bursche duckte sich, und der Schlag ging ins Leere.

Selina kicherte, drehte sich aber schnell weg, als der zornige Blick des Meisters auf sie fiel. Zu ihrem Schrecken kam er jedoch mit finsterem Gesicht auf sie zu und Selina wusste, dass er sie fortweisen würde. Sie überlegte hastig eine beschwichtigende Antwort, als er zu ihrer Überraschung stehen blieb und mit einem erfreuten Ausdruck an ihr vorbeisah, auf einen Punkt hinter ihrem Kopf.

Selina wandte sich um und erblickte Alessandro di Barenza, der schräg hinter ihr stand.

Er lächelte sie an und trat dann auf den Meister zu, um ihm die Hand zu reichen. »Meine Glückwünsche, Meister Ghirlandaio, die Arbeiten haben große Fortschritte gemacht, seit ich das letzte Mal hier war.«

»Gewiss, *messere*«, erwiderte der Meister erfreut und verbeugte sich tief. »Allerdings ist es oftmals sehr schwierig, ungestört zu arbeiten, auch heute …«

»Darf ich Euch Signorina Francesca Ferrand vorstellen?«, unterbrach ihn Alessandro. »Eine liebe Freundin von Selina Santini, der Enkelin von Bene Santini, dem Tuchhändler, von dem Ihr gewiss schon gehört habt. Sie ist eine glühende Bewunderin Eurer Werke. Das habe ich vor einiger Zeit von ihr selbst gehört.«

Der Blick des Meisters wurde weniger streng, als Selina sich höflich verneigte. »Vielleicht«, sagte er, »wollt Ihr etwas nähertreten. Es wäre mir eine große Freude.«

Selina dankte und ließ sich von ihm von einem Gemälde zum anderen führen, hörte aufmerksam zu, während er seine Bemerkungen zu den einzelnen Szenen abgab, lauschte interessiert, als er ihr auf ihre Bitte hin sogar die Technik des Freskos erklärte, und war sich doch die ganze Zeit über der Gegenwart Alessandro di Barenzas bewusst, der etwas im Hintergrund stand. Sie war sich klar darüber, dass sie die Gunst des Meisters nicht dem Umstand verdankte, zu seinen Bewunderinnen zu zählen, sondern weil stadtbekannt war, dass Alessandro di Barenza Selina Santini heiraten wollte und sie deren Freundin war.

Als sie sich nach einer halben Stunde verabschiedete und dem Ausgang der Kirche zustrebte, schloss sich Alessandro ihr an.

»Ich freue mich über den Zufall, Euch hier in der Kirche zu treffen, Signorina Francesca.«

Selina, die ihm nicht verzeihen konnte, dass er diesen Handel mit ihrem Großvater abgeschlossen hatte – und noch weniger, dass er sie bei der Statue beobachtet hatte, nickte nur.

»Geht Ihr öfter in der Stadt spazieren?«, setzte er das einseitige Gespräch fort.

»Gewiss«, erwiderte Selina kurz, blieb draußen vor der Kirche stehen und sah sich nach ihrer Begleiterin um, die vor dem Gebäude einige Freundinnen getroffen hatte.

»Gestattet Ihr, dass ich Euch zum Haus des Signor Bene begleite?«, fuhr Alessandro fort, ohne auf Selinas abweisende Haltung zu achten. »Ich hatte vor, ihm einen Besuch abzustatten.«

»Ich kehre noch nicht zurück, sondern gedenke, den schönen Tag zu nutzen und noch durch die Stadt zu spazieren.«

»Eine hervorragende Idee«, erwiderte er, sichtlich unempfindlich für ihre Unfreundlichkeit. »Dann darf ich Euch vielleicht dabei begleiten? Es ist nicht gut, wenn eine Dame alleine durch die Stadt spaziert. Es gibt viel Gesindel in Florenz.«

»Ich bin nicht alleine«, antwortete Selina und wies auf das Mädchen, das neugierig herübergaffte. »Außerdem möchte ich Euch nicht aufhalten. Eure Zeit ist gewiss sehr kostbar, Ihr werdet sie nicht mit mir vertun wollen.«

»Eben weil meine Zeit kostbar ist, möchte ich sie mit Euch verbringen«, erwiderte Alessandro lächelnd.

Selina hob schnell den Kopf, um ihm eine entsprechende Antwort auf etwas zu geben, das sie als reine Ironie auffassen musste, aber die Antwort entfiel ihr, und sie starrte ihn stumm an. Es lag nicht der Spott in seinen Augen, den sie vermutet hatte, sondern offensichtliches Wohlgefallen.

»Wohin darf ich Euch also begleiten?«, fragte er, da Selina schwieg.

»Ich wollte zum Duomo«, brachte sie endlich hervor, sich mühsam aus dem Bann lösend, der sie umfangen hatte. Der Traum fiel ihr wieder ein und die Glut und Leidenschaft, mit der er sie geküsst und geliebt hatte. Und die Erregung, die sie selbst dabei gefühlt hatte. Der Wunsch, ihn zu berühren und von ihm berührt zu werden, stieg fast übermächtig in ihr hoch und sie trat unwillkürlich einen Schritt zurück.

»Eine der schönsten Kirchen der Toskana«, nickte Alessandro, der zum Glück nichts von ihren Gedanken wusste. »Der Dom in Siena ist ebenfalls sehr schön, aber die Kuppel dieser Kirche ist einmalig.«

Sie gingen nebeneinanderher, das Mädchen lief hinterdrein, und Selina fasste sich bald bei Alessandros leichtem Geplauder. Als sie den Dom erreicht hatten, führte er sie zuerst zum Battisterio, der mit weißem und grünem Marmor verkleideten Taufkirche, die Johannes dem Täufer geweiht war, und zeigte ihr die vergoldeten Bronzetafeln an den Portalen. Selina ging andächtig mit ihm gemeinsam um das Gebäude, strich mit der Hand über die marmornen Steine und war sich der Blicke und der Stimme ihres Begleiters weit mehr bewusst als der vielen anderen Menschen um sie herum.

Sie war schon mehrmals hier gewesen, hatte sowohl die Tafeln gesehen als auch den Dom bewundert, aber diesmal war es anders. Sonst war sie entweder nur mit einer Magd hier gewesen oder mit Françoise, die sich redlich bemüht hatte, ihrer Freundin zuliebe ihre Langeweile zu unterdrücken. Heute jedoch hatte sie einen Begleiter, der zu jedem der Häuser, an denen sie vorbeikamen, eine Geschichte wusste, sie auf Besonderheiten der Gebäude und ihrer Bewohner aufmerksam machte und sie dann in den Dom hineinführte, wo sie unter der mächtigen Kuppel stehen blieben und sie mehr über seine Erklärungen und sein Wissen staunte als über das Bauwerk selbst.

»Ein gelehrter Mann hat einmal über diesen Dom gesagt, er strebe so weit in den Himmel, dass er mit seinem Schatten alle toskanischen Völker bedecken könnte«, sagte Alessandro und blickte zur Kuppel hoch.

»Er ist auch gewaltig.« Selina legte den Kopf in den Nacken und griff unwillkürlich nach Alessandros Arm, als sie emporsah. Ihr schwindelte ein wenig und sie schloss unwillkürlich die Augen, als sich die Kuppel und die kleine, mit Fenstern versehene Laterne, die sich auf ihrem Scheitelpunkt befand, vor ihren Augen zu drehen begannen. Aber sie war sich nicht klar darüber, ob das am Eindruck lag, den das Bauwerk auf sie machte, oder an der Nähe dieses Mannes.

»Ihr solltet Euch vielleicht ein wenig setzen.« Seine Stimme klang ganz sanft, und als Selina wieder die Augen öffnete, war sein Gesicht dicht vor ihrem. Viel zu dicht. Ihre Hand hielt immer noch seinen Ärmel umfasst.

»Nein … nein danke. Es geht schon wieder. Es … war nur die Höhe und die Vorstellung, dass es Menschen gibt, die das entworfen und gebaut haben.« Soeben kamen zwei Männer vorbei, die über Vorzüge verschiedener Pferderassen diskutierten und Selina wieder zu sich selbst zurückbrachten. Sie löste etwas verlegen ihre Finger von Alessandros Arm und ging einige Schritte weiter. Es herrschte wie allgemein üblich keine feierliche Stimmung im Dom, sondern die Menschen liefen darin herum wie auf der Piazza, dabei wurde über Geschäfte, den Krieg und sogar die Liebe gesprochen. Einige Knaben hatten sich mit ihrem Schulmeister in eine ruhige Ecke verzogen und lauschten seinen Worten, während nur wenige Schritte daneben eine Frau mit ihrem Kind zankte.

Sie verließen den Dom und Selina schlug die Richtung zum Haus ihres Großvaters ein, dabei überquerten sie den Fluss über den Ponte Vecchio, jene faszinierende Brücke, die – dergleichen hatte sie weder in ihrer Heimat noch auf ihrer Reise gesehen – links und rechts kleine Häuschen hatte, in denen die Händler, meist Fleischhauer, wohnten und ihre Waren anpriesen. Selina mochte diese Brücke, auch wenn der Geruch der verwesenden Fleischreste, die gleich von den Geschäften aus in den Arno geworfen wurden, den Eindruck trübte.

»Wart Ihr schon einmal auf dem Berg bei der Kirche San Miniato al Monte?«, fragte di Barenza, als sie am Haus ihres Großvaters ankamen. »Dann werde ich mir erlauben, Euch morgen abzuholen«, fuhr er fort, als Selina den Kopf schüttelte. »Solltet Ihr Bedenken haben, mit mir allein auszureiten, so seid versichert, dass ich sowohl einen Diener als auch meinen Freund Francesco mitbringe.«

»Ist es weit? Meine … Herrin liebt keine langen Fußmärsche.«

»Vielleicht zieht sie es vor zu reiten?«

»Sie reitet gelegentlich aus, aber leider hat mein …«, sie hatte sagen wollen *mein Großvater* und verbesserte sich hastig, »leider hat meiner Herrin Großvater keine Reitpferde, die es gewohnt sind, Damen zu tragen.«

»Meine Mutter ist früher viel geritten und hat einige ältere, sehr verlässliche Tiere. Es wäre mir eine Freude, sie mitzubringen.« Der enttäuschte Ausdruck in Selinas Gesicht musste ihm aufgefallen sein, denn er sah sie prüfend an. »Ihr reitet doch ebenfalls, nicht wahr?«

»Ja«, erwiderte Selina zögernd, »allerdings …«

»… keine älteren und verlässlichen Tiere?«, ergänzte er ihren Satz.

Sie nickte und erwiderte sein Lächeln. »Ich liebe es, mit einem temperamentvollen Tier auf der Jagd zu sein.«

»So reitet Ihr in Eurer Heimat viel aus?«, fragte Alessandro erstaunt. »Das verwundert mich, da ich von Selina hörte, dass sie nicht so großen Wert darauf legt, in wilder Jagd durch die Wiesen und Wälder zu galoppieren.«

»Ich reite auch nicht mit ihr, sondern allein. Sie ist so gütig, mir zu erlauben, ihren Reitknecht mitzunehmen.«

»Gut.« Er verneigte sich höflich vor ihr. »Dann werde ich jetzt Signor Santini um seine Erlaubnis ersuchen.«

Erst nachdem sie das Haus betreten und sich von Alessandro verabschiedet hatte, wurde Selina bewusst, dass er nicht, wie es sich gehört hätte, zuerst ihren Großvater oder Françoise gefragt hatte, sondern sie. Und außerdem wurde ihr bewusst, dass sie fast drei Stunden mit ihm verbracht hatte.

Die richtige Braut

Alessandro hatte sein Versprechen gehalten und stand am nächsten Tag mit Pferden und einem Reitknecht vor dem Haus der Santini. Selbstverständlich war auch Francesco dabei, der Françoise so verliebt ansah, dass Selina lächeln musste. Um dem Anstand Genüge zu tun, war eine verheiratete Cousine von Fiorina mitgekommen.

Selina, die seit ihrer Ankunft in Florenz nicht mehr auf einem Pferd gesessen hatte, freute sich unbändig über den Ritt und war, obwohl es als unschicklich galt, mehrmals übermütig losgaloppiert, gefolgt von Alessandro, der kaum seinen Blick von ihr lassen konnte.

Sie ritten zu der kleinen, von einigen Wirtschaftsgebäuden und einer Wehrmauer umgebenen Kirche. Alessandro hob Selina vom Pferd und berührte sie dabei zum ersten Mal. Er war selbst überrascht von der Anziehungskraft, die diese junge Frau, die nicht einmal mehr in ihrer zartesten Blüte stand, auf ihn ausübte, und der Wunsch, sie nicht mehr loszulassen, sondern sie ungeachtet der anderen an sich zu ziehen, war fast überwältigend.

Nachdem sie die Frauen wieder wohlbehalten am Haus von Bene Santini abgesetzt hatten, verließen Alessandro und sein Freund die Stadt, um zum Landhaus zu reiten, das ihnen ein guter Freund überlassen hatte.

Auf einem der Hügel hielt Alessandro sein Pferd an. Er stützte sich mit beiden Händen auf den Widerrist des Tieres und sah gedankenverloren auf die Stadt hinunter, die sich vor ihnen ausdehnte. Er hatte es schon seit Längerem gefühlt. Francesca Ferrand hatte ihm anfangs gefallen, ihn gereizt, aber nun wurde ihm bewusst, dass er diese eigenwillige junge Frau begehrte und um jeden Preis besitzen wollte. Wäre sie nur eine einfache Bedienstete gewesen, die sich Geschenken und Komplimenten gegenüber wohl bald gefügig zeigte, wäre er wohl schnell am Ziel seiner Wünsche angelangt. Aber sie war ausgerechnet die Freundin jener Frau, von der nicht nur Santini, sondern auch schon die halbe Stadt annahm, dass er sie heiraten würde. Es konnte auffallen, wenn er ihre Gesellschaft jener ihrer Herrin vorzog, und Florenz war nicht gerade ein Ort, an dem lange Zeit etwas geheim blieb. Und außerdem missfiel ihm der Gedanke, sie zu benutzen. Sie war mehr wert als eine Liebesaffäre, die er wieder leichten Herzens hinter sich ließ.

»Woran denkst du, mein Freund?«, fragte Francesco, der ihn schon seit einigen Minuten beobachtet hatte.

»An Selina Santini«, erwiderte er leichthin.

Francesco schwieg sekundenlang, dann nickte er. »Ja. Eine sehr schöne Frau, Alessandro. Anmutig, wohlerzogen, liebenswürdig.« Er sah seinen Freund mit einem seltsam gezwungenen Lächeln an. »Du hast Glück, *amico*. Jeder wird dich um sie beneiden.«

Alessandro sah wieder ins Tal hinab. »Sie ist nicht das, was ich mir vorgestellt habe«, sagte er plötzlich. »Es ist lächerlich, aber dieses Bild, das mir der alte Santini gab, ist so ganz anders … Nun sag mir nicht, Francesco, dass diese Bilder oftmals mangelnde Ähnlichkeit aufweisen, das weiß ich selbst. Außerdem wurde es vor Jahren gemalt, als sie vermutlich noch ein halbes Kind war, ganz zweifellos hat sie sich noch etwas verändert. Aber das ist es nicht. Es ist der Ausdruck. Weißt du, mein Freund«, er sah Francesco mit einem kleinen Lächeln an, »es waren ihre Augen, die mir gefallen haben. So sehr, dass ich wünschte, sie kennenzulernen. Es lag eine gewisse … Freiheit, eine Freimütigkeit in diesem Blick, so, als würde sie das Leben herausfordern wollen Eine Lust auf dieses Dasein, eine mitreißende Lebensbejahung … All das, was dem Original nun fehlt. Selina Santini mag eine hübsche, sogar schöne Frau sein, wohlerzogen und anmutig, aber … das war es nicht, was mich an dem Bild faszinierte.«

Francesco ritt seinem Freund langsam nach, als der wieder sein Pferd antrieb. »Soll das heißen, du denkst nicht mehr an eine Heirat?«

Alessandro zuckte mit den Schultern. »An eine Heirat? Doch, ich denke an eine Heirat. Du weißt ja, dass ich meiner Mutter versprochen habe, mir baldigst eine Gattin zu suchen.« *Aber über die Frau bin ich mir noch nicht sicher*, dachte er bei sich. Das Bild der Gesellschafterin, dieser Françoise – Francesca – Ferrand, tauchte abermals vor seinem geistigen Auge auf und vermischte sich seltsamerweise mit jenem von Selina Santini. *Sie sind sich ähnlich, die beiden, sehr ähnlich sogar*, überlegte er. *Allerdings hat diese Francesca all das, was das Bild der anderen versprochen hat. Sie hat Feuer in sich, Leben und Stärke. Selina dagegen ist eine liebenswerte Frau, aber ihre Sanftmut kann mich nicht reizen.*

Als sie das Haus erreicht hatten, zog sich Francesco

in seltsam bedrückter Stimmung zurück, und er selbst suchte sein Schlafzimmer auf, öffnete eine Truhe und entnahm ihr ein Bild. Es war etwa tellergroß und zeigte das Antlitz eines jungen Mädchens. Eine gewisse Ähnlichkeit mit Selina Santini war nicht zu leugnen und doch … Entweder hatte der Maler sein Handwerk nicht verstanden, nur eine Äußerlichkeit eingefangen, die sich mit den Jahren verändert hatte, oder …

Sein Blick blieb an den Augen hängen. Braun waren sie, aber heller als bei dem Vorbild für dieses Porträt. So wie jene der Gesellschafterin und eben dieser Ausdruck lag darin, den er bei ihrem ersten Zusammentreffen darin entdeckt hatte, und vor allem jetzt, als er sie hoch zu Ross gesehen hatte: Lebensfreude und Mut. Seine Gedanken glitten zurück zu der stolzen Reiterin. Es war im Frankenreich üblich, dass die Damen zur Jagd ausritten, und er hatte ihr angesehen, wie heimisch sie sich auf dem Rücken eines Pferdes fühlte. Sie war mit dem Pferd wie verwachsen gewesen, ihre Augen hatten geleuchtet und das ganze Gesicht hatte von innen heraus gestrahlt. Wie viel schöner war sie in diesem Moment gewesen als ihre sonst anmutigere und hübschere Herrin!

Gegen sie war ihm Selina Santini farblos und langweilig erschienen. Nein, eine solche Frau konnte ihn nicht locken. Wenn er sich band, dann an eine Gemahlin, die alle seine Sinne erregte und nicht nur seine Augen. *Schönheit ist vergänglich*, hatte einer seiner alten Lehrer, ein weißhaariger Padre, immer gesagt. *Was vom Menschen bleibt, wenn er alt und schwach wird, ist jedoch sein Geist*. Und diese Francesca hatte Geist. Und ein Auge für die Schönheit dieser Welt.

Er erinnerte sich, als er sie in der Kirche gesehen

hatte, andächtig vor den wunderbaren Fresken Ghirlandaios stehend. So sehr in die Gemälde versunken, dass sie nicht bemerkt hatte, wie er hinter sie getreten war.

Er hatte sie danach noch bis zum Haus des Bene Santini geführt und war dann sehr nachdenklich heimgegangen. Er erinnerte sich wieder an dieses erste, noch kaum spürbare Gefühl von Zuneigung, das in ihm hochgestiegen war, als er sie dort in der Kirche gesehen hatte. Und auch heute war er für seine Idee, sie und ihre Herrin zur Kirche auf den Berg zu führen, mehr als belohnt worden. Staunend, bewundernd, fasziniert war sie gewesen … Selbstvergessen hatte sie vor der Kirche gestanden und über die Stadt geblickt, und er hatte sein vertrautes altes Florenz plötzlich mit ihren Augen gesehen. Sie war anders als die Frauen seiner Bekanntschaft, von denen manche sehr reizvoll und belesen waren. Und er kannte deren viele – schließlich verkehrte seine Mutter in gebildeten Kreisen und zog ähnlich denkende Frauen an, deren Lebensinhalt über Küche und Kleider hinausging.

Es war aber nicht nur ihr wacher Verstand, der ihn anzog, er begehrte sie auch. Sekundenlang schloss er die Augen und stellte sich vor, wie es sein würde, den etwas zu breiten Mund und diese Lippen zu küssen und sie auf den seinen zu fühlen. Über ihren Körper zu streicheln, bis er weich und nachgiebig wurde, und ihre vollen Brüste in sich einzusaugen, bis sie sich in seinen Armen wand und keinen anderen Gedanken mehr hatte als ihn. Und dann endlich … Er lächelte, als er bemerkte, dass allein schon der Gedanke an sie ihn erregt hatte. Er musste diese Frau haben, auf welche Art auch immer.

Er stellte Selinas Bildnis auf die Truhe und ging ein paar Schritte zurück, um es aus der Entfernung zu betrachten. Plötzlich stutzte er, sah genauer hin, schüttelte den Kopf, nahm das Bild, hielt es ins Licht und runzelte die Stirn.

Das war doch unmöglich! Völlig undenkbar, dass sie das wagen …

Doch, sie würde das tun! Es passte zu ihr. Zu dem widerborstigen Blick, den sie ihm gleich zu Beginn ihrer Bekanntschaft geschenkt hatte, zu dem spöttischen Verziehen ihres reizvollen Mundes.

»Oh ja«, murmelte er zufrieden. »Du glaubst, du kannst mich belügen, meine hübsche Burgunderin, aber du hast dich getäuscht. Und wenn ich bisher nicht sicher war, dass ich dich wollte, jetzt bin ich es. Jetzt erst recht.«

Das Fest

Lorenzo di Medici hatte ihnen die Ehre zuteil werden lassen, sie auf eines seiner Feste zu laden, und der alte Santini fühlte sich in seiner Entscheidung, seine Enkelin mit dem adeligen di Barenza zu verheiraten, bestätigt. Wie hart hatte er trotz seines nicht unbeträchtlichen Vermögens darum gekämpft, in die Klientel, die engere Gefolgschaft der Medici, zu kommen, und nun, da es ein offenes Geheimnis war, dass Selina Santini die Gattin des Alessandro di Barenza werden würde, standen ihm plötzlich nicht nur die Türen zum Palast der Medici offen, sondern auch zu vielen anderen Patrizierhäusern, in denen er zuvor nicht geduldet worden wäre. Er hatte dafür gesorgt, dass seine Enkelin besonders hübsch herausgeputzt wurde, und konnte mit ihrem Erscheinungsbild zufrieden sein, denn als sie in ihrem glanzvollen Kleid mit der langen Schleppe den Palazzo betrat, verstummten die Gespräche, und die meisten der anwesenden Männer wandten sich ihr zu.

Wie allerdings nur die richtige Selina bemerkte, war der Eindruck auf den ohnehin schon verliebten Francesco, dem der Mund offen stehen blieb, am größten und der Blick des jungen Mannes saugte sich förmlich an der anmutigen Gestalt fest, während eine zarte Röte in seine Wangen stieg und ihn noch jünger und hübscher aussehen ließ.

Zu jung und zu hübsch für Selinas Geschmack, die nach einem ganz anderen Ausschau hielt. Sie selbst war weitaus weniger prächtig gekleidet und hielt sich ein wenig hinter ihrer Freundin. Sie gönnte Françoise den Erfolg, auch wenn sich ganz tief in ihr ein sehr unwürdiger kleiner Stachel des Neides bemerkbar machte. Sie liebte ihre Freundin und war stolz auf sie wie auf eine Schwester, als sie jedoch die breiten Schultern von Alessandro di Barenza sah, der ihnen den Rücken zuwandte und mit einem alten Mann mit wallendem weißen Haar und Bart sprach, wünschte sie, mindestens ebenso schön und auffallend zu sein wie Françoise. Sie hatte Fiorinas Vorschlag, die Stirn am Haaransatz zu zupfen, damit sie dem Schönheitsideal entsprechend höher erschien, kein Gehör geschenkt und nur ihr Haar in mehrere Zöpfe geflochten, die sie anmutig hochgesteckt und mit kostbaren Bändern verziert hatte. Es war fast dieselbe Frisur, die Alessandro damals im Garten erwähnt und bewundert hatte, und sie hoffte, sie möge ihm abermals auffallen. Als er sich umwandte, seinen Blick über die Neuankömmlinge schweifen ließ und ein bewundernder Ausdruck in seinen Augen erschien, als er Françoise erblickte, sank ihr Herz jedoch, und die Enttäuschung ließ ihr erwartungsvolles Lächeln erstarren.

Dann aber glitt sein Blick weiter, traf ihren und das Lächeln vertiefte sich, wurde wärmer. Sie blieb unwillkürlich stehen, sah zu ihm hinüber und versank in seinen Augen. Das Stimmengemurmel um sie herum trat zurück und da waren nur noch Alessandro, seine dunklen Augen und sein Lächeln.

Sie wurde sich ihrer seltsamen Verzauberung erst gewahr, als sie einer der anderen Gäste am Arm berührte. Sie wandte den Kopf und sah Riccardo, einen von Fiorinas Vettern, der sich erstaunlich oft im Haus der Santinis blicken ließ und keine Gelegenheit ausließ, ihr den Hof zu machen. Er verbeugte sich höflich vor ihr, machte eine Bemerkung, die sie nur mit einem abwesenden Kopfnicken quittierte, da sie nur an Alessandro dachte und an sein Lächeln. Ein verstohlener Blick zeigte ihr, dass er immer noch herübersah, das Lächeln jedoch aus seinen Augen verschwunden war und stattdessen ein nachdenklicher Ausdruck darin stand. Sie wandte sich nur zögernd ab und ließ sich schließlich von Riccardo in einen angrenzenden Saal geleiten, in dem bereits gedeckte Tafeln für die Gäste bereitstanden.

Die Feste des Magnifico wurden wahrlich ihrem Ruf gerecht. Es gab die besten Speisen. Von Zicklein über Kalb, Schweinefleisch bis zu teurem Rindfleisch, dazu Gemüse und diese seltsamen Teigwaren, die sie bisher nur in Florenz vorgesetzt bekommen hatte. Dazwischen wurde immer wieder Obst gereicht. Selina sprach herzhaft dem erlesenen Wein zu, während sie ihre Umgebung bewunderte. Überall an den Wänden waren Kerzenhalter und von der Decke hingen schön geschwungene Leuchter herab. Die Tafel selbst war mit einem feinen, bis zum Boden reichenden Leinentuch bedeckt. Jeder der Gäste hatte eine eigene, fein gefaltete Serviette und aß mit zweizinkigen Gabeln von Porzellantellern und vergoldetem Geschirr.

Zu ihrer größten Verwunderung saß sie nicht neben Riccardo oder einem anderen Mitglied ihrer Familie, sondern man hatte sie neben einen dunkelhaarigen ernsten Mann gesetzt, der sich als Lehrer der Söhne des Magnifico vorstellte. Ihr schräg gegenüber saß

Alessandro, zu seiner Rechten Françoise, und Selinas Blicke wanderten immer wieder zu den beiden hinüber. Es war gewiss kein Zufall, dass man sie nebeneinanderplatziert hatte. Als Alessandros Freund wusste Lorenzo di Medici vermutlich ebenso gut über die geplante Heirat Bescheid wie alle anderen im Saal, und Selina sah nicht nur einmal, wie einige der Gäste die Köpfe zusammensteckten und über das gutaussehende Paar tuschelten. Ja, äußerlich würde Françoise hervorragend zu Alessandro di Barenza passen. Sie war so hübsch, dass der bestaussehende Mann im Saal gerade noch gut genug für sie war. Und der bestaussehende war Alessandro ganz zweifellos.

Ihr Blick glitt über sein kantiges Gesicht, die Narbe, sein energisches Kinn und die leicht gebogene Nase, um dann wieder an seinen Augen hängenzubleiben, in denen fast ununterbrochen dieses anziehende Lächeln stand, das sie so an ihm faszinierte. Allerdings schenkte er ihr weit weniger Aufmerksamkeit als sie ihm, denn er sah kein einziges Mal her, widmete sich nur seiner schönen Tischgefährtin und unterhielt sie offenbar so gut, dass Françoise des Öfteren hell auflachte.

Selina erinnerte sich daran, dass Bene Santini bereits mehrmals betont hatte, Alessandro würde Françoise mit Wohlgefallen betrachten, und tatsächlich konnte sie die Bewunderung in seinen Augen sehen, wenn er mit ihr sprach. Und nicht zum ersten Mal bereute sie es zutiefst, ihre Freundin zu dieser Posse überredet zu haben. Andernfalls würde sie nun dort neben ihm sitzen, sich von ihm hofieren lassen und …

Der Saal wurde ihr mit einem Mal zu eng, die Luft trotz der weit geöffneten Fensterflügel zu stickig, und während die anderen drinnen weiterfeierten und lachten, zog Selina sich bei der ersten Gelegenheit in den Garten zurück.

Der Mond beleuchtete die von Büschen, Blumen und Statuen flankierten Wege. Sie hatte keine besondere Absicht verfolgt, als sie in den Garten gekommen war, aber unwillkürlich richtete sie ihre Schritte zu dem römischen Schwertträger und blieb erst stehen, als sie vor ihm angelangt war. Der Mond schien sanft auf den marmornen Mann, gab ihm eine magische Weichheit und Unwirklichkeit. Er stand auf einem kleinen Sockel und Selina ging langsam auf ihn zu, streckte die Arme aus und fuhr mit den Händen über diesen Körper. Mit halbgeschlossenen Augen, ganz langsam, bedächtig, mit allen Sinnen genießend. Der lebendige Mensch, an den sie dabei dachte, war ihr verwehrt, aber dieser hier gehörte ihr ganz allein. Seine breite Brust, die sie mit Küssen bedeckte, seine muskulösen Arme, der kräftige Rücken, das nackte Gesäß, in der erstarrten Bewegung angespannt. Sie ließ ihre Finger tief hinuntergleiten, berührte sein Glied, versteinert und doch so erregend. So nah und in seiner Kälte, die durch keine Berührung zu überwinden war, doch unerreichbar für sie. Aber erreichbarer doch als Alessandro di Barenza …

Sie schrie erschrocken auf, als sie plötzlich hinter sich eine Bewegung wahrnahm. Jemand legte die Hand über ihren Mund und zog sie leicht an sich. Sie spürte den Körper eines Mannes und an ihrem Ohr eine flüsternde Stimme:

»Still, meine reizende Mondgöttin, es ist nicht nötig, dass die anderen darauf aufmerksam werden, was du hier unter dem Mantel der Nacht tust.«

Selina riss seine Hand von ihrem Mund und wandte sich wütend, aber auch zutiefst verlegen um. »Wie könnt Ihr es wagen, mich zu belauschen! Was habt Ihr hier verloren?! Seid Ihr mir etwa gefolgt?« Sie hatte an nichts anderes gedacht als an ihn, als sie die Statue berührte, und dass er sie abermals dabei ertappte, brachte sie um ihre Fassung.

Einige Wolken zogen vorbei und bedeckten den Mond, sodass sie Alessandros Gesicht nicht sehen konnte, aber sie erahnte doch das Lächeln um seinen Mund. »Ich war nur neugierig, *madonna*. Ich sah Euch aus dem Palazzo in den Garten verschwinden und dachte mir, dass Euch ein heimliches Liebesabenteuer hierherlocken würde. Zumal dieser junge Mann, dieser Riccardo, Euch schon den ganzen Abend so verliebte Blicke zuwarf, dass es mir auffallen musste.« Er blickte an ihr vorbei auf die Statue. »Dass es allerdings ein steinerner Mann ist, der Eure Leidenschaft anzieht, hatte ich nicht gewusst. Obwohl … ich hätte es mir vielleicht denken können, als ich Euch vor einiger Zeit hier vor ihm stehen sah.«

»Was erlaubt Ihr Euch!« Er stand mitten auf dem Weg, der zurück zum Palazzo führte, und Selina wollte sich an ihm vorbeidrängen, aber er hielt sie fest.

»Das Feuer in Euren Augen hat Euch verraten, bezaubernde Göttin der Nacht. Der Blick, mit dem Ihr ihn angesehen habt. Voller Verlangen. Voll Neugier.«

»Lasst mich los!«

Alessandro legte sanft seinen Finger auf ihre Lippen. »Leise doch, oder wollt Ihr, dass man uns hier findet? Was würde wohl Eure Herrin dazu sagen, wenn sie sehen müsste, dass sich ihre Dienerin mit dem ihr zugedachten Gemahl heimlich im Garten trifft? Sie würde

Euch vermutlich aus dem Haus jagen. Und wenn nicht sie, dann ganz gewiss ihr Großvater, der die Hälfte seines Vermögens darum geben würde, um seiner Enkelin einen Mann zu verschaffen und sich selbst Zugang zur herrschenden Florentiner Elite.«

»Ihr seid vulgär und geschmacklos!«, fuhr ihn Selina an. »Aber was kann man schon von einem Mann erwarten, der sich für Geld verkauft!«

»Ihr verachtet mich also?« Seine Stimme klang belustigt. »Und jene, die mich kaufen, verachtet Ihr nicht ebenso?«

»Wer sagt Euch, dass meine Herrin Euch überhaupt haben will? Seid Euch Eurer Sache nur nicht zu sicher! Sie braucht keinen Adelstitel, sie hat ihn schon!«

Er lachte leise. »Selina Santini wird mich wollen. Soll ich Euch zeigen, weshalb?«

Bevor Selina sich dagegen wehren konnte, hatte er sie auch schon herumgedreht, umfasste ihre Handgelenke mit einem festen Griff und schob sie vor sich näher zu der Statue. »Aus dem gleichen Grund, weshalb Ihr im Dunkel der Nacht hierherkommt, um diese Statue zu streicheln.« Sein Mund war ganz nahe an ihrem Ohr, sie spürte seinen warmen Atem auf ihrer Haut und ein seltsames Gefühl der Nachgiebigkeit überkam sie. Eine Schwäche, die von ihren Beinen aufwärtskroch. Ein Verlangen, gegen das sie ankämpfen musste. Er hatte kein Recht, sie so zu behandeln, sich über sie lustig zu machen. Er war nichts weiter als ein Objekt, das ihr Großvater kaufen wollte. Nicht mehr.

Seine linke Hand hatte jetzt die ihre umfasst, legte sie auf die Brust des Schwertkämpfers und drückte sie fest an den Stein.

»Kalter Marmor«, flüsterte er, »was kann er dir schon geben?« Er führte ihre Hand abwärts, bis sie das mächtige Glied der Statue erreichte. Der Marmor war kalt, aber Selina fühlte es heiß in sich aufsteigen, als er ihre Finger um das steinerne Glied schloss. Sie wollte sich losreißen, ihn beschimpfen, treten, schlagen, aber sie tat nichts dergleichen, stand nur schwer atmend da und starrte wie gebannt auf seine Hand, die ihre nun mit festem Druck auf dem Marmor auf und ab gleiten ließ. »Nichts, siehst du«, murmelte er. »Er kann dir nichts geben. Er kann deine Gefühle und deine Leidenschaft nicht erwidern.«

Selina atmete zitternd ein, als er ihre andere Hand zwischen seine Beine legte. Sie fühlte die Wärme seines Körpers durch den Stoff seiner Hose hindurch und wusste, was sie nun erwarten würde, wenn es ihr nicht gelang, sich aus seinem Bann zu befreien. Als sie ihre Hand heftig zurückziehen wollte, lachte er.

»Nein, meine zauberhafte Mondgöttin. Jetzt werde ich dich den Unterschied lehren zwischen einem Mann aus Marmor und einem aus Fleisch und Blut. Und ich schwöre dir, nach dieser Nacht wirst du nie mehr in Versuchung kommen, deine Neugier und dein Verlangen an kaltem Stein zu befriedigen.«

Sie stöhnte leise auf, als er ihre Hand fester auf sein Glied legte und sie im selben Rhythmus auf und ab gleiten ließ wie jene auf der Statue. Während der tote Stein jedoch nicht reagierte, fühlte sie Alessandros Glied härter werden und sich ungeduldig gegen den Stoff der Hose drängen. Er schloss seine Finger fest um ihre, ließ sie ihn ertasten, führte sie hinauf und dann hinab zur Spitze, die sich wie glühend durch den Stoff bohrte. Sein Atem ging schwerer, als sie ihn zu streicheln, zu massieren, bewusst zu erregen begann, bis seine Hand den Druck verstärkte, immer schneller auf und ab fuhr und er endlich mit einem unterdrückten Stöhnen seinen Höhepunkt erreichte.

Selina lehnte sich zitternd an ihn, den Kopf zurück auf seine Schulter gelegt, ihre rechte Hand um sein Glied, das nun wieder nachgiebiger geworden war, während es feucht durch den Stoff der engen Hose sickerte. Er ließ ihre Hand auch dort liegen, als er die andere vom Stein löste. Seine Lippen glitten über ihre Schläfe abwärts zu ihrem Hals und sie erschauerte am ganzen Körper, als sie seine Berührung auf ihrer bloßen Haut fühlte.

In seiner Stimme klang ein Lächeln mit: »Jetzt, wo du den Unterschied kennst, sag mir – fühlt sich lebendes Fleisch nicht viel besser an als toter Marmor?«

»Ihr hattet kein Recht, das zu tun«, sagte sie heiser.

»Hat es dir nicht gefallen, meine schöne Mondgöttin?«

Doch. Es hatte ihr gefallen, aber es hatte noch mehr getan. Es hatte Gefühle in ihr ausgelöst, die sie kaum mehr beherrschen konnte. Mit letzter Kraft riss sie sich von ihm los und lief davon, weiter in den Garten hinein, in dem sie sich verbergen konnte. Sie wollte, konnte jetzt noch nicht zurückgehen zu den anderen, sondern musste allein sein, um sich zu fassen. Immer noch vermeinte sie seinen Atem an ihrem Hals und ihrer Wange zu spüren und sein Glied in ihrer Hand. Wie gern hätte sie es in diesem Moment mit beiden Händen umfasst, es liebkost, bis er unter ihren Zärtlichkeiten stöhnte und zuckte, und ihn dann zwischen ihre für ihn weit geöffneten Schenkel gezogen.

Sie zuckte zusammen, als sie plötzlich Schritte hörte,

die näher kamen, und flüchtete sich tiefer in den Schatten der Sträucher, als sie die Stimmen erkannte. Eine gehörte ihrem Großvater, die andere Alessandro, der ihr offenbar gefolgt und dabei von Santini gestört worden war.

»Ich habe Verständnis dafür, wenn ein Mann zugreift, wann immer sich ihm etwas bietet«, hörte sie ihren Großvater sagen, »aber ich werde nicht dulden, dass Ihr mich und meine Familie beleidigt, indem Ihr anderen Frauen mehr Aufmerksamkeit gönnt als meiner Enkelin!«

»Ich denke nicht, dass es Eure Enkelin als Beleidigung auffassen könnte, wenn ich mit anderen Frauen spreche oder Höflichkeiten austausche«, erwiderte Alessandro mit gleichmütiger Stimme.

»Haltet mich nicht für dumm, Alessandro«, fuhr ihn der alte Santini böse an. »Oder meint Ihr, ich hätte nicht genau bemerkt, dass Ihr soeben mit einer Frau hier gestanden seid? Ich habe sie nicht erkannt und es ist mir auch gleichgültig, wer sie war, aber ich bin dankbar dafür, dass meine Enkelin nicht Zeugin Eurer Leichtfertigkeit hat werden müssen. Und Ihr solltet es ebenfalls sein. Es geht für Euch um mehr als für mich. Soviel ich weiß, belaufen sich Eure Spielschulden auf mehrere tausend Florin, von denen Ihr vermutlich nicht einmal ein Viertel aufbringen könnt.«

»Mehrere tausend?« Alessandros Stimme klang überrascht. »Ist es tatsächlich so viel?«

»Allerdings«, fuhr der Alte fort. »Und die Anzahlung auf unser Geschäft, jene tausend Florin, die ich Euch gab, habt Ihr vermutlich schon lange verspielt.«

»Geschäft ...«, wiederholte Alessandro nachdenklich. »Welch ein unschönes Wort. Eure Enkelin würde unsere Heirat gewiss nicht so sehen wollen. Weiß sie eigentlich Bescheid über Eure Pläne?«

»Natürlich. Ich habe ihr bereits in meinem Brief, in dem ich sie aufforderte hierherzukommen, bekanntgegeben, dass ich die Absicht habe, sie mit Euch zu verheiraten. Und ich habe es ihr bei ihrer Ankunft noch einmal gesagt. Sie kennt ihre Pflicht gegenüber dem Hause Santini und ihrer Familie. Aber dennoch werde ich nicht dulden, dass sie in aller Öffentlichkeit gedemütigt wird. Das ist eine Beleidigung für unsere ganze Familie!«

»Es wird nicht wieder vorkommen«, erwiderte Alessandro und Selina war überrascht von dem Ernst in seiner Stimme. »Ich werde nichts tun, was Selina beleidigen könnte. Glaubt mir, Signor Bene, dafür schätze ich Eure Enkelin viel zu sehr.«

»Dann will ich noch einmal darüber hinwegsehen. Es ist normal für einen Mann, nach der Hochzeit sein Vergnügen und seine Abwechslung auch außerhalb der Ehe zu suchen, und was Ihr dann tut, ist mir gleichgültig. Aber ich werde nicht dulden, dass Ihr uns beleidigt, bevor noch der Ehevertrag aufgesetzt ist.«

Alessandro stimmte zu, der Großvater ging davon und Selina wartete ungeduldig darauf, dass di Barenza sich ebenfalls entfernte. Zu ihrem Ärger schien er jedoch nicht die geringste Absicht zu haben, sondern machte sogar einige Schritte auf ihr Versteck zu. Selina wich noch ein wenig zurück, blieb mit dem Kleid an einem der kleinen Äste hängen und der weiche Stoff zerriss mit einem unschönen Geräusch. Sie bückte sich, um das Kleid zu lösen, und als sie wieder aufsah, stand Alessandro im vollen Mondlicht vor ihr. Er blickte an ihr hinab und schüttelte amüsiert den Kopf.

»Hattest du denn keinen besseren Ort gefunden, um unser Gespräch zu belauschen, meine Mondgöttin?«

»Ich habe nicht gelauscht!«, fauchte Selina ihn zornig an.

»Und weshalb verbirgst du dich dann hier?« Auf seinem Gesicht lag wieder dieses seltsame Lächeln, bei dem sie nie wusste, woran sie mit ihm war.

»Ich wollte Euch ausweichen, deshalb. Aber Ihr musstet ja genau hier stehen bleiben und über Eure … Geschäfte sprechen! Dass Ihr Euch nicht schämt, solchen Handel abzuschließen!«

Er zuckte mit den Achseln. »Geschäft ist Geschäft, meine Schöne.«

»Ihr seid erbärmlich! Habt Ihr keinen Stolz?«, fragte Selina mit einer Mischung aus Zorn und Enttäuschung.

»Doch«, erwiderte er ruhig, »und du solltest nicht zu heftig darauf herumtreten, meine Mondgöttin.«

»Hört auf, mich so zu nennen!«

Er hob die Augenbrauen. »Wie soll ich dich denn sonst nennen? Selene?«

Selina erbleichte. »Wie kommt Ihr auf diesen Namen?«

»So heißt die griechische Göttin des Mondes, Tochter des Hyperion und der Theia.«

»Es liegt an meiner Herrin, wen sie heiratet«, erwiderte Selina hitzig, ohne auf seine letzten Worte einzugehen. »Sie hat es nicht nötig, einen Mann zu ehelichen, der nur auf seinen Gewinn bedacht ist! Der sie nur als lästige Zugabe sieht zu einem Vermögen, mit dem er in der Lage ist, seinen fragwürdigen Lebenswandel fortzusetzen!«

»Fragwürdiger Lebenswandel?«, wiederholte Alessandro mit einem amüsierten Lächeln. »Hat man dir wirklich so wenig Gutes über mich erzählt, meine Selene?«

»Und wenn man mit Engelszungen über Euch geredet hätte, so wäre ich allein schon wegen Eures Benehmens mir gegenüber eines Besseren belehrt worden! Und hört auf, mich Selene zu nennen!«

»Mein Benehmen dir gegenüber?« Er schien nachzudenken. Der Mond war etwas höher gestiegen und sie konnte sein Gesicht deutlich erkennen. »Ich bin mir keiner Schuld bewusst. Habe ich es dir gegenüber etwa an Aufmerksamkeiten mangeln lassen?«

»Ihr habt mir wohl etwas zu viel Aufmerksamkeit geschenkt!«, antwortete Selina wütend. »Mehr, als ich jemals von Euch gewollt hätte! Und so viel, dass es sogar schon dem alten Santini aufgefallen ist!«

»Abgesehen vom alten Santini«, sagte Alessandro und kam noch ein bisschen näher, was Selina bewog, sich tiefer in die Sträucher hinter ihr zurückzuziehen, wobei sie sich nun auch noch mit dem Haar in einem der Äste verfing. »Ganz abgesehen vom alten Santini«, fuhr er fort, »dessen Meinung mir herzlich gleichgültig ist, glaube ich nicht, dass dir meine Nähe so unangenehm ist, wie du mich glauben machen willst.« Er trat so knapp an sie heran, dass ihre Brust ihn fast berührte. Sie hob die Hände, um ihn von sich wegzuschieben, aber da hatte er sie auch schon mit einem Arm umfasst, während er die Hand unter ihr Kinn legte und ihr Gesicht zu sich emporhob. »Nein, ganz im Gegenteil«, murmelte er, während sein Blick über sie glitt. Seine Augen waren ganz dicht vor ihren und Selina bemerkte mit einem ungewollten Erschauern den Ausdruck des Verlangens in ihnen. »Du willst es genauso wie ich, meine schöne Widerspenstige.«

Selina nahm Zuflucht zu ihrem letzten Rest von Widerstandskraft. »Lasst mich sofort los und geht weg!«

»Gleich«, flüsterte er dicht an ihrem Mund. »Aber zuerst werde ich dich küssen.«

Selina versuchte, ihn von sich wegzudrücken, gab jedoch in dem Moment nach, als seine Lippen die ihren berührten. Sie war jung und heißblütig und hatte zu lange die liebevolle Berührung eines Mannes entbehren müssen.

Als er sie wieder losließ, hielt sie sich etwas atemlos an ihm fest.

»Ach, meine schöne Mondgöttin«, flüsterte Alessandro an ihrem Ohr, »wie gern würde ich jetzt mit dir einige Psalmen rezitieren.«

Sie sah schnell zu ihm auf. »Ihr wollt in die Kirche, um zu beten?«

Alessandro lachte amüsiert. »Nein, Selene, so sagt man hier in Florenz zu ganz anderen Dingen.«

Selina fühlte, wie eine heiße Röte in ihre Wangen stieg, und für Sekunden mussten ihr ihre Gedanken vom Gesicht abzulesen gewesen sein, denn sie bemerkte, wie sich Alessandros Miene veränderte. Sein Blick wurde intensiver, hielt den ihren fest, während sich der Druck seines Armes um ihre Taille verstärkte und er sich wieder über sie beugte. Diesmal versuchte sie nicht mehr, ihn wegzustoßen, sondern hielt still, als sein Mund den ihren berührte. Nicht so wie zuvor, wo es ein – obwohl gekonnter – so doch unpersönlicher Kuss gewesen war, sondern mit Bedacht.

Sie schloss die Augen, als seine Lippen die ihren sanft streichelten, an ihrem Mundwinkel verweilten, ihrer Unterlippe jede erdenkliche Aufmerksamkeit schenkten, bevor seine Zunge sich weiter vorschob, zwischen ihre Zähne glitt und nach ihrer Zunge tastete. Alles behutsam, sehr bewusst und verführerisch. Es war der Kuss eines Mannes, der es verstand, eine Frau allein schon mit seinen Lippen zu erregen, und Selina fühlte eine angenehme Schwäche in ihren Beinen, die sich weiter hinaufzog, ihre verborgensten Stellen erreichte und dort den Wunsch nach mehr weckte.

Sie stand regungslos mit geschlossenen Augen da, als er sich wieder von ihr löste. Ihr Innerstes war in Aufruhr. Etwas, das sie nach Louis' Tod in sich verschlossen gehabt hatte, war in ungeahnter Heftigkeit wieder zum Leben erwacht und sie sehnte sich schmerzlich nach den Zärtlichkeiten eines Mannes. Nein, nicht irgendeines Mannes. Dieses Mannes. Danach, von ihm berührt zu werden und ihn zu berühren, ihn zu streicheln, zu erregen und selbst bis zum Äußersten erregt zu werden, bis die Leidenschaft über ihnen beiden zusammenschlug und jedes Denken unmöglich machte.

Sie öffnete erst die Augen, als Alessandros Hand leicht über ihre Wange strich. Er sah sie nachdenklich an. »Du hast die Freuden der Liebe schon gekostet, nicht wahr?«

»Das geht Euch nichts an.«

»Oh doch, meine verführerische Selene, das geht mich sogar sehr viel an.« Seine Stimme klang sanft, während seine Hand von ihrem Gesicht abwärtsglitt, über ihre Brüste streichelte und seine Lippen ihre Schläfe berührten. »Es hätte mir unendliche Freude bereitet, der Erste zu sein, der aus diesem sinnlichen Mund Laute der Leidenschaft hört und die Glut deines Körpers zu spüren bekommt.« Er lachte leise. »Der Erste, abgesehen von diesem marmornen Mann natürlich, meine Schöne.«

Selina, die es nicht ertrug, dass er sich über sie lustig machte, wollte sich ärgerlich losmachen, aber er hielt sie fest, seine Hände glitten unaufhörlich über ihren Körper, während seine Lippen ihren Hals streichelten. »Wer war es?«, flüsterte er. »Ein heimlicher Geliebter, daheim in Burgund?«

Selina antwortete nicht, sondern gab sich nur dem Gefühl aufsteigender Leidenschaft hin, das seine Hände in ihr auslösten.

»Oder geschah es erst hier? War es gar dieser Riccardo, der dir so schöne Augen macht?«

»Ihr fragt zu viel. Ich bin Euch keine Rechenschaft schuldig!«

Er ließ sie los, trat einen Schritt von ihr fort und musterte sie ernst. »Das stimmt«, sagte er schließlich. »Zumindest nicht bis zu dem Moment, wo ich dich im Hause von Bene Santini traf. Bis dahin warst du frei, aber jetzt gehörst du mir, meine schöne Mondgöttin, und ich teile nicht gern.«

»Ich gehöre niemandem außer mir selbst«, fuhr ihn Selina an. »Seht zu, dass Ihr eine reiche Frau bekommt, und lasst mich in Ruhe!«

Das bekannte Lächeln stahl sich wieder in seine Augen, als er auf den Weg hinaustrat. Dort wandte er sich um.

»Heiraten wirst du trotzdem, meine hübsche Widerspenstige, und wenn es nicht des Geldes wegen ist, so werde ich darum umso glücklicher sein.«

Er ging fort und Selina stolperte zwischen den Büschen hervor und starrte ihm nach, bis er den Garten verlassen hatte.

Das Landhaus

Selina war nicht erstaunt, als sie auf der anderen Straßenseite Alessandro sah, der dort auf sie wartete. Es war nun schon über drei Wochen her, seit er sie im Garten der Medici geküsst hatte, und obwohl sie danach anfangs versucht hatte, ihm auszuweichen, war er jeden Tag im Haus der Santini erschienen, oft unter dem Vorwand, mit dem Alten Geschäfte besprechen zu müssen, dann wieder mit Blumenkränzen für sie und Françoise oder mit anderen Geschenken. Obwohl er sie vor den anderen niemals vorzog, ihre Freundin und sie mit der gleichen Liebenswürdigkeit behandelte, so wusste sie jetzt doch, dass seine Besuche ihr galten.

Zuerst hatte sie gedacht, er gebe einer Laune nach, einer Verspieltheit, wie Männer das oft taten und sich die Gunst einer Bediensteten erwarben, aber je länger seine Besuche andauerten und je tiefer ihre eigene Zuneigung zu ihm wurde, desto eher glaubte sie an seine Gefühle, die ihr galten und nicht einer anderen in diesem Haus. Er war anders, als sie zuerst gedacht hatte, als sie voller Vorurteile nach Florenz gekommen war. Er mochte vielleicht eine reiche Frau suchen – welcher Mann wollte das nicht, und verfügte er auch über noch so viel eigenes Geld, was bei Alessandro ja nicht der Fall war –, aber er hatte einen guten Charakter. Er war liebenswürdig, freundlich, lachte gern, was seine harten Züge so unwiderstehlich machte, und war so belesen, dass Selina ihn oftmals um Rat fragte oder Auskunft einholte über Dinge, die sie nicht verstand oder wissen wollte.

Jedes Mal, wenn sie spazieren ging – was sie täglich zu einer gewissen Zeit tat –, konnte sie sich seiner Begleitung sicher sein. Sie ging immer einen bestimmten Weg an der Kirche Santo Spirito vorbei und stets wartete er schon dort oder nicht weit davon, um sich ihr anzuschließen. Sie hatte es durchgesetzt, dass sie ohne Begleitung das Haus verlassen konnte, und obwohl Fiorina besorgt gewesen war, kümmerte sich niemand anderer darum, da eine Bedienstete eben wesentlich mehr Freiheiten genoss als eine Frau, die zur Familie gehörte.

Auch an diesem Tag war er wieder gekommen, und während sie in den ersten Tagen zurückhaltend reagiert hatte, so versuchte sie jetzt nicht mehr, ihre Freude über das Wiedersehen zu verbergen. Alessandro hatte sie diesmal überredet, ein wenig über die Wiesen zu spazieren. Sie wollten soeben die Stadt durch eines der Tore verlassen, um einem zu den grünen Hügeln hinaufführenden Karrenweg zu folgen, als eine Frau in Nonnenkleidern auf sie zutrat und Alessandro beide Hände entgegenstreckte.

»Alessandro, wie schön, Euch hier zu sehen! Ich hatte gestern schon einen Boten zu Eurem Haus geschickt, der Euch jedoch nicht antraf.«

»Ich hörte davon, Mutter Dorotèa.« Alessandro verbeugte sich tief vor der älteren Frau. »Ich wollte Euch auch heute noch aufsuchen, um zu fragen, womit ich Euch dienen kann.«

»Als hättet Ihr nicht schon genug getan«, erwiderte

die Nonne mit einem Strahlen. »Ihr habt uns so überreich beschenkt, dass wir uns vor Glück kaum fassen konnten.« Sie wandte sich Selina zu, die dem Gespräch mit Verwunderung folgte. »Denkt nur, Signorina, Alessandro di Barenza hat uns in seiner Großzügigkeit eintausend Florin für unser Hospiz geschenkt.«

»Hospiz?«, fragte Selina verwirrt.

»Wir Schwestern vom Hospiz kümmern uns um jene unglücklichen Kinder, deren Mütter ihnen die Liebe versagen und sie weglegen. Ach, es sind so viele kleine Mäuler zu stopfen und so wenige, die uns darin unterstützen. Und nun erhielten wir vor einiger Zeit das viele Geld von einem Notar. Er wollte uns erst gar nicht sagen, von wem es war, aber Pater Angelino, der immer sehr beharrlich ist, hat es gestern endlich herausgefunden. Dieser Mann hier war es, der edle Spender …« Sie strahlte Alessandro an, der abwehrend die Hände hob.

»Nein, nein, Schwester Dorotèa. Dankt nicht mir, sondern dem Signor Bene Santini. Er war es, der mir das Geld gab, um es an Euch weiterzureichen, da er zu bescheiden ist, um selbst in Erscheinung zu treten.«

Die Nonne schlug die Hände zusammen und Selina hätte es ihr vor Überraschung fast gleichgetan. »So werde ich schnell zu ihm eilen, um ihm zu danken. Lebt wohl, Alessandro, und Gott schütze Euch und Eure Begleiterin.«

»Tut das nicht«, hielt Alessandro sie auf, als sie sich umwandte. »Das wäre Signor Bene gewiss sehr unangenehm. Er ist ein frommer, gottesfürchtiger Mann, der seinen Lohn nicht auf Erden sucht. Betet für ihn, das wird ihm Dank genug sein.«

Als die Nonne verschwunden war und Alessandro

weitergehen wollte, blieb Selina stehen. »Eintausend Florin?«, fragte sie mit hochgezogenen Augenbrauen.

»Ein Geschenk von Bene Santini«, erwiderte er mit einem amüsierten Lächeln. »Ich fand es hier besser angelegt als beim Würfelspiel.« Er ergriff sie am Arm, um sie sanft mit sich zu ziehen. Selina antwortete nichts, ging jedoch nachdenklich neben ihm her, bis er plötzlich stehen blieb und sie an den Schultern zu sich umdrehte.

»Ich möchte, dass du mich besuchst«, sagte er ruhig. »In meinem Landhaus.«

Als sie ihn fragend ansah, lächelte er leicht. »Nur du und ich, meine Geliebte. Wir werden ganz allein sein.«

Sekundenlang hielt Selina den Atem an. Alessandro hatte ihr in den vergangenen Tagen und Wochen zwar deutlich gezeigt, dass sie ihm gefiel, war aber niemals so weit gegangen, sie nochmals zu küssen oder auch nur ihre Hand zu berühren, und sie hatte zu ihrer geheimen Enttäuschung niemals den leisesten Grund gehabt, ihn zurückzuweisen. Was sie vermutlich auch nicht mehr getan hätte. Sie war nun schon lange genug in Florenz, um die doppelte Moral der Einwohner zu durchschauen und dahinterzukommen, dass – wie zurückgezogen und moralisch einwandfrei die Frauen auch lebten – sie doch immer wieder Mittel und Wege zu Liebesabenteuern fanden, die in aller Heimlichkeit manchmal sogar Jahre überdauerten.

Sie fühlte eine leichte Röte in ihre Wangen steigen, die weniger von falscher Schamhaftigkeit herrührte als von der Freude, etwas angeboten zu bekommen, das sie mehr wollte als alles andere. Sie hatte in den letzten drei Wochen, seit dem Kuss im Garten, schon mehr als einmal mit dem Gedanken gespielt, ihn einfach darauf anzusprechen, hatte sich jedoch dann doch gescheut, den ersten Schritt zu tun. »Psalmen rezitieren?«, fragte sie mit einem leichten Lächeln.

Alessandro lachte. Sie standen hinter einigen Bäumen, wo man sie nicht beobachten konnte, und er zog sie an sich. »Ja, meine verführerische Mondgöttin. Ich will mit dir Psalmen rezitieren. Und Gott allein weiß, wie sehr mir dieser Wunsch nach gemeinsamer Frömmigkeit schon zu schaffen macht.« Er schob ihr langes Haar zur Seite und küsste sie auf den Nacken. »Ich begehre dich so sehr, meine Selene, dass ich dich tagsüber in jeder Frau sehe und des Nachts nicht schlafen kann, weil ich mich nach dir sehne.«

»Es gehört sich nicht«, sagte sie, um ihm nicht zu zeigen, dass sie ebenso empfand und sich nichts sehnlicher wünschte, als ihm zu gehören, in seinen Armen zu liegen und mit ihm gemeinsam vor Lust zu vergehen.

»Aber mein süßes Leben, wer könnte uns Vorwürfe machen? Predigen denn die Mönche nicht immer das Gebet? Und welches könnte inniger gesprochen werden als das von zwei Liebenden? Aber«, seine Lippen zogen eine glühende Spur von ihrem Hals abwärts bis zum Stoff ihres Kleides, »wenn du nicht Psalmen rezitieren willst, dann können wir gemeinsam den Teufel zur Hölle schicken.«

»Den Teufel zur Hölle schicken?«, kicherte Selina, was Alessandro veranlasste, ihren Mund zu küssen, bis er schmerzte.

»Was ist das?«, fragte sie atemlos, als er sie wieder freigab. »Was …«

Er lachte. »Ich werde es dir zeigen, meine Geliebte, und glaube mir, es wird dir gefallen. Ich jedenfalls«, fügte er ernst hinzu, »wünsche mir nichts sehnlicher.« Er strich ihr zart über die Wange. »Kommst du, süße Hoffnung meines Herzens?«

Selina sah in seine Augen, las darin Zuneigung und Verlangen und nickte nur stumm.

»Morgen?«, drängte er weiter.

»Morgen schon?«

»Lass mich nicht länger warten, unbarmherziges Geschöpf.«

»Morgen«, hauchte sie.

* * *

Selina hatte das Haus verlassen und war in einer der engen Straßen in eine Sänfte gestiegen, die von Alessandros verlässlichem Diener Luciano begleitet wurde. Sie hatte einen weiten Mantel umgelegt, den sie über den Kopf zog, sodass er halb das Gesicht verdeckte und sie zusammen mit den Vorhängen der Sänfte vor fremden Augen schützte. Ihr selbst war es gleichgültig, wenn man sie sah, aber Alessandro hatte darauf bestanden, und sein Diener achtete darauf, dass niemand sie erkennen konnte.

Sie saß erregt in ihrem schönsten Kleid in der schaukelnden Sänfte, warf unter dem Schutz des Mantels neugierige Blicke auf die Landschaft, hin- und hergerissen zwischen Vorfreude auf das Zusammensein und Furcht vor dem, was sie tat. Sie wollte es, sehnte sich nach Alessandro wie noch nie nach einem Mann und das mit einer Heftigkeit und Ungeduld, die ihre Hände beben ließen. Und doch war da ein kleines, unangenehmes Gefühl der Angst in ihrem Herzen. Nicht davor, ihren guten Ruf zu verlieren, der Alessandro mehr zu bedeuten schien als ihr selbst, sondern einem Mann wie ihm, der unter den schönsten und begehrenswertesten Frauen des Landes wählen konnte, nicht zu genügen.

Bedenken wie diese hatte sie beim Zusammensein mit Louis niemals gehabt. Was wohl daher kommen mochte, dass sie zwar in ihren schönen Stiefvater verliebt gewesen war, sein Begehren und seine Liebkosungen gern genossen hatte, ihre Gefühle für ihn jedoch in keinem Verhältnis standen zu dem, was sie für Alessandro di Barenza empfand.

Alessandro hatte sich sehr um sie bemüht, ihr über Wochen hinweg mit einer Geduld den Hof gemacht, die ihr schmeicheln musste und die für eine gewisse Tiefe seiner Zuneigung sprach, aber dennoch konnte sie nicht sicher sein, ob sie nicht nur ein kurzes, unwichtiges Abenteuer für ihn war. Sie wusste selbst, dass sie es mit keiner der Schönheiten aufnehmen konnte, die ihm sonst auf dem Präsentierteller dargeboten wurden, und hatte Angst vor dem Moment, wo sie seinen prüfenden Blicken nackt preisgegeben war.

Als die Sänftenträger endlich nach einer fast endlosen Zeit ihr Ziel erreichten, in das Tor einbogen, das Alessandros Landhaus von der Welt abschloss, zitterten ihre Knie so stark, dass sie sich fest an Alessandros Hand anklammerte, der schon bereitstand, um ihr aus der Sänfte zu helfen. Ein kurzes Nicken zu seinem Diener, der die Träger entlohnte, und dann waren sie auch schon im Haus.

Als sie sich in der Halle umsehen wollte, zog er sie mit einem kleinen dunklen Lachen mit sich. »Später, meine Geliebte. Später werde ich dich durch das Haus führen, aber nicht jetzt. Ich brenne vor Ungeduld, dich endlich in meinen Armen zu halten.« Sie folgte ihm eine breite Treppe hinauf und dann fand sie sich in einem Zimmer wieder, das selbst einem Fürsten alle Ehre gemacht hätte.

Alessandro ließ ihr keine Zeit, über all die Pracht zu staunen, denn er riss sie förmlich an sich, kaum dass die Tür hinter ihnen zugefallen war. Seine Hände streichelten über ihren Rücken, glitten über ihr Gesäß und wanderten dann wieder empor, um ihren Kopf festzuhalten, während er sie mit einer Heftigkeit küsste, dass ihr schier der Atem vergehen wollte.

»Endlich«, flüsterte er an ihren Lippen, ohne sie loszulassen. »Ich hätte es keinen Tag und keine Stunde länger ohne dich ertragen. So sehr begehrt wie dich habe ich noch nie eine Frau. Und ich werde nicht klar denken können, bevor ich dich nicht endlich besessen habe, *madonna mia.*«

Sie fühlte, wie seine Finger ihr Haar öffneten, bis es wie ein dichter Vorhang über ihren Rücken fiel, und sich dann an ihrem Kleid zu schaffen machten. Es dauerte nicht lange, da lag das kostbare cremefarbene Gewand auf dem Boden, und kurz darauf folgte ihr Unterkleid. Als sie endlich nackt vor ihm stand, trat er einen Schritt zurück und betrachtete sie eingehend. Selina spürte eine brennende Röte in ihre Wangen steigen bei dem Gedanken, er könne sie jetzt mit anderen, weitaus schöneren Frauen vergleichen, aber ein Blick in sein Gesicht nahm ihr diese Furcht. Seine Augen waren dunkel, fast schwarz, und ruhten mit einer Bewunderung auf ihr, die nicht gespielt sein konnte.

»Genauso habe ich dich mir von dem Moment an vorgestellt, an dem ich dich im Haus von Bene Santini gesehen habe.« Er streckte die Hände nach ihr aus und

Selina schloss die Augen, als er jeder Wölbung ihres Körpers folgte. Seine Daumen spielten sekundenlang mit ihren Brustspitzen, dann wanderten seine Hände auch schon weiter, streichelten ihren Bauch, glitten über ihre Hüften, fast so, als wäre sie ein Kunstwerk, das er liebkoste.

»Woran hast du damals gedacht, als du die Statue in Lorenzos Garten berührt hast?«, fragte er plötzlich.

Selina genoss seine Berührungen und lächelte mit geschlossenen Augen. »An dich. Ich habe an dich gedacht.«

Er packte sie so plötzlich an den Armen, dass sie zusammenzuckte und ihn erschrocken ansah. Sein Gesicht war jetzt dicht vor ihr und sein Blick bohrte sich in den ihren. »Ist das die Wahrheit?«

Sie sah verwirrt in seine dunklen Augen. »Ja. Natürlich. Weshalb hätte ich es sonst sagen sollen?«

»Frauen sagen viel, wenn sie einem Mann gefallen und ihm schmeicheln wollen«, erwiderte er hart. »Tu das niemals, meine schöne Selene. Belüg mich niemals! Nicht in diesen Dingen! Andere Lügen kann ich dir verzeihen und mich sogar darüber amüsieren, aber nicht, was deine Gefühle für mich anbelangt.«

»Es war keine Lüge«, hauchte sie. Der Griff an ihren Armen schmerzte ein wenig, aber sie mochte das. Mochte diese etwas herrische Seite an ihm, die ihr an Louis gefehlt hatte. Er war zu weich gewesen, zu nachgiebig. Sie wollte einen Mann, der zupacken konnte und an dessen Willen sie sich messen konnte. Alessandro di Barenza war dieser Mann, das wusste sie.

»Heute werde ich endlich das mit dir tun, was ich eine halbe Ewigkeit schon wollte, im Garten der Medici und all die anderen Male«, sagte er rau, als er sie hochhob, zum Bett hinübertrug und sie sanft auf die weichen Polster legte.

»Was?«, flüsterte sie erwartungsvoll und merkte, wie ein erregtes Kribbeln von ihrem Nabel ausging und in alle Teile ihres Körpers wanderte, die sich schon nach ihm und seinen Zärtlichkeiten sehnten.

»Dich überall berühren – solange und sooft ich will. Dich spüren, deine Leidenschaft erwecken und kosten und dann in dir vergehen, bis ich alles um mich herum vergesse.«

Selina atmete schneller, als er sich über sie beugte, seine Hände von ihren Schultern über ihre Brüste wandern ließ, sanft ihren Bauch massierte, dann über die Hüften, die Schenkel hinunterglitt und an der Innenseite ihrer Beine entlangstrich, bis er bei dem dunklen Dreieck ihrer Scham angekommen war.

Sie stützte sich auf den Ellbogen. »Lass mich dich ebenfalls ausziehen.«

Sein Blick tauchte sekundenlang in den ihren, dann richtete er sich auf, Selina glitt aus dem Bett, zog die Weste herab und schob sein Hemd über seinen Kopf. Sie strich zärtlich über die breite Brust, fand unter dem gekrausten schwarzen Haar schnell, was sie gesucht hatte, und küsste die hellroten Spitzen, die unter ihren Lippen hart wurden.

Dann löste sie seine Beinkleider, schob sie über seine Hüften und sah erregt auf sein Glied, das sich ihr bereits entgegenstreckte. Sie hatte die vielfältigsten Formen gesehen an Statuen und auf Gemälden. Lang und schmal, fast ästhetisch bei jenen der griechischen Götter, wenn auch keines so mächtig gewesen war wie jenes des Schwertträgers. Aber nun hatte sie die lebende, pulsierende Verkörperung ihres Ideals vor sich.

Weiß wie der Marmor, aber mit Adern durchzogen und mit einer dunkelroten Spitze.

Sie kniete vor ihm, streichelte sein Glied, berührte es mit den Lippen. Er stöhnte leicht auf, als sie fester darüber zu streichen begann. Immer auf und ab, dann in Kreisen und mit Hilfe ihrer Zunge und ihrer Lippen. Ihre Berührungen dehnte sie auch auf seine festen Hoden aus. Zwischen ihren Beinen pochte es zwar, verlangte dringend nach Aufmerksamkeit und Berührung und vor allem nach diesem wunderbaren Geschenk der Natur, aber noch stärker war ihr Drang, das unter ihren Lippen und Händen zu fühlen, was sie bisher nur in Form eines leblosen Steines vor sich gehabt, und woran sich ihre Fantasie nächtelang entzündet hatte.

So hatte sie bei Louis niemals gefühlt, ihn niemals in sich geduldet. Aber heute würde sie erfahren, wie es war, auch den letzten Schritt der Leidenschaft zu tun und mit einem Mann auf eine Weise zu verschmelzen, die sie bei allen zärtlichen und sinnlichen Spielen bisher nicht gekannt hatte.

»Du machst das sehr gekonnt, aber jetzt ist es genug. Ich bin es gewohnt, eine Frau zu nehmen, und nicht umgekehrt.« Alessandros Stimme war dunkel vor Erregung, als er mit einem festen Griff ihr Haar packte und sie sanft zurück auf das Bett zog. Selina gab nach und lag nun wieder ausgestreckt vor ihm, die Beine leicht geöffnet. Er glitt sofort über sie. Sekundenlang pochte die feuchte Spitze seines Gliedes an ihrer Scham, dann bahnte er sich mit einem Stoß den Weg durch die enge Öffnung.

Sie zuckte beim Schmerz der ersten Vereinigung zusammen, fühlte ihn jedoch schon Sekunden später kaum mehr, sondern wand sich vor Genuss, als Alessandro in sie eindrang, bis er völlig in ihr war, seine Scham hart auf ihrer lag und der Druck auf ihrer Klitoris fast unerträglich lustvoll war. Sie war nicht erstaunt, dass er sie nicht spielerischer oder vorsichtiger nahm. Dazu war ihrer beider Leidenschaft schon zu groß und er war wohl nicht weniger ungeduldig, sie zu besitzen, als sie, ihn in sich zu spüren.

Er bemerkte die Befriedigung, die sie dabei empfand, und begann, sich kreisend in ihr zu bewegen, wobei er niemals den reibenden Kontakt zu ihrer Scham verlor und ihr einen Hochgenuss verschaffte, den sie bisher nicht einmal dann gekannt hatte, wenn Louis seine ganze Zungenfertigkeit hatte spielen lassen, um sie zu befriedigen.

Als er sich herabbeugte, seine Lippen auf ihre presste, um seine Zunge im gleichen Rhythmus um ihre kreisen zu lassen, versank der Raum um sie. Seine Berührungen schienen sich von ihrer Weiblichkeit und ihren Lippen auf ihren ganzen Körper zu erstrecken und sie wand sich unter ihm, während sie fast unbewusst unaufhörlich über seine Brust und seinen Rücken streichelte und sich dann an ihn krallte, als er sich zunehmend heftiger in ihr bewegte. Als er seinen Unterkörper hob und sein Glied aus ihrem Inneren zog, das ihn festhalten wollte, war ihr erster Drang, ihn zu umschlingen. Dann jedoch spreizte sie ihre Schenkel noch ein wenig mehr und genoss das immer schneller werdende Eindringen und sich Zurückziehen, bis ein fast ebenso schmerzvoller wie lustvoller Krampf ihren Körper erfasste und sie sich mit einem tiefen, wohligen Seufzen in seinen Armen aufbäumte. Erregt sah sie, dass er sie dabei beobachtete und sein

Blick ihren festhielt, bis die Zuckungen ihres Körpers nachließen. In diesem Moment schloss er die Augen, ein wildes Aufstöhnen, ein letzter harter Stoß, der durch ihren ganzen Körper zu gehen schien, und dann sank er auf sie.

Er blieb in ihr liegen, bis sie beide zu Atem gekommen waren, dann richtete er sich ein wenig auf, strich ihr das Haar aus dem Gesicht und begann, ihre Lippen zu küssen, ihre Wangen, ihre Augen, ihre Stirn.

Selina war es nicht gewohnt, Zärtlichkeiten wie diese zu empfangen, und sie erinnerte sich an ihren Traum. Ebenso war es jetzt. Nein, noch viel besser, viel leidenschaftlicher und intensiver und der zarte, brennende Schmerz zwischen ihren Beinen erfüllte sie mit Genugtuung. Er war immer noch in ihr, gehörte ihr, war ein Teil ihrer selbst. Auch das war anders als bei Louis, dessen Hände und Körper sie bei aller Lust immer als Fremdkörper auf ihrer Haut empfunden hatte.

»Ich möchte die ganze Nacht so mit dir verbringen«, murmelte Alessandro an ihrem Mundwinkel. »Dich lieben, streicheln, küssen, gelegentlich auch mit erlesenen Köstlichkeiten füttern und dann wieder von vorne beginnen. Und dich nicht eher aus meinem Bett und meinen Umarmungen lassen, bis die Sonne wieder hell am Himmel steht.«

Ein angenehmer Schauer durchlief Selina bei diesem Gedanken. Aber es war unmöglich. »Das geht nicht, Alessandro«, flüsterte sie, während sie seinen Rücken streichelte. Sie genoss die Berührung seiner Haut ebenso, wie das Streicheln seiner Hand ihren Körper erfreute.

»Weshalb nicht, meine Mondgöttin?«

»Weil man mich daheim erwartet. Du warst so sehr darauf bedacht zu verheimlichen, dass ich dich besuche. Was würde man sagen, wenn ich jetzt einfach über Nacht bei dir bliebe?«

Alessandro brummte etwas und rollte sich von ihr herab. Sie fühlte sich seltsam leer ohne ihn, nackt und sehnsüchtig, und rutschte sofort nach, um sich an ihn zu schmiegen. Etwas, das sie bei Louis niemals getan hatte. Im Gegenteil, sie war immer froh gewesen, wenn er ihr Befriedigung verschafft und sie dann allein gelassen hatte. Er hatte es wohl ähnlich empfunden, aber nun, bei Alessandro, bemerkte sie mit Genugtuung, dass er sie sofort enger an sich zog.

»Wann erwarten sie dich zurück?«

»Ich wollte zwei bis drei Stunden ausbleiben. Ich habe gesagt, dass ich wieder die Kirche besuchen möchte, um die Fresken anzusehen und die Fortschritte, die Ghirlandaio gemacht hat. Und dann noch auf den Markt gehen will, um mir einige Bänder für mein Kleid und mein Haar zu kaufen.«

»Allein der Weg zurück dauert schon eine halbe Stunde«, sagte Alessandro unwillig. »Das war nicht klug von dir. Du hättest sagen müssen, dass du länger bleibst. Oder noch besser, dass du eine Freundin besuchst und dort übernachtest!«

Selina rückte ein wenig von ihm ab. »Es war nicht klug, überhaupt hierherzukommen«, erwiderte sie schnippisch. »Was glaubst du wohl, wird man sagen, wenn man dahinterkommt, dass ich gar nicht in der Kirche war und schon gar nicht am Markt!«

Er musterte sie aus zusammengezogenen Augenbrauen. Sein hartes Gesicht war jetzt finster, aber Selina hielt seinem Blick stand. »Du magst es zu widersprechen«, sagte er scharf, »das habe ich schon im Hause von Bene Santini bemerkt. Aber mir gegenüber ist dieser Tonfall fehl am Platz!«

Sie hatte keine Angst vor ihm und würde ihm noch weiter widersprechen, wenn es ihr notwendig erschien. »Ich werde meine Meinung immer sagen«, erwiderte sie zornig. »Das bin ich so gewohnt und ich gedenke meine Gewohnheiten auch nicht eines Mannes wegen zu ändern, nur weil ich mit ihm einmal Psalmen rezitiert habe!«

Alessandros Augen waren schmal geworden, aber bei ihren letzten Worten veränderte sich sein Gesicht plötzlich, und er lachte. »Darüber werden wir später noch ausführlicher sprechen, meine streitbare Selene, aber vorerst sollten wir dafür sorgen, dass du deine Freundin und die Santinis nicht völlig belogen hast.«

Er stieg – so wie er war – aus dem Bett und Selina, die sich ein wenig aufsetzte und ihm neugierig nachsah, hatte Muße, seinen wohlgewachsenen Körper zu bewundern, als er zu einer der Truhen ging und sich darüberbeugte. Er war schlank, hatte kräftige Schultern, wenn er auch nicht so breit gebaut war wie der Schwertträger, dessen Muskeln auf Selina bereits unnatürlich gewirkt hatten. Aber er hatte die Geschmeidigkeit eines durchtrainierten Körpers und unter der gebräunten Haut seines Oberkörpers sah man die Bewegung seiner Muskeln.

»Wie kommt es eigentlich, dass du so braun bist, Alessandro?«, fragte sie verwundert. Braune Haut hatte sie bisher nur bei Bauern gesehen, die in der heißen Jahreszeit mit nacktem Oberkörper zu arbeiten pflegten.

»Ich war in den letzten Jahren viel auf Schiffen unterwegs. Und wenn die Sonne aufs Meer hinunterbrennt, trennt man sich gern von Jacke und Hemd.« Er hatte gefunden, was er suchte, und kam nun mit diesem amüsierten Lächeln zurück, das sie so an ihm liebte. Sie stieß einen kleinen Schrei des Entzückens aus, als er mehrere kostbare Bänder, sowohl bestickte als auch golddurchwirkte, vor sie auf das Kopfkissen legte. »Das sind die schönsten Bänder, die ich jemals gesehen habe!«, rief sie aus, nahm eines nach dem anderen vorsichtig in die Hand und bewunderte es andächtig. »Fast zu schade, um sie zu tragen«, sagte sie nach einer Weile.

»Vielleicht, aber jedenfalls habe ich noch nie eine Frau gesehen, an der sie weniger verschwendet wären«, lachte er und legte sich neben sie. »Für dich, *madonna mia*, ist das Schönste noch nicht gut genug!«

Sie merkte, wie ihr vor Verlegenheit und Freude eine heiße Röte in die Wangen stieg. Er strich ihr liebevoll darüber. »Du bist eine der am wenigsten eitlen Frauen, die ich kenne, meine Selene. Die meisten haben nichts anderes im Kopf als ihre Kleider, ihren Putz und wie sie am besten Eindruck machen können. Auch deine Freundin ist so.«

»Fr … Selina ist nicht eitel«, verteidigte sie ihre Freundin, »aber ihr Großvater tut alles, um sie ins rechte Licht zu setzen.«

»Um den gewünschten Ehemann zu umgarnen?« Er lächelte spöttisch.

Selina antwortete nicht, sondern blickte ihn nur forschend an.

»Ich kann dir versprechen, dass ich nicht im Geringsten daran denke, deine Freundin zu heiraten«, sagte er mit einem seltsamen Lächeln.

»Ich habe gesehen, mit welcher Bewunderung du sie betrachtest hast.«

Er nickte. »Das kann durchaus sein, sie ist auch eine hübsche Frau. Aber dich, meine Mondgöttin, bete ich an.«

Selina lächelte, ergriff seine Hand und zog sie an ihre Wange.

Und noch, als sie schon längst wieder im Haus ihres Großvaters war, mit der Familie zu Abend speiste und in der Nacht, als sie mit offenen Augen neben der schlummernden Françoise im Bett lag, fühlte sie Alessandros ersten heißen Stoß, hörte seine zärtlich flüsternde Stimme und sah seine Augen, die ganz dicht vor ihren waren.

* * *

Françoise sah ihre Freundin beunruhigt an, als sie von Fiorina die Nachricht erhielt, dass der alte Santini sie sprechen wollte. Selinas Großvater hatte schon vor zwei Tagen eine seltsame Bemerkung gemacht und nun hatte er sie rufen lassen.

»Es geht gewiss um deine Mitgift«, flüsterte sie Selina hastig in ihrer Muttersprache zu, während sie die Treppe hinunterliefen.

»Vermutlich. Du entsinnst dich noch, was wir abgemacht haben?«

Françoise nickte, dann standen sie auch schon im *studio*, dem Arbeitsraum von Bene Santini, wo alle geschäftlichen Dinge geregelt wurden, und der Alte winkte ihnen, näher zu kommen. Er hatte in einem

Lehnsessel neben dem Fenster Platz genommen und neben ihm befand sich ein Stehpult, hinter dem sein Sohn stand.

Je länger sie sich in Florenz aufhielten, desto mehr verstand Selina von den Gründen, die Bene Santini veranlasst hatten, diesen Handel mit seiner Enkeltochter abzuschließen. Die Santini waren zwar reich, hatten aber aufgrund ihrer kleinen Herkunft niemals den Sprung in die oberen Schichten der florentinischen Gesellschaft geschafft, die der alte Bene für so notwendig erachtete für sein Seelenheil und seinen Ehrgeiz. Nur dann standen ihm nämlich auch die Tore zu wichtigen Positionen in der Stadtregierung offen. Selina war darüber hinaus ebenfalls die Tochter eines Adeligen, auch wenn ihre Mutter damals aus Liebe geheiratet und die Familie im Streit verlassen hatte, weil sie ihrem Mann in seine Heimat gefolgt war. Sie war also die perfekte Verbindung für di Barenza – gemeinsam mit der versprochenen Mitgift.

Nun hatte er seine vermeintliche Enkelin also kommen lassen, um sie über ihre Vermögensverhältnisse zu befragen. Als er sah, dass Selina ebenfalls durch die Tür trat, zog er die Augenbrauen zusammen.

»Was ich mit dir zu besprechen habe, Selina, ist nur für deine Ohren bestimmt.«

»Ihr wisst, *messere*, dass ich dieser Sprache noch nicht mächtig genug bin, um jede Eurer Fragen beantworten zu können. Bitte gestattet mir, meine Freundin an meiner Seite zu lassen.«

Santini wandte sich mit einem verärgerten Blick ab und beachtete Selina nicht weiter. »Es geht um das Vermögen der Familie«, sagte er streng. »Ich hoffe, du hast eine Liste all der sich in Burgund befindlichen Güter mitgebracht, damit ich sie in unsere Bücher eintragen kann.«

»Eine Liste?«, fragte Françoise erstaunt. »Wozu denn eine Liste, *messere*?«

Er machte eine ungeduldige Handbewegung. »Alles, was im Besitz der Familie steht, wird in die Geschäftsbücher eingetragen.«

»Aber verzeiht«, ließ sich die echte Selina da vernehmen, »der Besitz der Valière gehört nicht der Familie Santini.«

»Das hast du gewiss nicht zu bestimmen!«, fuhr ihr der Alte über den Mund. »Schweig, denn du hast hier nicht das Mindeste zu reden!«

»Ich bin aber über die Vermögensverhältnisse von Selina de Valière bestens unterrichtet«, widersprach Selina, die nicht die geringste Absicht hatte, sich von dem alten Despoten einschüchtern zu lassen. »Ich war Zeugin, als die Bestimmungen verlesen wurden.«

»Bestimmungen?«, fragte der Alte scharf. »Was soll das heißen?« Er warf Françoise einen durchdringenden Blick zu. »Was soll das heißen: Bestimmungen?«

»Meine Mitgift, *messere*«, log Françoise eingeschüchtert, aber standhaft, »wurde einem Treuhänder übergeben, der darüber wacht, bis ich heirate. Bis zu diesem Zeitpunkt habe ich keinerlei Verfügungsgewalt darüber.«

»Das ist sehr vernünftig«, erwiderte Bene Santini. »Keine Frau hat Verstand genug, um über mehr Geld zu verfügen, als sie am Markt für Früchte und Gemüse ausgibt!«

»Es gibt genügend Leute, die anders denken«, warf Selina mit hochgezogenen Augenbrauen ein.

»Schweig! Sonst lasse ich dich aus dem Zimmer entfernen«, keifte der Alte sie an. »Sei froh und dankbar, dass ich dir, einer Bediensteten, überhaupt gestatte, im Schlafzimmer meiner Enkelin zu wohnen und nicht beim Gesinde!«

»Françoise ist keine Bedienstete dieser Art«, sagte da zu Selinas Überraschung Françoise. »Sie ist von Adel, wenn auch aus niedrigerem als die de Valière. Und sie ist meine Freundin.« Sie lächelte Selina an und nahm liebevoll ihre Hand. »Und sie ist mehr als das, sie ist wie meine Schwester.«

»Es geht jetzt nicht um sie«, fuhr sie Santini an. »Wenn du keine Liste hast, dann stell dich nun neben deinen Oheim und sage ihm an, worin dein Vermögen besteht. Das wirst du ja hoffentlich wenigstens wissen! Wir werden dann sofort einen Boten an den Treuhänder senden, damit dieser uns eine genaue Aufstellung gibt.« Er musterte seine falsche Enkelin mit großzügiger Nachsicht. »Du verstehst das nicht, weil du nur eine Frau bist, aber als das Familienoberhaupt ist es nicht nur mein Recht, sondern auch meine Pflicht, über das Eigentum der Familie zu verfügen. Damit ist sichergestellt, dass aller Besitz gut verwaltet und vermehrt und so für die späteren Generationen bewahrt wird.«

Mein Geld bekommt er nicht, dachte Selina entschlossen. *Weder er noch seine späteren Generationen.* Sie begriff nun erst, dass der Großvater nicht daran dachte, die Mitgift aus der eigenen Tasche zu bezahlen, sondern mit dem Vermögen der de Valière. »Ich fürchte, Ihr missversteht das, *messere*«, sagte sie kühl. »Es gibt kein Vermögen. Alles, was Selina de Valière besitzt, ist ein kleiner Geldbetrag, der ihr bei der Heirat ausgezahlt wird. Der restliche Besitz des Comte de Valière fiel nach der Wiederheirat seiner Gattin an die Familie zurück.« Ihr Vermögen war dennoch beträchtlich genug, aber das würde sie diesem gierigen Menschen gewiss nicht auf die Nase binden.

Sekundenlang starrte sie der Alte an, offensichtlich unfähig, das Gehörte zu erfassen, dann sprang er, hochrot im Gesicht, auf und hob die geballten Fäuste in die Richtung Françoises, die sich erschrocken in die andere Zimmerecke flüchtete, wobei sie Selina an der Hand mitzog.

»Deine Mutter, diese verdammte Schlampe!«, schrie Bene Santini los. »Vertut das Vermögen der Familie eines liederlichen Bastards wegen, um ihre tierischen Gelüste zu befriedigen! Das lasse ich mir nicht bieten!«

Sein Sohn trat hinter dem Stehpult hervor und auf ihn zu. »Ich bitte Euch, Vater, ich flehe Euch an! Mäßigt Euch! Ihr wisst doch, was *messer* Benino gesagt hat, der Arzt …«

Der Alte schob ihn derb fort. »Sie verdirbt mir alles! Meine Pläne! Eben hatte ich di Barenza so weit, dass er mir zugestand, mir ein Empfehlungsschreiben an das Haus Bernacci zu verfassen! Du weißt selbst, wie wichtig diese Beziehung zu den Venezianern für unser Geschäft ist! Eines der erfolgreichsten Handelshäuser! Soll ich etwa selbst ein Schiff kaufen und damit nach Griechenland oder zu den Mauren segeln?!« Er stand schwer atmend da, die Hand auf seinem Herzen, und wies mit der ausgesteckten anderen auf die beiden Frauen. »Hinaus jetzt! Aus meinen Augen! Hinaus!«

Selina zog die völlig fassungslose Françoise mit sich. Hinter sich hörten sie den Alten Verwünschungen ausstoßen, die beruhigenden Worte seines Sohnes, und dann waren sie auch schon die Treppe hinauf und in ihrem Schlafzimmer.

»Oh, Selina!« Françoise sank weinend auf die Betttruhe. »Was soll jetzt nur geschehen?«

»Es kann nicht mehr geschehen, als dass er uns des Hauses verweist und wir heimreisen«, erwiderte Selina leichter, als ihr zumute war. »Wir wollten ja ohnehin …« Sie unterbrach sich, weil sie jemanden an der Tür hörte. Als sie sich umwandte, bemerkte sie Fiorina, die sie mit einem seltsamen Blick ansah. Selina biss sich ärgerlich auf die Lippen. Françoise hatte sie mit ihrem Namen angesprochen, und obwohl sie sich wieder in ihrer Muttersprache unterhalten hatten, war es doch möglich, dass Fiorina Verdacht geschöpft hatte. Als ihre junge Tante jedoch ins Zimmer trat, sich neben Françoise setzte und beruhigend die Arme um sie legte, atmete sie auf. Gottlob, sie schien nichts zu ahnen.

»Ich habe alles gehört«, sagte sie leise. »Es gibt da einen Raum, von dem aus man belauschen kann, was im *studio* des alten Santini gesprochen wird.« Sie lächelte etwas verlegen. »Ich weiß, dass dies sehr ungehörig ist, aber meine Stellung im Haus ist so schlecht, dass ich mir angewöhnt habe, alles zu nutzen, was mir dienlich sein kann.«

Selina musterte sie nachdenklich. Sie hatte schon des Öfteren bemerkt, dass Fiorina, obwohl die Ehegattin des einzigen Sohnes und damit erste Dame im Haus, nicht besser behandelt wurde als eine Dienstmagd. Dabei war sie eine so hübsche und liebenswerte junge Frau, die wahrlich Besseres verdient hätte. »Warum lässt du dir das gefallen?«, fragte sie kopfschüttelnd. »Du bist doch hier die Herrin!«

»Ich bin nichts«, erwiderte Fiorina. »Als Giovanni mich erwählte, war meine ganze Familie sehr glücklich und stolz, dass ich hier einheiratete – er tat dies nämlich gegen den Willen seines Vaters, der eine reiche Braut für ihn im Auge hatte, nachdem die Trauerzeit für seine erste Frau vorbei war.« Sie lächelte Selina an. »Ich liebe meinen Mann. Er mag dir schwach erscheinen, aber er fügt sich nur dem Gesetz. Alle im Haus sind dem alten Santini Gehorsam und Respekt schuldig.« Sie nickte ernst. »Auch ihr beide. Das ist das Gesetz«, bestätigte sie leise. »Unsere Männer sind unsere Herren.«

»Ist das der Grund, weshalb du deinen Mann nicht mit dem vertrauten Du ansprichst?«, fragte Selina aufgebracht. Ihre Eltern waren ebenfalls in dieser höflichen Weise miteinander verkehrt, aber da hatte ihr Vater seiner Gattin denselben Respekt gezollt. Hier jedoch schien es üblich zu sein, dass die Frauen, die meist auch viel jünger als ihre Männer waren, diese mit Ihr und Euch und sogar mit *messere* ansprachen, einem Titel, der Höherstehenden zustand.

»Aber gewiss. Ich bin ihm das schuldig. Unser Männer haben das Recht, über uns zu bestimmen, uns zu befehlen und sogar uns zu züchtigen.«

»Niemals«, fuhr Selina hoch, »niemals werde ich so tief sinken, einem Mann so untertan werden, dass ich mich vor ihm beuge und mich von ihm demütigen lasse! Der Mann, der mich schlägt, würde es bitter bereuen!«

Fiorina lächelte wissend. »Auch du wirst es nicht ändern können, Françoise. Ebenso wenig wie Selina. Jetzt ist der alte Santini ihr Herr, und wenn sie Alessandro di Barenza heiratet, dann ist er es. Allerdings«, fügte sie mit einem kleinen Seufzen hinzu, »welche Frau möchte nicht einem solchen Meister untertan sein?«

Nie!, dachte Selina wütend. *Niemals wird mich ein Mann beugen können. Nicht einmal Alessandro di Barenza, sosehr ich ihn auch schon liebe!*

»Weshalb redet er eigentlich ständig von diesem venezianischen Handelshaus?«, fragte sie schließlich.

»Eine Verbindung, die er schon lange vergeblich sucht«, erwiderte Fiorina mit leichtem Spott. »Es ist nicht nur im venezianischen Herrschaftsgebiet, sondern auch in der Toskana bekannt, dass Bernacci einer der reichsten Männer unseres Landes ist. Allerdings macht dieses Haus nicht mit jedem Geschäfte, und als mein Schwiegervater hörte, dass Alessandro di Barenza früher für Bernacci arbeitete, war er ihm als zukünftiger Enkel noch lieber und werter als zuvor. Er erhofft sich durch ihn einen Fürsprecher bei dem jetzigen Besitzer.«

Nun, dies kann er jetzt vergessen, wenn er seine Enkelin aus dem Haus jagt, dachte Selina böse und begann, als Fiorina gegangen war, ihre Reisetruhe zu packen. Es stand außer Zweifel, dass der Alte sie so schnell wie möglich hinauswerfen würde, nun, da er einsehen musste, dass seine Enkelin nicht über das Vermögen verfügte, auf das er vermutlich schon lange begierig gewesen war. Sie sah erstaunt hoch, als plötzlich die Tür aufgerissen wurde und er hereinkam. Niemand – außer dem Hausherrn und seinem Sohn – hatte das Recht, die Schlafzimmer der weiblichen Familienangehörigen zu betreten, und der Alte nahm sich dieses Vorrecht mit einer Selbstverständlichkeit, die Selina sofort wieder empörte.

Er beachtete sie jedoch nicht weiter, sondern trat nahe an Françoise heran, die sich hinter einen Stuhl zurückgezogen hatte.

»Ich habe darüber nachgedacht«, sagte er hart. »Du wirst über das, was heute gesprochen wurde, schweigen. Auch darüber, dass du in Wahrheit kein Vermögen hast. Die Ehe mit di Barenza ist zu wichtig und bringt der Familie zu viele Vorteile, als dass du nicht doch noch nützlich sein könntest. Du gefällst ihm, das habe ich deutlich gesehen, andernfalls würde er uns nicht so oft aufsuchen. Er wird dich auch mit einer weniger großen Mitgift nehmen. Da er nicht weiß, wie groß das Vermögen deines Vaters war, wird er sich auch mit weniger zufriedengeben.« Er wandte sich zum Gehen, in der Tür drehte er sich jedoch noch einmal um. »Und du wirst schweigen, hast du mich verstanden?«

Françoise nickte nur stumm, dann war er fort.

Selina erhob sich langsam von der Truhe, vor der sie gekniet hatte. *Alessandro di Barenza will ein Geschäft machen mit einer reichen Kaufmannstochter und ist dabei selbst die Ware, die sich verkauft*, dachte sie mit einem kleinen Stich in der Brust. *Und der Betrogene dazu*. Sie war wütend über die Art, in der der Alte den Handel betrieb. Sie war wütend, seltsam gekränkt und fühlte sich unglücklich. Als ihr Blick jedoch auf Françoise fiel, staunte sie über die Veränderung, die in dem zarten Antlitz ihrer Freundin vor sich gegangen war. Die Tränen waren wie fortgewischt, der rote Mund lächelte und die Augen strahlten mit dem durch das Fenster fallenden Sonnenschein um die Wette.

Sie trat lächelnd zu ihr hin und legte den Arm um sie. »Du hattest Angst, du müsstest deinen Francesco verlassen, nicht wahr?«, fragte sie sanft.

Françoise sah sie glücklich an. »Ich liebe ihn, Selina.

Und er liebt mich. Das fühle ich, auch wenn er es niemals aussprechen würde, da er mich für die Braut seines Freundes hält.«

Selina drückte sie ein wenig an sich. »Ihr beide seid wie füreinander geschaffen, meine Liebe. Und ich werde dafür sorgen, dass nicht Geld der Grund dafür sein soll, dass eure Ehe nicht zustande kommt und euer Glück keine Erfüllung findet.« Sie küsste sie zart auf die Wange, dann wandte sie sich wieder der Truhe zu, um die bisher verstauten Kleider wieder umzupacken.

Und ich?, dachte sie dabei mit einem seltsamen Gefühl des Schmerzes. *Was wird aus mir? Werde ich hierbleiben als heimliche Geliebte Alessandros? Oder werde ich eines Tages heimkehren? In meine Burg, zu meinen Pferden und Hunden und meinen Falken? Ich werde wieder die Herrin meines Landes sein und keine Schachfigur am Spielbrett meines Großvaters. Und ... ich werde so einsam sein wie nie zuvor*, fügte sie traurig hinzu und in ihrer Vorstellung stieg ein kantiges männliches Gesicht empor mit dunklen lächelnden Augen.

* * *

Alessandro saß über ein dickes Geschäftsbuch gebeugt in seinem Arbeitszimmer und addierte soeben einige Zahlen, als sich die Tür öffnete.

»Ein Mann möchte Euch sprechen, *messere*«, sagte sein Diener Luciano, der ihn bisher auf allen Reisen begleitet hatte und nun hier die Aufsicht über die Dienstboten in dem kleinen Haus innehatte, das Francesco und er bei ihrer Ankunft in Florenz gemietet hatten.

»Was will er?«

»Es scheint um Signor Francesco zu gehen«, erwiderte der andere.

»Er soll hereinkommen.«

Der alte Mann, dem die Trattoria einige Straßen weiter gehörte, nahm bei seinem Eintritt seine verbeulte Kappe ab und verbeugte sich unbeholfen. Alessandro kannte ihn schon aus seinen Jugendtagen, als er und seine *briganti*-Freunde oft dort zu Gast gewesen waren. Seit er wieder in Florenz war, hatte er gemeinsam mit Francesco die Gaststätte oftmals besucht und mit dem alten Mann über vergangene Zeiten geplaudert.

»Verzeiht mir mein Eindringen, *messere*, aber ...« Der Wirt zögerte und drehte die Kappe verlegen in den Händen.

»So sprich nur«, munterte ihn Alessandro ungeduldig auf. »Francesco ist doch nichts zugestoßen, oder?«

»Nein, *messere*, es ist nur ... Euer Freund trinkt zu viel.«

Alessandro runzelte die Stirn. Francesco war nur ein mäßiger Trinker, den er bisher niemals mehr als auch nur leicht angeheitert gesehen hatte. Wenn er nun etwas zu viel getrunken haben sollte, so war das seine Sache und ging weder den Gastwirt noch ihn etwas an. »Und deshalb suchst du mich auf? Um mir das zu sagen?«

»Signore ...«, antwortete der alte Mann und senkte den Kopf, »es ist nur ... ich kenne Euch und Francesco Averti schon seit vielen Jahren, schon als Ihr Knaben wart, aber so habe ich ihn noch nie gesehen. Es ist nicht allein, dass er betrunken ist ... er ...«

»Schon gut«, erwiderte Alessandro, schloss das Buch und stand auf. »Ich komme mit. Wenn du es für notwendig hältst, Giuseppe, mich hier aufzusuchen, dann sollte ich auf dich hören.«

Als er aus dem Haus trat, fand er sich sofort inmitten einer Menschenmenge aus allen Schichten, die an diesem schönen Tag zahlreich die engen Straßen bevölkerte. Alte Weiber waren darunter, eine Gruppe hübsch anzusehender junger Mädchen, die mit geschmücktem Haar und glanzvollen Kleidern kichernd an ihm vorbeiliefen, Händler und Handwerker und einige Soldaten, die den jungen Frauen hinterherlachten. Er drängte sich durch die Leute hindurch und erreichte endlich das Gasthaus, wo ihn der Wirt höflich eintreten ließ.

Als sich seine Augen an das Dämmerlicht in der Gaststube gewöhnt hatten, zog er unwillkürlich die Augenbrauen zusammen. Francesco saß einsam an einem Tisch. Vor sich hatte er einen großen Krug mit Wein und in der Hand einen Becher, den er soeben in einem Zug hinunterstürzte.

Der Wirt verschwand im Hintergrund und Alessandro trat langsam zum Tisch hin und blickte auf seinen Freund hinunter, dessen Augen vom Alkoholgenuss gerötet waren.

»Wir haben schon so manchen Becher gemeinsam geleert«, sagte Alessandro ernst, während er sich neben Francesco auf einem Stuhl niederließ, »aber so habe ich dich noch nie gesehen.«

Francesco blickte ihn nur kurz an, bevor er sich wieder einschenkte und den Becher abermals an die Lippen setzte. Seine Hand war schon unruhig und seine Stimme undeutlich, als er sprach: »Ich trinke mir Mut an … Mut, um meinem besten Freund zu sagen, was ich über ihn denke.«

Alessandro hob die Augenbrauen. »Seit wann bedarf es dazu des Alkohols? Ist es nicht das Vorrecht des Freundes, immer und jederzeit frei sprechen zu können?«

»Nicht in diesem Fall«, erwiderte Francesco und senkte den Kopf, »nicht, wenn es um … Liebe geht.«

»Liebe?«

»Selina Santini«, erwiderte sein Freund anklagend. »Oder Selina de Valière, wie man sie in ihrer Heimat nennt.«

Alessandro horchte auf. Sollte sein Freund etwa ein Auge auf seine Mondgöttin geworfen haben? Er ließ diesen Gedanken so schnell fallen, wie er ihm gekommen war. Nein, jeder in Florenz – und damit auch Francesco – hielt seine kleine Lügnerin für die Gesellschafterin der falschen Selina. Dann hatte er sich also in diese verliebt!

»Habe keine Sorge, mein Freund, ich gedenke nicht, dir deine Angebetete wegzunehmen.« Er klopfte seinem angetrunkenen *amico* freundlich auf die Schulter. »Wenn du um sie werben willst, dann werde ich der Letzte sein, der deiner Liebe im Weg steht.«

»Wie kann ich um eine Frau werben, die dir, meinem besten Freund, versprochen ist?«, klagte Francesco. »Du liebst sie doch gar nicht, Alessandro.«

»Nein«, gab Alessandro zu.

»Und doch willst du sie heiraten! Obwohl sie dir so wenig bedeutet, dass du sie sogar schmähst! Sie nicht als würdig genug für dich empfindest!«

»Das habe ich nicht«, erwiderte Alessandro ruhig. »Ich habe lediglich gesagt, dass sie nicht die Frau ist, die zu mir passt. Als ich diese Worte sprach, hatte ich jedoch keine Ahnung, wie sehr du schon in Zuneigung zu ihr entbrannt bist. Hätte ich es gewusst …« Er schämte sich für seine Unbedachtheit und seine Gedankenlosigkeit. Sein bester Freund, der ihm näherstand als ein Bruder, hatte sich in dieses hübsche, aber langweilige Mädchen verliebt – und er hatte es nicht bemerkt! *So sehr bin ich also selbst schon gefangen,* dachte er mit einem leichten Schmunzeln. *So stark verzaubert von meiner verführerischen Mondgöttin, dass ich kein waches Auge mehr für meine Umgebung habe.*

»Welchen Unterschied macht es?«, fuhr Francesco hoch. »Du sprichst mit zwei Zungen! Auf der einen Seite ist sie dir nicht gut genug, nicht die Frau, die zu dir passt, du vergnügst dich sogar mit ihrer Bediensteten, und auf der anderen verkündest du überall mit lauter Stimme, dass du die Enkelin Bene Santinis heiraten wirst und dich nichts und niemand davon abhalten könnte.« Er nahm den Krug, um sich erneut einzuschenken.

»Das werde ich auch«, sagte Alessandro mit einem belustigten Lächeln. »Ich werde die Enkelin des Bene Santini heiraten, nur …«, er beugte sich etwas näher zu seinem Freund, der ihn mit verschwommenem Blick anstarrte, »die Frau, in die du dich verliebt hast, mein armer Freund, ist nicht Selina Santini.«

Francesco blickte ihn verständnislos an. Der Krug entglitt seiner Hand, fiel auf den Tisch und zerbrach, und der rote Wein floss über das dunkle, fleckige Holz.

Alessandro sprang schnell auf, bevor die Flüssigkeit seine Kleider erreichen konnte, nahm Francesco den Becher aus der Hand und zog ihn hoch.

»Wir sprechen daheim weiter, mein Freund. Für heute hast du genug. Und wenn dein Geist und dein

Verstand wieder klar und nicht vom Wein umnebelt sind, wirst du alles verstehen.« Er fasste Francesco unter den Arm und warf dem alten Gastwirt, der nun näher kam, ein Goldstück zu. »Hab Dank, mein Alter, das ist für deine Mühe und für den Krug.«

Der Alte griff hastig nach dem Goldstück und verbeugte sich mehrmals. »Es war mir eine Ehre, Signor Alessandro.«

In Fiesole

Zu Selinas größter Überraschung erschien zwei Tage später ein Bote von Alessandros Mutter, Domenica di Barenza. Er überbrachte eine sehr liebenswürdig formulierte Einladung für die Enkelin des Bene Santini und deren Freundin, den kommenden Sonntag in Fiesole zu verbringen. Der Großvater rieb sich die Hände, nachdem er den Boten mit einer äußerst höflich abgefassten Antwort wieder zurückgeschickt hatte.

»Wenn bisher noch ein Zweifel bestanden hat, ob Alessandro Selina heiraten würde, so haben wir nun allen Grund, zufrieden zu sein«, erklärte er seinem Sohn, die Enkelin, um die es dabei ging, übersehend. »Domenica di Barenza hätte uns andernfalls niemals diese Einladung geschickt.« Er warf einen Blick auf Fiorina, die über eine Handarbeit gebeugt dabeisaß. »Du wirst die beiden begleiten, damit alles seine Richtigkeit und Ordnung hat.«

Fiorina sah schnell auf und Selina bemerkte das Glitzern in ihren Augen. Die Gattin ihres Onkels tat ihr leid. Sie arbeitete noch mehr als die Bediensteten, kümmerte sich dabei noch liebevoll um ihre drei Kinder und den ältesten Sohn und ertrug die Launen des alten Santini mit einer Gelassenheit, die einer Heiligen alle Ehre gemacht hätte. Sie besuchte zwar immer wieder Freundinnen oder Familienmitglieder, die meiste Zeit jedoch verbrachte sie im Haus. Es würde ihr guttun, dem Alten einmal für einige Stunden zu entgehen.

Alessandros Mutter war in ihrer Liebenswürdigkeit sogar so weit gegangen, Pferde und Sänften zu schicken, die die drei jungen Frauen in ihre Villa bringen sollten, und Selina bemerkte mit freudiger Überraschung, dass Alessandros Diener mit dem schönen Grauen wartete, den sie schon auf ihrem Ausritt nach San Miniato geritten hatte. Sie hastete hoch in ihr Schlafzimmer, zog sich ein anderes Kleid an und flog dann förmlich wieder die Treppe hinunter, wo Luciano ihr lächelnd in den Sattel half. »Signor Barenza hat gemeint, die Signorina würde es wohl vorziehen zu reiten«, erklärte er ihr, als er ihr den Zügel in die Hand drückte und dann selbst auf ein Pferd sprang.

Selina genoss den Ritt, freute sich auf den Tag, der vor ihr lag, und noch mehr darauf, Alessandro wiederzusehen, der zweifellos ebenfalls anwesend sein würde.

Zu ihrer Enttäuschung wurden sie dann jedoch nur von Domenica di Barenza empfangen, einer sehr würdevollen weißhaarigen aber doch jugendlichen Frau, die sie an der Tür herzlich willkommen hieß. Sie war nicht allein. Zwei Cousinen waren ebenfalls anwesend und auch ein junger Vetter von Alessandro, der sich auf den ersten Blick in Françoise zu verlieben schien und ihr stürmisch den Hof machte.

Obwohl Alessandros Mutter alle ihre Gäste gleichermaßen zuvorkommend und liebenswürdig behandelte, schien sie doch besonderen Gefallen an Selina zu finden, und diese saß schon bald neben ihr. Sie unterhielt sich angeregt, sprach über die Bücher, die sie gelesen hatte, Übersetzungen, die die Mönche in ihren Klöstern machten, und welch ein Glücksfall es doch wäre, dass Latein in fast allen Ländern gesprochen wurde und Reisende sich auf diese Art zumindest bei den gebildeteren Schichten verständlich machen konnten. Sie mochte Alessandros Mutter, eine sehr kluge und noble Frau, die ihr Respekt und Zuneigung einflößte, und genoss das Zusammensein. Aber dennoch war sie enttäuscht, als der Tag verging und nichts von Alessandro zu sehen war. Dafür kam sein Freund Francesco, unter dessen scharfem Blick Françoises Verehrer sofort das Weite suchte und sich an Fiorina hielt, die die ungewohnte Aufmerksamkeit mit würdevoller Heiterkeit belohnte.

Selina sah erstaunt hoch, als Francesco plötzlich seinen Platz neben Françoise aufgab und zu ihr herüberkam. »Darf ich wohl einen Moment um Eure Aufmerksamkeit bitten, *madonna*?«

»Gewiss.« Sie sah ihn erwartungsvoll an.

»Alessandro hat mir aufgetragen, Euch von den bemerkenswerten Pferden zu erzählen, die donna Domenica in ihren Ställen hält. Eure Freundin hat den Wunsch verspürt, sich die Tiere anzusehen, aber es wäre nicht schicklich, wenn ich mit ihr allein hinausginge. Daher ersuche ich Euch, uns zu begleiten.«

Selina hatte im Moment nicht das geringste Interesse an den Pferden, aber sie nickte höflich, entschuldigte sich bei Alessandros Mutter und begleitete Francesco und Françoise hinaus. Er führte sie um das Haus herum zu den prachtvollen Ställen, denen man es ansah, dass sie dereinst einem wohlhabenden Mann gehört hatten. Dort verneigte er sich zu Selinas Überraschung, ergriff Françoises Hand, die tief errötete, und zog sie mit sich in die andere Richtung zum Garten hin. Selina blieb verblüfft zurück und stand unschlüssig da, bis sie hinter sich eine Bewegung spürte. Sie wandte sich um und blickte geradewegs in Alessandros dunkle Augen.

Ihr verärgerter Ausdruck wich sofort einem strahlenden Lächeln und sie streckte beide Arme nach ihm aus. »Endlich! Ich hatte so sehr gehofft, dich hier zu sehen, und war unendlich enttäuscht, als du fernbliebst!«

Statt einer Antwort nahm er ihren Kopf in beide Hände und küsste sie. Als er sie wieder losließ, waren sie beide atemlos, und Selina hielt sich an seiner Jacke fest. »Ich hatte solche Sehnsucht nach dir, Alessandro.«

»Ich ebenfalls, meine süße Mondgöttin, deshalb habe ich meine Mutter ja gebeten, euch einzuladen. Leider wurde ich aufgehalten, sonst wäre ich schon längst gekommen.«

»Was hat dich nur aufhalten können, zu mir zu kommen?«, fragte Selina mit spielerischem Vorwurf.

»Geschäftliche Dinge und, wie ich zugeben muss, weitaus unwichtiger als auch nur ein Blick aus deinen Augen. Was muss ich tun, um deine Verzeihung zu erlangen, meine Liebste?«

Selinas Blick wurde intensiver, sie trat noch näher an Alessandro heran und schlang die Arme um ihn. »Halte mich einfach nur, Alessandro. Ich möchte dich fühlen.«

»Nur halten?«, fragte er belustigt, als er die Arme um sie legte und sie an sich zog. »Wie lange, meinst du wohl, wird mir das genügen? Hältst du mich für einen zahnlosen Alten, der zufrieden an einem trockenen Stück Brot kaut und schon völlig vergessen hat, wie die süße Frucht schmeckt, die vor ihm auf einem Teller liegt?«

Selina schüttelte lachend den Kopf und sah dann über ihre Schulter Richtung Garten, wo Françoise mit ihrem Verehrer verschwunden war. »Ich glaube, es ist nicht richtig, wenn ich meine Freundin allein mit einem Mann in den Garten gehen lasse. Es schickt sich nicht für sie.«

»Francesco ist ein Ehrenmann, der nichts tun wird, was deine Freundin nicht ebenfalls will«, erwiderte Alessandro mit einem hintergründigen Lächeln. »Und jetzt folge mir, meine Geliebte, lass uns nicht noch mehr Zeit verschwenden.« Er führte sie durch die Stallungen hindurch in den Garten zu einem kleinen Lusthäuschen, das hinter Bäumen und Büschen verborgen in einer verschwiegenen Ecke der gepflegten Anlage stand. Selina sah sich um. Es stand ein kleines Sofa mit Kissen darin, einige bequeme samtüberzogene Sessel und ein runder Tisch, auf dem sich eine Vase mit frischen Blumen befand.

Alessandro schloss hinter ihnen die Tür, legte einen Riegel vor und nahm auf einem der Sessel Platz. Er streckte die Hand nach ihr aus. »Komm zu mir, meine sinnliche Göttin.«

Selina zögerte keinen Moment, seiner Aufforderung nachzukommen, die ihren eigenen Wünschen so sehr entsprach. Sie bebte bereits vor Verlangen, als er ihr Kleid öffnete, es mitsamt Unterkleid von den Schultern schob und ihre Brüste offen vor ihm lagen. Er zog sie näher heran, bis sie ganz eng bei ihm stand, beugte sich vor, legte die Hand unter ihre rechte Brust, hob sie ein wenig an und schloss die Lippen um die zarte Spitze. Er streichelte sie mit seiner Zunge, sog daran und Selina fühlte, wie ihr ganzer Körper darauf reagierte, ihre Weiblichkeit unweigerlich pochte, feucht wurde. Sie grub ihre Finger in sein dichtes dunkles Haar, das ebenso Locken hatte wie jene Statue im Garten der Medici, jedoch weich und lebendig war, und gab sich ganz seinen Lippen und seiner Zunge hin. Sie vergaß vollkommen Françoise, Fiorina, ihre Gastgeberin und die anderen, die sich vermutlich fragen würden, was aus ihnen geworden war. Sie genoss das Gefühl von Alessandros Nähe und ihrer steigenden Leidenschaft.

Etwas enttäuscht sah sie herab, als er ihre Brust losließ und – anstatt sich der anderen zuzuwenden, die sehnsüchtig auf seine Liebkosung wartete – das Kleid über ihre Hüften streifte, bis es mit einem leisen Rascheln zu Boden fiel. Sie schloss die Augen, als seine Hand zielstrebig zwischen ihre Beine fuhr, und stöhnte leicht auf, als sie seine tastende Berührung auf ihrer empfindlichen Klitoris fühlte, bevor er tiefer hineinglitt und zwei Finger mit einer sanften Bewegung in ihr Inneres drückte. Dann lagen seine Lippen wieder auf ihrer Brust, sogen sich fest, während er massierte, bis sie das Gefühl hatte, ihre Feuchtigkeit müsse schon an seiner Hand und seinem Arm herablaufen.

»Nicht aufhören«, hauchte sie drängend, als er seine Hände und Lippen zurückzog und sie ein wenig von sich wegschob.

Alessandro lachte leise, als sein Blick den ihren erfasste. »Sei unbesorgt, meine schöne Verführerin, ich werde gewiss nicht aufhören. Ich fange jetzt erst richtig an. Dreh dich um.«

Sie wandte sich um, blieb erwartungsvoll stehen, hörte, wie er sich an seiner Kleidung zu schaffen machte, und musste nicht lange warten, bis er seine Knie zwischen ihre Beine schob, ihren Oberkörper leicht nach vorne neigte und sie dann mit festem Griff an den Hüften packte und langsam auf seinen Schoß senkte. Sie spürte sein nacktes Glied zwischen ihren Gesäßbacken entlanggleiten, dann ein wenig tiefer und schließlich hatte er den richtigen Eingang gefunden, drängte sich in sie, während er sie unendlich langsam enger an sich zog. Sie widerstand dem Wunsch, sich schneller auf ihn zu setzen, gab seinem Willen nach und bereute es auch nicht. Das verzögerte Gefühl fast schmerzlicher Erwartung, das langsame Gleiten seines Gliedes, das sich Millimeter für Millimeter hineinschob, war bis zur Unerträglichkeit lustvoll und Selina genoss es, ihre Hände auf seine Knie gestützt, die spürbare Dehnung ihres Inneren zu fühlen, ihn aufzunehmen.

Sie kam endlich ein wenig vorgebeugt auf ihm zu sitzen, spürte seinen harten Bauch und seine Hände, die von ihren Hüften aufwärtsglitten und ihre Brüste umfassten. »Komm«, sagte er heiser, »lehn dich jetzt an mich.«

Sie gab dem Druck seiner Hände willig nach, lehnte sich zurück, bis sie mit ihrem Rücken an seiner Brust lag. Sein Mund war dicht an ihrem Ohr, als er ihr Liebesworte zuflüsterte. Seine Hände fuhren unaufhörlich über ihre Brüste und ihren Bauch, kneteten sie und streichelten dann wieder so hauchzart, dass ihre Haut sich vor Lust zusammenzog. Sie hatte schon längst ihre Hände von seinen Knien zurückwandern lassen, tastete nun nach seinem Glied, das fest zwischen ihren Beinen saß und straff nach hinten gebeugt war. Er stöhnte auf, als sie leicht darüberstrich, hielt sie jedoch fest, als sie ihren Kopf nach vorne beugen wollte, um einen Blick auf das zu werfen, was ihr so viel Lust bereitete. »Nicht, bleib so sitzen.«

»Ich will ihn sehen«, antwortete sie mit einem tiefen Aufseufzen, als seine Hand die ihre fortschob und über ihr dunkles Dreieck strich, immer fester, immer schneller, dann ihre Klitoris fand und mit so festem Druck massierte, dass sie leise aufschrie und sich in seinen Armen aufbäumte.

»Du wirst ihn sehen, aber jetzt noch nicht«, flüsterte er an ihrem Ohr, fuhr mit den Lippen zärtlich ihren Hals entlang und fand ihren Mund, als sie ihm den Kopf zuwandte.

»Wann?«, hauchte sie in seine Lippen hinein, kaum noch fähig, ihren Körper und ihre Stimme zu beherrschen, während er das gekonnte Spiel seiner Finger zwischen ihren Beinen fortsetzte, von ihrem empfindsamsten Punkt weiter hinabstrich und wieder höher kam.

»Sobald die Zeit dazu gekommen ist, meine Mondgöttin«, erwiderte er rau.

Sein Glied, das vollkommen bewegungslos in ihr lag, eingezwängt in die harten Muskeln ihrer Vagina, pulsierte und Selina stellte bald fest, dass allein schon dieses leichte Zucken, die festen Finger ihres Geliebten auf ihrer Klitoris und seine Hand auf ihrer Brust genügten, um ihre innere Öffnung sich so heftig zusammenziehen zu lassen, dass sie meinte, vor Erregung ohnmächtig zu werden, und tief aufstöhnte, als endlich der Schmerz der Lust durch sie hindurchzuckte. Sie presste ihre Hände an seine Hüften, um sich festzuhalten, aus Angst, sein Glied zu verlieren, als ihr Körper ihrem Willen nicht mehr gehorchen wollte, sondern sich aufbäumte.

Alessandro schlang seinen freien Arm um ihre Taille, hielt sie fest, als sie zuckend und stöhnend auf ihm lag, während er nicht von ihr ablassen wollte und ihren Höhepunkt damit so lange hinauszögerte, dass Selina glaubte, innerlich zerschmelzen zu müssen. Sie war fast erleichtert, als sie fühlte, dass auch er kam, sich in sie ergoss, sie stöhnend enger an sich presste und dann langsam seine Umarmung lockerte, ohne sie jedoch ganz loszulassen. Seine Finger tasteten immer noch spielerisch, wenn auch sanfter, und Selina, die das Gefühl hatte, ein Mehr an Lust nicht mehr ertragen zu können, wollte ihre Beine lösen, die sie vor wenigen Augenblicken fest um seine Schenkel geschlungen hatte. Zu ihrer Erregung bemerkte sie jedoch, dass er seine Knie etwas öffnete, sodass ihre Schenkel noch mehr gespreizt waren.

»Noch nicht«, sagte er ruhig. »Noch bin ich nicht mit dir fertig, meine Mondgöttin. Küss mich.«

Selina drehte den Kopf und legte ihren Mund auf seine Lippen. »Und jetzt?«, hauchte sie, als er seine Hände abermals über ihren Körper wandern ließ, sie streichelte und ihre Brüste zärtlich massierte. Sie waren beide erhitzt. Es war ein warmer, schwüler Tag, sie sah, dass kleine Schweißtropfen auf seiner Stirn standen, und hob die Hand, um sie abzuwischen.

»Jetzt bleiben wir erst einmal eine Weile so«, antwortete er mit einem leichten Auflachen.

Sie lächelte, griff hinunter und tastete nach seinem Glied. Es war feucht von ihrer Erregung, lag jedoch immer noch so eng in ihr, dass sie sich vollkommen ausgefüllt fühlte. »Magst du das?«

»Es ist fast unerträglich lustvoll, meine Selene. Fast ebenso lustvoll, wie dich hier auf mir sitzen zu haben.«

Selina fuhr zärtlich mit der Hand über sein in ihr ruhendes Glied. Sie beugte sich ein wenig vor, suchte mit dem Finger jene Punkte, an denen es mit seinen Hoden verwachsen war, und beschäftigte sich so lange und ausgiebig damit, bis sie seinen schweren Atem hörte und fühlte, wie er in ihr wieder härter wurde. Diesmal blieb sie nicht ruhig auf ihm sitzen, sondern bewegte sich in kreisenden Bewegungen auf ihm, während seine Hände ihre Hüften hielten und die Bewegungen noch verstärkten, immer schneller und schneller, heftiger, bis sich ihr Inneres abermals zusammenzog.

Aufseufzend ließ sie sich zurücksinken, lag wieder an seiner Brust, den Kopf auf seine Schulter gebettet, während seine Arme sie umfassten und hielten. Sie wusste, dass die Gefahr größer wurde, je länger sein Glied in ihr war, sie seinen Samen in sich aufnahm und über kurz oder lang mit einem dicken Bauch herumlief, der auch dem Arglosesten sehr schnell verriet, was sie getan hatte. Es war nicht das erste Mal, dass sie Alessandros Glied und Samen empfangen und vor allem eine solche Lust dabei verspürt hatte, wie es laut der Meinung vieler Ärzte notwendig war, um ein Kind zu zeugen. Sekundenlang stieg eine unbestimmte Angst in ihr hoch. Sie wandte ein wenig den Kopf und sah Alessandros bereits so vertrautes und geliebtes Profil vor sich. Seine etwas gebogene Nase, die kantigen Wangenknochen und die Narbe, die sich bis zum Kinn zog.

Und in diesem Moment wusste sie, dass, selbst wenn er sie weniger liebte als sie ihn und sie vielleicht sogar über kurz oder lang verließ, sie dieses Kind wollte, darum kämpfen und es mehr lieben würde als sich selbst.

* * *

Als sie eine Stunde später durch den Garten gingen, zu einem Treffpunkt, den Alessandro zuvor mit Francesco verabredet hatte, nahm er Selinas Hand und drückte sie liebevoll.

»In Zukunft werden wir keine Ausreden brauchen, um einander zu treffen. Du wirst von nun an mindestens zweimal wöchentlich von meiner Mutter eine Einladung in ihr Haus bekommen, um ihr Gesellschaft zu leisten und ihr aus einem Buch vorzulesen.«

»Du willst also tatsächlich im Haus oder Gartenpavillon deiner Mutter Psalmen mit mir rezitieren?«, fragte Selina mit hochgezogenen Augenbrauen.

Alessandro lachte. »Nein, meine reizende Einfalt, natürlich nicht. Die Sänfte, mit der man dich abholt, wird nämlich ganz zufällig den Weg zu meinem Haus nehmen.« Er ließ ihre Hand auch nicht los, als sie an einem Brunnen auf das andere Liebespaar trafen, das dort mit geröteten Wangen und einem entrückten Lächeln wartete.

Selina warf einen prüfenden Blick auf Françoises Kleidung. Es war nichts daran auszusetzen, ihre Frisur war tadellos, nur ihre Lippen waren dunkelrot und ihre Augen glänzten, wie sie es noch nie zuvor an ihr gesehen hatte. Sie hoffte, dass sie einen ebenso unverfänglichen Eindruck bot, und fing Alessandros amüsierten Blick auf, als sie heimlich nochmals ihr Kleid zurechtzog.

»Du siehst untadelig aus, meine Selene«, flüsterte er ihr zu und strich ihr, als die beiden anderen wegsahen, zärtlich über die Wange.

Zu viert schlenderten sie ein wenig durch den Garten, besahen sich die herrlichen Rosen – der Stolz seiner Mutter, wie Alessandro hervorhob – und kehrten dann zum Haus zurück, wo sie von den anderen schon mit gekühlten Getränken und kleinen Leckerbissen begrüßt wurden. Selina, die im Banne von Alessandros Liebkosungen nicht einen einzigen Gedanken an ihr unziemliches Benehmen verschwendet hatte, wagte nun, von plötzlicher Scham gepeinigt, kaum, dem Blick Fiorinas oder Alessandros Mutter zu begegnen. Zum Glück schien jedoch, obwohl sie geraume Zeit weg gewesen war, niemand auch nur den leisesten Verdacht zu hegen, dass sie die vergangene Stunde mit anderem als züchtigem Geplauder und einem Spaziergang durch die weitläufige Parkanlage verbracht hatte. Vor allem behandelte Alessandro sie in Gegenwart der anderen so außerordentlich höflich und korrekt, dass sie bald wieder zu sich selbst zurückfand und den Rest des Tages ebenso genießen konnte wie ihre Freunde.

Beim Abschied beugte sich Selina über die Hand von Alessandros Mutter und hauchte einen Kuss darauf. Die alte Comtessa streichelte über ihre Wange und in ihren Augen stand ein Lächeln, das jenem Alessandros so ähnlich war. ›Es hat mich sehr gefreut, dich kennengelernt zu haben, mein Kind. Es ist sogar in Florenz nicht so häufig, wie man denken sollte, eine junge Frau zu finden, die nicht nur ihren Tand im Kopf hat. Ich würde mich sehr freuen, wenn du mich öfter besuchst.«

»Sehr gern«, hauchte Selina tief errötend, wobei sie sich fragte, ob Alessandros Mutter in seine Pläne eingeweiht war oder ob dieser Vorschlag tatsächlich ihrem eigenen Wunsch entsprungen war. Der Gedanke quälte sie, vor dieser gütigen und hoheitsvollen Frau wie ein leichtes Mädchen dazustehen, dass sich auf

Ränke einließ, um sich mit ihrem Geliebten treffen zu können.

* * *

Als die beiden jungen Frauen am Abend allein in ihrem Zimmer waren, fasste Françoise Selina bei der Hand.

»Ach Selina, ich bin ja so unsagbar glücklich! Denk dir nur, Francesco hat mir heute seine Liebe gestanden!«

Selina umarmte die Freundin und drückte sie herzlich. Dann schob sie sie ein wenig von sich ab. »Und sonst?«, fragte sie mit einem leichten Stirnrunzeln.

»Und dann ...«, flüsterte Françoise verschämt, »hat er mich geküsst. Und umarmt.«

»Und weiter?«

Die Augen ihrer Freundin ruhten groß und unschuldig auf ihr. »Nichts weiter. Oh ...« Sie wurde tiefrot. »Ich weiß, was du meinst, aber doch nicht ... im Garten ... und ... nein wirklich, Selina, das wäre sehr unpassend gewesen!«

Selina war froh, dass Alessandro diesbezüglich weniger Hemmungen gehabt hatte, behielt diesen Gedanken jedoch wohlweislich für sich. »Will er dich heiraten?«, fragte sie stattdessen.

»Er hat mir einen Antrag gemacht! Und ... ich habe ihn angenommen. Ich weiß, dass das voreilig war, weil er ja nicht einmal weiß, wer ich wirklich bin. Und selbst wenn – ich zuerst meine Eltern hätte fragen müssen, aber diese leben doch so weit weg!«

»Er wird damit rechnen, dass du eine schöne Mitgift in die Ehe einbringst«, murmelte Selina und der Gedanke, dass der Geliebte ihrer Freundin vielleicht nur die reiche Erbin im Sinn hatte, störte sie.

Françoise schüttelte den Kopf. »Nein, ich habe ihm dasselbe gesagt wie Signor Santini: Dass ich nur eine kleine Mitgift erhalte, aber er hat mich geküsst und gesagt, das wäre ihm gleichgültig. Er ist nicht ganz mittellos, weißt du«, fügte sie dann hinzu. »Er hat in Venedig einen Handel, das heißt, er ist Teilhaber eines reichen Kaufmanns.«

»Nun, wenn er dich ehrlich liebt und du ihn ebenfalls, dann wird er an dir auch keine arme Braut finden«, erklärte Selina und küsste ihre Freundin zart auf die Wange.

* * *

Alessandro hatte gemeinsam mit Francesco die Gäste nach Florenz begleitet, ritt jedoch dann im Gegensatz zu seinem Freund nicht ins Landhaus, sondern kehrte nach Fiesole zurück, wo ihn seine Mutter schon erwartete.

Als er eintrat, sah sie von dem Buch auf, in dem sie gelesen hatte. »Das ist also deine zukünftige Frau«, sagte sie mit einem Lächeln auf den Lippen. »Du hast gut gewählt, mein Sohn. Ich bin sehr zufrieden mit dir. Dies ist ein reizendes Mädchen, das mir auf den ersten Blick gefallen hat. Gebildet, wohlerzogen … obwohl … es war vielleicht nicht ganz richtig von ihr, sich so ungebührlich lange mit dir im Garten aufzuhalten, nur in Begleitung ihrer Freundin und Francescos.«

Alessandro räusperte sich, griff nach einem der Weinkelche, die auf dem Tisch standen, und vermied tunlichst den Blick seiner Mutter.

»Aber«, fuhr diese fort, »die Zeiten ändern sich vermutlich. Ich habe deinen Vater ja erst zwei Wochen vor der Hochzeit das erste Mal gesehen.«

Alessandro schenkte sich aus dem schweren geschliffenen Krug ein und nahm einen langen Schluck. »Ich muss Euch etwas gestehen, Mutter«, fing er dann an, »was ... Selina betrifft. Sie ... ich meine, das Mädchen, das Ihr heute kennenlerntet, ist nicht ...« Er sah hoch und begegnete dem erstaunten Blick seiner Mutter. »Sie ist nicht die Frau, die ich heiraten möchte.«

»Nicht?!« Domenica di Barenza klappte das Buch mit einem Knall zu und legte es hörbar neben sich auf den Tisch. »Willst du damit etwa sagen, dass die Gerüchte stimmen und du die andere heiraten willst? Ihre Freundin? Ein nettes Mädchen, ja. Sehr hübsch auch anzusehen – ich will ja gar nichts gegen sie sagen – aber sie passt doch nicht zu dir! Ein Mädchen mit einem liebenswerten, aber schlichten Gemüt ist nichts für dich, Alessandro. Sie würde dich vermutlich schon wenige Wochen nach der Hochzeit langweilen! Ich möchte nicht erleben müssen, dass mein einziger Sohn und der Stolz meines Lebens es so hält wie andere Männer auch und sein Vergnügen aus Prinzip außerhalb der Ehe sucht!«

»Nun, ich ...«, fing Alessandro an, wurde jedoch lebhaft unterbrochen. Domenica di Barenza war immer schon eine temperamentvolle Frau gewesen, auch wenn sie Fremden gegenüber niemals ihre würdevolle und zurückhaltende Fassade ablegte.

»Du wirst doch nicht tatsächlich aus einer dummen Laune heraus auf diesen Schacher eingehen«, empörte sie sich. »Was glaubst du wohl, wie schwer es mir gefallen ist, still zu sein, als Margarita Dazanto, dieses alberne Geschöpf, mir fast eine Stunde lang über dieses Gerücht erzählte, dem du auch noch Nahrung gibst, indem du selbst Verwandten gegenüber verkündest, du würdest die Enkelin von einem gewissen Bene

Santini heiraten! Dieser Mann will sich durch dich doch nur in eine Gesellschaft bringen, die ihm jetzt noch verwehrt ist! Bist du wirklich so arm, dass du es nötig hast, eine Frau ihrer Mitgift wegen zu heiraten und dich zu verkaufen?!«

Alessandro setzte den Weinkelch auf den Tisch, lehnte sich zurück und lachte.

»Hör auf zu lachen!«, fuhr ihn seine Mutter verärgert an. »Ich finde es nicht erheiternd, dass du mit diesem reizenden Mädchen spielst, es verführst ... Jawohl! Verführst!«, wiederholte sie heftig. »Und dann die andere heiratest, aus welchem Grund auch immer! Ich mag vielleicht alt sein, aber ich bin nicht blind und dumm, und ich habe sehr wohl ihre Blicke gesehen, wenn sie sich unbeobachtet fühlte. Das arme Kind ist dir völlig verfallen, Alessandro!«

Ihr Sohn wurde mit einem Schlag ernst. »Ihr sprecht doch von der Gesellschafterin von ... Selina Santini, die Ihr so oft an Eure Seite gezogen habt?«

»Von dem Mädchen, das du in dein Landhaus gebracht hast«, entgegnete Domenica scharf.

Alessandro fühlte eine leichte Röte in seine Stirn steigen, aber es hatte wohl keinen Sinn, etwas abzuleugnen. Seine Mutter kannte sich in Florenz aus, sie hatte überall Freunde und wohl auch Spione. Die Medici waren ihnen zwar wohlgesonnen, aber die gesellschaftlichen Zusammenhänge in der Stadt waren so kompliziert, dass es sicherer war, man wusste von allen alles. Nicht wenige hatten es schon bereut, zuerst allzu arglos in den Tag hineinzuleben und dann Intrigen zum Opfer zu fallen.

»So sprecht Ihr tatsächlich von meiner zukünftigen Frau«, sagte er ruhig.

»Also doch«, sagte seine Mutter zufrieden und musterte ihren Sohn wieder mit weitaus mehr Wärme. »Und weshalb streust du dann diese lächerlichen Gerüchte aus?«

»Es ist kein Gerücht. Selina Santini ist eine eigenwillige Frau«, erwiderte Alessandro. »Sie wusste vom Plan ihres Großvaters und wollte sich den zukünftigen Ehemann wohl erst in Ruhe ansehen. Wie ich vermute«, fuhr er fort, den verblüfften Blick seiner Mutter mit einem Lächeln erwidernd, »hatte sie mindestens ebenso viele Einwände gegen diesen Schacher wie Ihr, Mutter.« Er beugte sich ein wenig vor und griff nach ihrer Hand, um sie an seine Lippen zu ziehen. »Ihr nehmt ihr diese Komödie doch nicht übel, nicht wahr? Sie tat es bestimmt nicht, um jemandem zu schaden.«

Domenica di Barenza sah eine Weile nachdenklich aus dem Fenster. »Ein unternehmungslustiges Mädchen«, sagte sie dann.

»Was Ihr vorhin sagtet«, fragte Alessandro drängend, dessen Gedanken sich wieder sehr intensiv mit Selina beschäftigten, »dass … sie mir verfallen sei …« Er wusste wohl, dass seine bezaubernde Selene in ihn verliebt war, aber bei einer Frau wie ihr, die eigenwillig genug war, ganz Florenz zu belügen, und darüber hinaus bereits mehrmals betont hatte, dass sie keinen Ehemann zu ihrem Glück brauchte, war er sich nicht allzu sicher, ob ihre Gefühle tief genug waren, um sich tatsächlich ein Leben lang an ihn zu binden. Sie war zwar noch Jungfrau gewesen, als er sie das erste Mal in den Armen gehalten hatte, aber gewiss nicht völlig unberührt und unschuldig, und tief in sich hatte er, der erfolgsgewohnte Mann, Angst, sie könne ihn nur als

Liebesabenteuer ansehen und eine Ehe nicht in Erwägung ziehen. Und er wollte sie mehr als jede Frau zuvor. Nicht nur als Spielzeug für erotische Stunden, sondern als Gefährtin, die sein Leben teilte.

Seine Mutter musste ihm seine Zweifel vom Gesicht abgelesen haben, denn sie lächelte plötzlich. »Ich sehe schon, ich habe mir unnötig Sorgen um das Mädchen gemacht. Ganz offensichtlich hat sie dich in der Hand und nicht umgekehrt, wie ich bisher dachte.«

* * *

Wie Alessandro es gesagt hatte, kam nur wenige Tage danach tatsächlich eine Einladung, die er im Namen seiner Mutter aussprach. Er schrieb darin, dass er einen verlässlichen Diener schicken würde und die junge »Francesca« jene Dinge mitbringen solle, die sie brauchte, um ein oder zwei Nächte in Fiesole zu verbringen.

Als der Großvater ihr dies mit einem sehr sauren Gesicht mitteilte, da er ihr die Ehre missgönnte, hatte Selina Mühe, nicht vor Freude und Übermut zu lachen. Sie hatte Alessandro seit dem Tag in Fiesole nicht mehr gesehen und konnte es kaum erwarten, wieder in seinen Armen zu liegen und seine Liebe zu spüren.

Anders als beim letzten heimlichen Besuch in seinem Landhaus stieg sie nun ganz offiziell vor dem Haus in die Sänfte. Wieder war sein Diener dabei, der sie begleitete, und nach einigen Umwegen, um etwaige Beobachter irrezuführen, erreichten sie das Stadttor und waren kurz darauf in Alessandros Villa. Wie auch beim letzten Mal wartete er schon im Hof auf sie. Er hob sie einfach aus der Sänfte und trug sie ungeachtet der Blicke der anderen ins Haus hinein und direkt in sein Zimmer.

Diesmal hatten sie keinen Grund, sich so schnell wieder zu trennen, und nachdem Alessandro in der ersten Leidenschaft rasch zum Ziel gekommen war, hatte Selina danach ausreichend Muße, seine verspielten und raffinierten Zärtlichkeiten zu genießen.

Später, als es Abend wurde, saßen sie an einem reich gedeckten Tisch. Alessandro legte ihr selbst die Speisen vor, da er alle Bediensteten für diese Nacht fortgesandt hatte, um mit seiner Geliebten vollkommen ungestört zu sein. Nach dem Essen führte er sie im Haus herum. Selina bewunderte die prächtig ausgestatteten Räume und schließlich stand sie am Fenster, blickte in den Innenhof hinab und sah zu ihrem größten Erstaunen den steinernen Schwertkämpfer dort unten stehen. Sie wandte sich nach Alessandro um, der knapp hinter ihr stand und sich damit beschäftigte, die kurzen feinen Härchen in ihrem Nacken um seinen Finger zu ringeln.

»Ein Geschenk des Magnifico«, lächelte er. »Er hat mein Interesse an dieser Statue bemerkt.« Er hob die Schultern. »Ich kann niemals an ihm vorbeigehen, ohne an dich zu denken, meine Selene. Das konnte nicht unbeobachtet bleiben.«

Selina lachte. »Dann hoffe ich nur, dass der Magnifico keinen falschen Eindruck von der Art deines Interesses an dieser Statue gewonnen hat.« Sie sah wieder hinunter. »Ein guter Platz, Alessandro. Und ein großzügiges Geschenk.«

»Selene, meine süße Geliebte …«

Sie drehte sich zu ihm um. Er hatte einen seltsam erregten Ausdruck in den Augen. »Ja, mein Liebster?«

Er trat näher auf sie zu, nahm sie in die Arme und brachte seinen Mund nahe an ihr Ohr. »Selene, meine Geliebte, diese Statue unten im Hof …«

Sie horchte auf. »Ja?«

Seine Hände streichelten über ihren Rücken und erweckten alle die Wünsche, die sie mit ihm und seinen Berührungen verband.

»Bist du danach wieder einmal bei ihm gewesen? Ohne mich?«

Sie schüttelte heftig den Kopf. »Nein, Alessandro. Wozu denn auch? Was könnte mir dieser kalte Marmor geben, das ich nicht in erregendster Weise von dir erhalten könnte?!« Sie lächelte liebevoll. »Diese Lehrstunde damals in der Nacht hat sich mir eingeprägt, mein Liebster.«

Der Druck seiner Arme wurde fester, inniger. »*Madonna mia*, wenn ich dich bitten würde, es zu tun, während ich dabei zusehe …?«

Sekundenlang war sie außerstande, den Sinn seiner Worte zu begreifen. »Du meinst … du willst, ich soll …«

»Ja.«

Sie machte sich von ihm los und sah ihm in die Augen. »Jetzt?«

Seine dunklen Augen brannten vor Verlangen. »Jetzt, meine süße Mondgöttin. Tu es, bitte … für mich.«

Selinas Stimme versagte, als die Erregung sie ergriff. Sie konnte nur nicken, atemlos und voller Erwartung des Genusses, den sie mit dem Einverständnis und auf den Wunsch ihres Geliebten erleben würde.

Er fasste nach ihrer Hand, küsste sie. »Dann geh jetzt hinunter. Wir sind ganz allein, es ist niemand im Haus außer uns. Niemand außer mir wird dich sehen. Ich komme nach.«

Selina stieg barfuß die breite Steintreppe hinab. Allein schon der Gedanke, diese Statue zu berühren, sich daran zu erregen, während Alessandro sie dabei beobachtete, ließ ihre Weiblichkeit aufschwellen und zart zwischen ihren Schenkeln klopfen. Sie ging zielstrebig im silbernen Schein des Mondes, dessen Licht in den kleinen Hof fiel, auf die Statue zu, blieb dicht davor stehen, streifte dann den Mantel, den sie der Kühle wegen übergelegt hatte, ab und stand nur in einem fast durchsichtigen Hemd da, unter dem sich die erregten Spitzen ihrer Brüste deutlich abzeichneten.

Der muskulöse Schwertträger schien ihr entgegenzublicken, als sie näher trat. Sie hatte ihn seit dem Abend, als Alessandro sie dazu gebracht hatte, ihn zu berühren, nicht mehr besucht, nicht einmal mehr an ihn gedacht und ihn kaum eines Blickes gewürdigt, wenn sie durch den Garten der Medici gegangen war. Und jetzt stand sie hier. Voller Erregung. Weil ihr Geliebter das so wollte.

Als sie das erste Mal über sein Glied gestreichelt hatte, voller Sehnsucht, er möchte aus seiner steinernen Erstarrung erwachen und unter ihren heißen Händen lebendig werden, hatte Alessandro sie dabei beobachtet. Und heute war sie wieder hier, die tote Figur zu berühren, um damit ihren Geliebten zu erregen, der ihr aus dem Hintergrund zusehen würde, und seine Leidenschaft zu erwecken.

Sie selbst war bereits erregt. So sehr, dass ihr Atem nur stoßweise ging, sie sich schwindlig fühlte und die Feuchtigkeit zwischen ihren Beinen ebenso deutlich wurde wie das Pochen. Sie hob die Arme, berührte die marmornen Schultern, die Brust, strich an ihm entlang wie an einem lebenden Mann, den sie verführen wollte, zog mit ihren Fingern eine Linie, als sie um den Athleten herumging, seinen Rücken streichelte, mit beiden Händen fest über sein kräftiges Gesäß fuhr und ihn dann wieder umrundete.

Sie stieg nun auf das kleine Podest. Die Statue war um einiges größer als sie, sie musste sich auf die Zehenspitzen stellen, um mit ihrem Mund die Lippen des Schwertträgers erreichen zu können. Sie umschlang den kalten Stein mit ihren Armen, während sie ihre Lippen auf die seinen presste – sein schmaler Mund selbst in dieser Bewegungslosigkeit noch erregend –, bevor sie an ihm abwärtsglitt, ihn an jeder Stelle seiner Brust küsste, hinunterwanderte, endlich sein Glied und die prallen, harten Hoden erreichte. Sie wusste nicht, wo Alessandro stand, aber sie war überzeugt davon, dass er genau sehen konnte, wie sie mit der Zungenspitze über die gemeißelten Schamhaare fuhr bis zur Spitze des Gliedes, das so glatt und weich poliert war, dass sie sekundenlang den Verdacht hegte, sie wäre nicht die erste, die ihre Lippen um den steinernen Mann schloss.

»Mach weiter, meine Mondgöttin«, hörte sie plötzlich dicht hinter sich die Stimme Alessandros. »Tu es. Tu es mit ihm.«

Das Blut schoss ihr zu Kopf und gleichzeitig mit einem fast schmerzhaften Druck bis in ihre Vagina hinein. Ihre Klitoris pulsierte im Takt ihres Herzens. Alessandro wollte, dass sie sich an dieser steinernen Figur befriedigte. Das war etwas, worüber sie selbst in den einsamen Nächten – bevor Alessandro sie verführt hatte – nicht einmal nachgedacht hatte.

Sie kniete vor dem Schwertträger, hatte sein Glied zwischen ihren Lippen. Jetzt stand sie auf, glitt eng an ihm empor. Die Statue stand schwer und fest auf ihrer Unterlage. Sie konnte es wagen, an ihm hochzuklettern und ihn mit den Beinen zu umfassen. Sekundenlang bedauerte sie, dass die Stellung des marmornen Stabes nicht zuließ, ihn in ihre Vagina einzuführen, aber es würde auch so gehen. Und Alessandro würde es ebenfalls genießen. Sie zog sich hoch, legte die Beine um die schmalen Hüften, hielt sich mit den Armen an dem kräftigen Körper fest und presste ihre Weiblichkeit auf das leicht abstehende Glied. Sie hörte Schritte hinter sich und den schweren Atem Alessandros, als sie sich bewegte – auf und ab –, kaum noch gewahr, dass sie auf einem steinernen Mann ritt, ihre Scham so heftig rieb, dass ihr dünnes Hemd zerriss und die Feuchtigkeit ihrer Scheide eine nasse Spur auf dem kühlen Marmor hinterließ. Sie bewegte sich schneller und schneller mit immer festerem Druck, hielt erst ein, als ihre Vagina sich so heftig zusammenzog, dass sie mit einem tiefen Stöhnen den Kopf nach hinten warf und endlich mit einem unterdrückten Schrei den Höhepunkt ihrer Lust erreichte. Als es vorbei war, blieb sie sekundenlang eng mit der Statue umschlungen hängen, bevor sie den sich dicht vor ihr befindlichen Mund mit einer verlangenden Leidenschaft küsste, bis ihre eigenen weichen Lippen vom Stein schmerzten. Sie ließ erst ab, als sie Alessandros sanfte Berührung auf ihrem Rücken fühlte.

»Lass es genug sein, meine Geliebte. Komm jetzt.« Sie löste sich widerwillig, ließ sich von ihm herabheben und sah das Flackern in seinen Augen, als er sie betrachtete. Sein Blick glitt von ihrem geröteten Gesicht, den ein wenig wunden Lippen abwärts über ihre Brüste, die kaum von dem zarten Seidenhemd verborgen waren und deren Spitzen hart und weit vorstanden. Er atmete schwer und erregt und sie sah an ihm herab. Sie hatte bekommen, was sie wollte, aber sein Glied bohrte sich ihr ungeduldig durch den weichen Stoff entgegen. Sie legte ihre Lippen auf seine, glitt dann eng an ihm abwärts, bis sie vor ihm kniete. Seine Hände lagen leicht auf ihrem Kopf, streichelten über ihr Haar, als sie die Klappe löste, mit der seine Beinkleider vorne verschlossen waren. Sein Glied war nicht so groß und mächtig wie jenes des marmornen Mannes, aber fast ebenso hart, und es reagierte auf ihre Berührungen, als sie darüberstrich, ihre Lippen daraufpresste, es mit der Zunge liebkoste und es endlich tief in ihren Mund einführte. Eine Wolke verdeckte den Mond und es war völlig dunkel, als er sich mit einem fast schmerzlichen Stöhnen in sie ergoss und sie seinen Samen trank, als wäre es köstlichster Wein.

* * *

Ich glaubte früher, Louis hätte mich die Liebe gelehrt, aber es war nur Verliebtheit und ein schwacher Abklatsch der Leidenschaft, dachte Selina, als sie Alessandro beobachtete, der neben ihr schlief. Sein dunkles Haar fiel ihm leicht in die Stirn und seine sonst harten Züge waren im Schlaf weich und entspannt. Sie fuhr leicht mit dem Finger über die Narbe an seiner Wange, die sein Gesicht nicht entstellte, sondern nur noch männlicher erscheinen ließ. *Jetzt weiß ich, was Liebe wirklich ist. Und ausgerechnet gilt sie einem Mann, dem ich niemals begegnen wollte.*

Alessandro bewegte sich, öffnete die Augen und griff nach ihrer Hand. »Was ist, meine liebste Mondgöttin? Wie lange bist du schon wach?« Er lächelte verschlafen und Selina beugte sich über ihn, um ihn sanft auf die Stirn und die Wangen zu küssen.

»Noch nicht lange.«

Er schloss wieder die Augen. »Es ist schön, neben dir zu erwachen, meine Geliebte.«

»Mir ist eingefallen, dass du mir meine Frage immer noch nicht beantwortet hast«, sagte Selina.

»Deine Frage?«

»Ja, weshalb man sagt, ›den Teufel in die Hölle schicken‹.«

Alessandro lachte und rollte sich zu ihr herüber. »Das verstehe ich selbst nicht«, flüsterte er nahe an ihrem Mund, während seine Hand hinunterglitt, den Weg zwischen ihren Beinen bis zu ihrer heißen Scham fand und sie dort streichelte. »Es steht so geschrieben in einer der Geschichten eines bekannten Dichters und die Leute sagen so dazu. Aber auch ich frage mich, wie man das Paradies die Hölle nennen kann.«

Selina öffnete die Beine etwas mehr, um seiner Hand leichter Zugang zu gewähren. Ihre Weiblichkeit schmerzte ein wenig von den vergangenen Stunden, in denen sie mehr als einmal »den Teufel in die Hölle geschickt« hatten, aber um nichts in der Welt hätte sie nun Alessandros Hand dort missen wollen. »Vielleicht liebte dieser Mann die Frauen nicht?«

»Es war wohl ein Scherz, den er gemacht hat.« Alessandro rückte etwas näher und Selina hob die Hand und strich mit den Fingerspitzen leicht über seine Narbe.

»Woher hast du diese Narbe?«

»Eine eifersüchtige Geliebte«, erwiderte Alessandro, während seine Augen vor Vergnügen funkelten. »Sie fand heraus, dass ich sie betrog, und wollte mir ein Ohr abschneiden, damit mich keine andere Frau mehr ansieht. Aber ich konnte ihr entkommen.«

Selina schob seine Hand fort, die immer noch erregende Spiele zwischen ihren Beinen vollführte. »Wenn du mich jemals betrügen solltest, werde ich etwas ganz anderes abschneiden!«

»Dann sollte ich es wohl niemals so weit kommen lassen, nicht wahr?«, erwiderte Alessandro mit einem Lächeln, aber in seine Augen trat ein unerwarteter Ernst.

»Das wäre gut so«, flüsterte sie und fuhr mit dem Finger entlang seiner Narbe bis zu seinem Kinn. »Ich wüsste nicht … ich meine …« Sie verstummte, unfähig zuzugeben, wie sehr sie ihn schon liebte und wie tödlich sie sein Verlust oder seine Untreue treffen würde.

Er nahm ihre Hand in seine und küsste sie. »Es war ein Pirat. Ein Korsar von der Barbarenküste, der mich mit der Spitze seines Säbels traf. Wäre ich nicht rechtzeitig zurückgesprungen, so hätte mich der Schlag wohl zweigeteilt.« Er lachte spöttisch auf. »Diese Barbaren haben sehr scharfe und tödliche Waffen. Und sie wissen sehr gut damit umzugehen.«

»Du warst auf einem Schiff?«, fragte Selina, begierig, mehr über ihn und sein bisheriges Leben zu erfahren. Er hatte zwar schon einmal eine ähnliche Bemerkung gemacht, aber da war ihre Aufmerksamkeit durch die kostbaren Bänder abgelenkt worden. Sie hörte immer aufmerksam zu, wenn jemand von Alessandro di Barenza sprach, und sog förmlich auch die geringste Kleinigkeit in sich ein, hatte aber dennoch niemals viel über ihn erfahren können, außer dass er in jungen Jahren Florenz verlassen hatte.

Alessandro rollte sich auf den Rücken, ohne ihre Hand loszulassen, und zog sie dabei mit. Sie rutschte näher, schmiegte sich an seine Schulter und er legte den Arm um sie und drückte sie an sich. »Ich war sehr jung, als ich fortging. Meine Familie hatte ihr Vermögen verloren, mein Vater war aus Gram darüber gestorben und ich wollte nicht länger der Schande und dem Spott der Leute ausgesetzt sein. Also folgte ich einem Condottiere, einem Kriegsherrn, um in seinem Gefolge Ruhm zu finden – oder wenn das nicht möglich war, den Tod.«

Selina stieß ihn leicht an, als er minutenlang schwieg, offenbar völlig in seinen Erinnerungen versunken. »Sprich weiter, mein Geliebter, ich weiß so wenig über dich.«

Er wandte den Kopf und lächelte sie an. »Dein Geliebter? Bin ich das für dich? Wirklich?«

»Gewiss«, lächelte Selina zurück. »Und jetzt sprich weiter.«

»Nun gut«, gab er nach, »dann komme ich später wieder darauf zurück. Aber dieses Thema ist für mich noch nicht abgeschlossen. Ich sehne mich danach, mehr darüber zu hören.«

Selina nickte ungeduldig und er erzählte weiter. »Der Condottiere bot seine Dienste einem anderen Land an, war aber nicht sehr erfolgreich. Er versagte, unser Heer wurde zerschlagen und ich gelangte schließlich über Umwege und Irrfahrten nach Venedig. Dort trat ich unter einem anderen Namen in die Dienste eines venezianischen Kaufmanns. Ich gab mir große Mühe, arbeitete hart und gewann bald das Vertrauen dieses Mannes. Er übertrug mir immer größere Aufgaben und schließlich vertraute er mir sogar seine

Schiffe an, die er über das Meer schickte, um dort mit dem Morgenland Handel zu treiben.«

Selina strich wieder über seine Narbe. »Und gut hat er daran getan, sie dir anzuvertrauen«, sagte sie überzeugt. »Du hast sie mit deinem Leben verteidigt.«

»Oh, nicht nur die Schiffe, auch mein eigenes Leben. Hätte ich es nicht getan, wäre ich wohl über kurz oder lang als Sklave eines türkischen Herrn gelandet. So jedoch kehrte ich von jeder Reise zurück.« Er sah sinnend an die mit Malereien verzierte Decke empor. »Ich habe diesem Mann viel zu verdanken. Ohne ihn wäre ich damals wahrscheinlich in der Gosse verkommen.«

»Was ist aus ihm geworden?«, fragte Selina sanft.

»Er starb vor zwei Jahren und hinterließ sein gesamtes Vermögen seinem Nachfolger, den er für diese Stellung herangezogen und ausgebildet hatte. Ich blieb noch ein Jahr dort und beschloss dann, wieder nach Florenz heimzukehren, um meine Mutter zu sehen, der ich immer in tiefer Liebe verbunden war und die mir über die Jahre hinweg liebevolle Briefe geschrieben hat.«

»Und dieser Nachfolger?«, fragte Selina erstaunt. »Hat er dich denn nicht wenigstens für deine treuen Dienste belohnt?«

»Nun ja … gewiss hat er das«, erwiderte Alessandro mit einem seltsamen Lächeln. »Aber«, fuhr er fort, »sprechen wir nicht mehr über ihn. Du weißt nun, woher diese Narbe stammt, und nun lass uns von wahrlich wichtigen Dingen sprechen. Sag mir: Bin ich dein Geliebter?«

»Mein einzig Geliebter«, antwortete Selina innig.

»Und derjenige, der vor mir war«, sagte er zögernd, »was war mit ihm?«

»Er ist tot.« Selina spürte keinen Schmerz mehr um den Verlust von Louis, schon lange nicht mehr, sondern lediglich das leichte Bedauern um einen Menschen, den man jahrelang gekannt hatte. »Er starb bei einem Duell.«

»Hat er für dich gekämpft?«

Sie schüttelte den Kopf. »Ich war nicht die Einzige, die er mit seinen Aufmerksamkeiten beglückte«, sagte sie dann achselzuckend. »Es war ein eifersüchtiger Ehemann, in dessen Revier er gewildert hatte, der ihn erschlug.«

Alessandros Augen wurden schmal. »Willst du damit sagen, dieser Unwürdige hatte die unfassbare Dummheit, eine Göttin der Liebe wie dich zu betrügen?«

Sie lachte, glücklich und amüsiert zugleich, weil er sie in der Liebe einer Göttin gleichsetzte. »Ich glaube nicht, dass er mich als Göttin betrachtet hat, wohl eher als eine Abwechslung zwischen anderen Frauen. Oder als ein Ort, an den er immer wieder zurückkehren konnte.«

»Er muss Abschaum gewesen sein«, erwiderte Alessandro verächtlich. »Unwerter Auswurf, der ein Juwel nicht von einem gewöhnlichen Stein unterscheiden konnte. An seiner Stelle hätte ich niemals mehr eine andere Frau auch nur mit mehr als höflicher Freundlichkeit angesehen.« Er strich mit dem Finger über ihre Wange. »Du bist die wunderbarste Geliebte, die sich ein Mann wünschen kann, Selene. Du musst geboren worden sein, als Venus über den Himmel herrschte.«

»Er kannte mich nicht so wie du«, antwortete sie leise. »Wie ich dich geliebt habe und von dir in den vergangenen Stunden geliebt wurde, so war ich niemals mit ihm zusammen. Er ...«, sie zauderte etwas, unsicher, ob sie ihm nicht endlich die Wahrheit sagen sollte, dann jedoch entschied sie sich, ihre Rolle beizubehalten, »er war der Mann meiner verstorbenen Herrin. Und … es ergab sich eben so.«

Alessandros Miene hatte sich immer mehr verdüstert. Er betrachtete sie sehr ernst, dann nickte er langsam. »Ich verstehe. Ich verstehe, dass es wohl Schicksal war, dass er dich vor mir gekannt hat, und ich beneide ihn glühend um das Glück, dich als Erster berührt zu haben. Und ich würde ihn am liebsten dafür töten, wenn das nicht schon ein anderer vor mir getan hätte.« Sein Blick glitt über ihr Gesicht, während er mit seiner Hand zärtlich über ihren Körper streichelte und sie dann bedeutsam zwischen ihren Schenkeln ruhen ließ. »Hättest du ihm jedoch alles gegeben, was du mit mir geteilt hast, meine Mondgöttin, so hätte ich dir dennoch niemals auch nur den leisesten Vorwurf deshalb gemacht. Aber«, er blinzelte mit einem leisen Lächeln, »ganz gewiss wäre ich zum Papst gepilgert und hätte ihn gebeten, seinen Einfluss bei den himmlischen Mächten geltend zu machen, damit dieser Mann in die tiefste Hölle verbannt wird, wo er dann eine Ewigkeit Zeit hat, sich über seine Anmaßung zu grämen.«

Selina zog mit einem leisen Lachen seinen Kopf näher zu sich heran. »Nun, wenn das so ist, dann werde ich dir wohl auch keinen Vorwurf wegen einer Narbe machen, die du von einer eifersüchtigen Geliebten erhieltest. Auch wenn ich vor Eifersucht beinahe vergehe bei dem Gedanken, dass es noch andere Frauen gibt, mit denen du Psalmen rezitiert hast und die wissen, dass man sich dem Himmel nahe fühlt, wenn du den Teufel in die Hölle schickst.«

* * *

Seit ihrer Ankunft in Florenz vor etwa zwei Monaten war Selina die Zeit wie ein Traum vergangen und schon näherte sich das größte Fest, das man in Florenz feierte, nämlich den 24. Juni zu Ehren des Schutzheiligen von Florenz, Johannes dem Täufer. Fiorina sprach schon viele Tage davor von nichts anderem und ließ sich extra dafür eine neue Robe anfertigen, eine kostbare mit Goldfäden bestickte sogenannte *giornea*. Dies war ein wahrhaft luxuriöses Kleidungsstück mit langen, weiten Ärmeln, unter denen man die Ärmel des Unterkleides hervorblitzen sah und das ohne Gürtel getragen wurde. Françoise ließ sich ein ähnliches Kleidungsstück anfertigen und Selina, die sonst darauf achtete, möglichst unauffällig zu erscheinen, konnte der Versuchung nicht widerstehen und machte es ihr nach. Sie war tatsächlich keine besonders eitle Frau, aber die Hoffnung, auf ihren geliebten Alessandro Eindruck zu machen, bewog sie, mit ebensolcher Pracht zu erscheinen wie ihre beiden Freundinnen.

Schon Tage vorher strömten die Menschen aus den umliegenden Dörfern in die Stadt. Abgesandte der von Florenz abhängigen Städte kamen angereist, um auf der Piazza della Signoria, wo sich der eindrucksvolle Regierungspalast befand, die Kerzenspenden zu überbringen. Diese *ceri*, wie Fiorina sie nannte, wurden manchmal von Karren getragen, manche von Trägern, und waren aus Holz, Papier und Wachs gemacht, mit Gold und Farben überzogen. Aber nicht genug damit – sie waren auch noch mit erhabenen Figuren geschmückt, mit tanzenden Mädchen, Tieren, Pferden und Bäumen und innen hohl, sodass ein Mann darin stehen und sie drehen konnte. Selina und Françoise hatten dergleichen noch nie erblickt und konnten sich kaum sattsehen an all dem Treiben, das um sie herum herrschte. Es gab da auch Schaugerüste mit beweglichen hölzernen Figuren, die Szenen aus Legenden oder der Bibel bildeten, Männer, die in fantastischen Masken auf Stelzen gingen und wie Riesen wirkten, und gegen Abend sollte dann sogar ein Feuerwerk abgehalten werden, die sogenannte *girandola.*

Der Höhepunkt war jedoch das Pferderennen, bei dem es jedem, der ein gutes Pferd besaß, freistand, den ersehnten Preis zu gewinnen, das *Palio.* Dieses bestand aus einem Stück kostbaren Gewebes aus Samt oder Seide, oder auch aus Gold- und Silberbrokat im Wert von bis zu sechshundert Goldflorin, wofür einer der armseligen Wollarbeiter von Selinas Großvater gut zehn Jahre arbeiten musste.

Selina, die neben der Bewunderung für all die Sehenswürdigkeiten noch Zeit fand, nach ihrem Liebsten Ausschau zu halten, entdeckte Alessandro in der Loggia della Signoria, der Arkadenhalle, die der florentinischen Regierung für die offiziellen Zeremonien diente. Er stand dort neben Lorenzo di Medici und dessen Mutter und unterhielt sich angeregt mit ihnen, warf jedoch, wie Selina bemerkte, immer wieder suchende Blicke in die Runde. In der Hoffnung, seine Aufmerksamkeit anzuziehen, drängte sie sich durch die Leute, und als er eben wieder in ihre Richtung sah, hob sie die Hand, in der sie ein zartes Seidentüchlein hielt, und winkte. Alessandros Blick veränderte sich, kaum dass er sie erkannte, und ein warmes Lächeln legte sich auf seine Züge. Er verneigte sich vor dem Magnifico und seiner Mutter und sprang dann die wenigen Stufen hinunter, um sich an einigen reichen Kaufleuten vorbei zu Selina durchzukämpfen. Selina strahlte ihm entgegen, er hatte sie jedoch noch nicht erreicht, als sie plötzlich angesprochen wurde. Sie wandte den Kopf und erblickte Riccardo, den Vetter ihrer jungen Tante.

»Welch eine Freude, Euch hier zu sehen, Françoise«, sagte er mit einem breiten Lächeln. »Ich hatte Euch schon überall gesucht. Ich werde nämlich heute beim Pferderennen mitmachen. Und da es so üblich ist, zu Ehren einer Dame mitzureiten, hoffe ich, dass Ihr es mir gestattet, heute meine Signorina zu sein.«

Selina, die ihn im Grunde recht gut leiden konnte und sich der Verehrung, die er ihr entgegenbrachte, nur zu bewusst war, bemühte sich stets, freundlich zu ihm zu sein. In diesem Moment jedoch wünschte sie ihn ans andere Ende der Stadt. Ein rascher Blick auf Alessandro, der soeben zu ihnen trat, zeigte ihr, dass er ebenfalls wenig erfreut war, sie in Gesellschaft vorzufinden. Sein Gesicht hatte sich merklich verdüstert und zwischen seinen Augenbrauen stand eine kleine Falte.

»Ich wusste nicht, dass Ihr ein so gutes Pferd besitzt«, sagte er zu Riccardo, nachdem die beiden Männer eine mehr knappe als höfliche Verbeugung ausgetauscht hatten.

»Gewiss kann nicht jeder einen so berühmten Stall halten wie die di Barenza«, erwiderte Riccardo mit unverkennbarer Ironie in der Stimme, da bekannt war, dass sich der Reitstall der Familie bedingt durch ihre Armut auf einige wenige Tiere beschränkte. »Aber«, sprach er weiter, »auch meine Pferde sind nicht zu verachten und ich bin guter Dinge, nach dem Rennen in der Lage zu sein, meiner Dame nicht nur das Palio zum Geschenk machen zu können, sondern auch den

Blütenkranz, den die Mutter des Magnifico dem Sieger als Preis übergibt.«

»Nun«, erwiderte Alessandro leichthin, obwohl Selina bemerkte, dass die Falte zwischen seinen Augenbrauen sich vertieft hatte, »dann wünsche ich Euch viel Glück bei dem Rennen, und mögen der beste Reiter und das beste Pferd gewinnen.«

»So nehmt Ihr wohl nicht teil?« In Riccardos Augen funkelte der Spott. »Das erstaunt mich nicht, da man Euch bei derartigen Wettbewerben niemals sieht. Auch nicht bei den ritterlichen Turnieren, die so häufig abgehalten werden.«

»Das ist leicht erklärbar«, erwiderte Alessandro gelassen, »ich habe keine Lust, meine heilen Gliedmaßen zum Spektakel der Zuschauer in Gefahr zu bringen.«

»Man könnte dies als einen Mangel an Mut auffassen«, sagte Riccardo bissig.

»Fasst es auf, wie Ihr es wollt. Es gibt keinen Anlass für mich, Euch meinen Mut bei einem Spiel zu beweisen«, antwortete Alessandro kalt.

»Nun, so werde ich wohl auch heute nicht die Ehre haben, Euch beim Rennen zu schlagen!«, rief Riccardo lachend aus.

»Ich hatte es nicht vor, da Ihr aber so großen Gefallen daran zu finden scheint, mich weit hinter Euch zu lassen, werde ich Euch gewiss nicht dieser Freude berauben«, erwiderte Alessandro mit spöttisch hochgezogenen Augenbrauen. Er wandte sich um und winkte seinem Diener Luciano, der wie immer in seiner Nähe wartete. »Sorge dafür, dass El-Banat zeitgerecht zum Rennen hierhergebracht wird.« Der Mann verneigte sich, ein seltsames Lächeln in den Augen, und verschwand in der Menge.

»El-Banat?«, fragte Selina neugierig.

Alessandros Blick wurde sanft, als er sie ansah. »Ein Hengst, den ich von einer Reise zur Barbarenküste mitgebracht habe. Sie haben dort die schönsten und besten Pferde, die ich jemals gesehen habe. Wendig und ausdauernd, wenn auch nicht so kräftig wie die bei uns gezüchteten Tiere und daher nicht zum gewappneten Kriegsdienst geeignet.«

»Von der Barbarenküste?«, lachte Riccardo, der es nicht verwinden konnte, bei Selina ausgestochen zu werden. »Hat man je gehört, dass von dort jemand wieder zurückgekehrt ist?«

»Ich hatte das Glück, einem der tiefer im Land lebenden Scheichs einen Dienst zu erweisen.« Der anfängliche Zorn war aus Alessandros Gesicht verschwunden und machte einer freundlichen Gleichmut Platz. »Zum Dank dafür erhielt ich dieses Pferd.«

»Ich hoffe nur, Ihr nehmt es mir nicht übel, wenn Ihr den Staub meines Pferdes zu schlucken bekommt …« Riccardo konnte nicht weitersprechen, da Bene Santini, der keine Gelegenheit ausließ, Alessandro seines Wohlwollens zu versichern, sich mit seiner Familie herandrängte und den ersehnten Schwiegerenkel mit Bemerkungen über das Fest in Beschlag nahm.

Die nächsten beiden Stunden verbrachte Selina zu ihrer Freude in Alessandros Gesellschaft, auch wenn sich dieser ihr nicht so voll widmen konnte, wie er das sichtlich gern getan hätte, und nahm dann mit den anderen in der ersten Reihe auf einer der Tribünen Platz, die man am Ziel aufgebaut hatte. Riccardo war schon längst zu seinem Pferd gegangen und Selina wartete mit Spannung auf das Rennen und vor allem auf das geheimnisvolle Pferd Alessandros. Bei ihrem gemeinsamen Ausritt nach San Miniato war er auf einem kräftigen Tier gesessen, das aus heimischer Zucht stammte, und sie brannte vor Neugier, die ganze Geschichte zu erfahren und zu hören, welchen außergewöhnlichen Dienst Alessandro diesem Orientalen hatte erweisen können.

Sie konnte den Startpunkt nicht sehen, hörte jedoch am Jubel und Geschrei der Menge, dass das Zeichen zum Beginn des Rennens gegeben worden war. Und bald darauf sah sie auch schon Pferde und Reiter in wilder Jagd daherkommen. Ganz vorne, weit an der Spitze, waren nur zwei Pferde. Eines davon ein verhältnismäßig kleines, nachtschwarzes Tier, dessen Hufe jedoch kaum den Boden zu berühren schienen. Alessandro saß ruhig im Sattel, tief über den Hals des Pferdes gebeugt. Dahinter kam Riccardo mit seinem weißen Hengst. Er trieb sein Pferd an und gewann an Boden, konnte Alessandro jedoch nicht überholen. Selina presste die Hände aufeinander und verfolgte gespannt die beiden Tiere. Kein Zweifel, Alessandro würde als Erster ins Ziel gehen und gewinnen!

Ihre Aufmerksamkeit wurde jedoch durch einen Aufschrei abgelenkt. Ein kleiner Junge hatte sich von seiner Mutter losgerissen und lief lachend und winkend auf die Rennstrecke, direkt vor die Hufe der hinter Alessandro und Riccardo nachkommenden Pferde. Nur wenige Augenblicke, bis er von ihnen zu Boden getrampelt wurde! Selina schlug die Hand vor den Mund, wollte die Augen schließen, um nicht das Unvermeidliche mit ansehen zu müssen. Françoise, die neben ihr stand, griff mit einem kleinen, fast schmerzlichen Laut entsetzt nach ihrem Arm.

Aber da hatte Alessandro auch schon sein Pferd

herumgerissen und hielt genau auf den kleinen Jungen zu. Ein Aufstöhnen ging durch die Menge, als er sich mitten im Galopp hinunterbeugte, das Kind mit einer Hand zu sich in den Sattel zog und dann in letzter Sekunde auf die Seite preschte, um den nachfolgenden Pferden aus dem Weg zu kommen.

Keiner achtete mehr auf den Ausgang des Rennens, jeder blickte nur auf Alessandro und das Kind, das dieser, nachdem die anderen Reiter passiert hatten, seiner Mutter brachte, die es weinend in die Arme schloss. Die Leute jubelten und Selina, die für Sekunden geglaubt hatte, ihr Herz müsse stehen bleiben vor Angst um das Kind und um Alessandro, der sich selbst in Gefahr gebracht hatte, jubelte mit. Ihr Liebster selbst zeigte sich jedoch nicht sonderlich beeindruckt, winkte nur mehr oder weniger verlegen ab und ritt dann langsam zu den anderen Teilnehmern des Rennens, die sich am Ziel versammelt hatten. Alles wurde still, als Lorenzo di Medici die Hände hob und zu sprechen begann.

»Der Sieger des Rennens ist eindeutig. Es ist Riccardo Masari, der als Erster das Ziel erreicht hat. Ihm gehört der Preis, das Palio.«

Alle sahen hinüber zur Loggia della Signoria, wo Riccardo vom Pferd sprang. Anstatt jedoch den Preis anzunehmen, wandte er sich an die Leute. »Das Rennen konnte ich nur gewinnen, weil Alessandro di Barenza die Gefahr erkannt hat, in der das Kind sich befand. Andernfalls wäre er als Erster ins Ziel gegangen. Der Preis gehört also ihm.«

Selina lächelte. Riccardo hatte recht, aber ein anderer hätte vielleicht nicht so ritterlich gehandelt und den Preis als sein rechtmäßiges Eigentum angesehen. Sie stellte sich auf die Zehenspitzen, um Alessandro besser sehen zu können, der nun gemächlich heranritt. Es wurde ganz still auf der Piazza, als er sprach.

»Wenn Ihr den Preis nicht annehmen wollt, was ein Beweis für Eure Ehrenhaftigkeit ist, *messere* Riccardo, dann gebt ihn doch der Frau, die in den letzten Minuten Todesangst um ihren Sohn ausstehen musste. Er mag ihr ein kleiner Trost sein. Ich selbst bedarf des Palios nicht.«

»Dann nimm diesen Kranz, Alessandro.« Lucrezia Tornabuoni hatte sich erhoben und reichte Alessandro den Blumenkranz. »Und gib ihm der Dame deines Herzens, damit sie sich an deine heldenhafte Tat erinnern möge.«

Selina hielt den Atem an, als Alessandro den Kranz mit einem Lachen entgegennahm, sich leicht im Sattel verneigte und dann sein Pferd zur Tribüne hinlenkte, wo sie mit ihrer Familie und Françoise stand. Sie wusste, dass er hier, vor allen Leuten, nicht ihr den Preis überreichen konnte, sondern ihn jener Frau geben musste, von der ganz Florenz annahm, dass sie seine Braut sei, und sie wappnete sich gegen den Schmerz, den sie dabei empfinden würde. Wie sehr sie dieses Spiel nun schon zu hassen begonnen hatte, diese Komödie, die sie ihm und den anderen vormachte! Wie einfach wäre es jetzt gewesen, hätte sie frei und offen hier stehen können und als Selina de Valière, die man in Florenz Selina Santini nannte, den Kranz entgegennehmen. Aber so musste sie hinter ihrer eigenen Lüge zurückstehen. Am liebsten wäre sie fortgelaufen, um nicht sehen zu müssen, wie Françoise den Preis erhielt, der von ihr so heiß begehrt war. Sie versuchte, sich nichts anmerken zu lassen, und lächelte verkrampft, als Alessandro näher kam und an die kleine Gruppe heranritt.

Und dann geschah etwas, das sie nicht erwartet hatte, sie jedoch mit einem Glücksgefühl erfüllte, das ihr Tränen in die Augen trieb. Alessandro hielt vor ihr, nicht vor Françoise, sein Pferd an, beugte sich zu ihr hinüber und legte ihr vorsichtig den Blumenkranz aufs Haar. Die Menge verstummte und jeder, der es gesehen hatte, starrte neugierig auf sie. Alessandro lächelte ihr zu, dann wandte er sein Pferd und ritt davon.

* * *

Alessandro lehnte am Fenster, halb von einer römischen Statue verdeckt, und starrte finster auf die andere Seite des Saals, wo Selina inmitten einer Gruppe von Leuten – vornehmlich Männer – stand und sich mit der ihr eigenen Lebhaftigkeit unterhielt. Dieser Riccardo stand ebenfalls dabei, ließ keinen Blick von Selina und versäumte keine Gelegenheit, sie zu berühren. Er hatte sich mit seinem Verzicht auf den Preis die Anerkennung und Bewunderung vieler erworben und auch Selina lächelte ihm zu und tat sehr freundlich mit ihm. Viel zu freundlich. Dabei stand sie dort mit seinem, Alessandros, Kranz auf dem Haar und trug ihn mit stolz erhobenem Haupt wie eine Krone.

Er brauchte sich nichts mehr vorzumachen, das Spiel war ihm schon lange aus den Händen entglitten. Er hatte den Spieß umdrehen, die kleine Abenteurerin und Lügnerin an der Nase herumführen wollen, und war dabei selbst in die Falle getappt wie ein Blinder in eine Grube. Sie hatte ihn anfangs gereizt, seinen Jagdinstinkt geweckt. Sie hatte ihnen eine Komödie vorgespielt und er hatte ihr beweisen wollen, dass sie dabei die Unterlegene war. Und am Ende, wenn sie Wachs in seinen Händen gewesen wäre, hätte er ihr gesagt, dass er alles wusste. Bis dahin hatte er die heimlichen Treffen genießen wollen. Sie jedes Mal neu verführen, eine leidenschaftliche Beziehung auskosten, die umso heißer brannte, als niemand etwas davon wusste.

Was jedoch als Spiel begonnen hatte, war für ihn sehr schnell Ernst geworden. So sehr, dass es ihm rot vor Augen wurde, wenn einer der anderen Männer sie berührte oder sie einem anderen das Lächeln schenkte, das ihm allein gehörte. Es wurde höchste Zeit, die Komödie zu beenden und alle Welt wissen zu lassen, dass diese Frau unwiderruflich ihm gehörte.

Er stieß sich vom Fenster ab, wollte auf die kleine Gruppe zugehen, um Selina aus der Nähe der anderen zu holen, als jemand nach seinem Arm griff. Er wandte sich um und sah Lorenzo vor sich stehen.

»Auf ein Wort, Alessandro.«

Alessandro warf noch einen schnellen Blick hinüber zu Selina, dann nickte er und folgte dem Gastgeber hinaus in den Garten.

Dieser wanderte eine Weile schweigend neben ihm her, offensichtlich in Gedanken versunken, und Alessandro fragte sich, was der Magnifico auf dem Herzen haben mochte, über das er nicht gleich sprechen konnte. Schließlich jedoch blieb Lorenzo stehen, griff nach einer Blüte an einem Strauch, brach sie ab und hielt sie ihm hin.

»Eine Blüte wie viele andere. Hunderte hat allein dieser Strauch und wohl über tausend davon werden es wohl sein, die hier im Garten blühen.«

Alessandro nickte und wartete ab.

»Und doch ist jede davon verschieden, auch wenn man es nicht gleich erkennt. Aber das Auge des Liebenden sieht die Unterschiede, die einem anderen nicht auffallen mögen. Und für ihn ist diese Blüte, sosehr sie auch den anderen ähneln mag, etwas Einmaliges.«

Lorenzo wurde von den klügsten Köpfen für seine philosophischen Gedanken gelobt und weithin gewürdigt, aber Alessandro zog es vor, sich einer direkteren Sprache zu bedienen. »Sprichst du von einer bestimmten Blüte?«, fragte er unumwunden.

Sein Freund nickte. »Ja, wenn dieser Vergleich auch nicht von mir stammt, wie ich zugeben muss. Aber jetzt rede ich von einer Blüte namens Selina Santini. Und von einer anderen namens Francesca. Einer Blüte, die du zum Erstaunen aller heute nach dem Wettreiten mit einem Kranz geschmückt hast.«

»Ist das nicht meine Sache?«

»Gewiss, gewiss«, Lorenzo hob abwehrend die Hand. »Eine reizvolle Frau, auch wenn man dies nicht sofort erkennt. Sie hat Geist. Meine Mutter hat sich letztens lange mit ihr unterhalten und war sehr erfreut, eine Frau mit Verstand und Bildung in ihr zu treffen. Aber sie passt ebenso wenig zu dir wie Selina Santini.« Als er auf den kalten Blick seines Freundes traf, lächelte er leicht. »Du kannst unter den schönsten und reichsten Frauen der Stadt wählen, Alessandro. Weshalb willst du dich mit einer Tuchhändlerstochter vermählen? Geht es dir wirklich nur um die Mitgift?«

»Sie ist vielleicht die Enkelin eines Wolltuchhändlers, aber die Tochter eines burgundischen Adeligen«, erwiderte Alessandro abweisend. »Und selbst wenn sie es nicht wäre, würde ich sie allen anderen Frauen vorziehen. Und nichts und niemand wird mich davon abbringen können, Selina Santini zu meiner Frau zu machen. Und je eher, desto besser. Ich habe schon zu lange gewartet.« Er war wütend und sprach sehr deutlich und etwas lauter als sonst.

»Und was wird mit dem Mädchen, das du nach dem Rennen vor allen ausgezeichnet hast?«

»Das ist kein Widerspruch«, antwortete Alessandro kühl. »Und jetzt verzeih, aber ich muss wieder in den Saal zurück. Da ist ein gewisser Riccardo, der mir etwas zu ungestüm um meine schöne Blüte herumschwänzelt.«

Als er in den Saal zurückkam, war von Selina weit und breit nichts zu sehen. Er suchte im Haus, lief durch den Garten. Nichts. Zu seiner Beruhigung sah er jedoch Riccardo, der seltsam verstimmt in einer Ecke lehnte. Also war Selina nicht mit ihm zusammen.

Erst Francesco konnte ihm Auskunft über den Verbleib seiner Liebsten geben. »Sie ist nach Hause gegangen. Ganz plötzlich. Angeblich hat sie sich nicht wohl gefühlt. Ich habe dafür gesorgt, dass sie in eine Sänfte stieg, und, dein Einverständnis vorausgesetzt, deinen Diener angewiesen, sie bis nach Hause zu begleiten.«

Alessandro verließ ebenfalls das Fest, da ihn hier nun nichts mehr hielt, lenkte seine Schritte jedoch zum Haus der Santinis. Er wollte Selina noch einmal sehen, sich davon überzeugen, dass es ihr besserging, ihr seine Dienste antragen und wenigstens kurz ihre Hand drücken, wenn mehr nicht möglich war. Als er im Haus vorsprach, ließ ihn die Amme des jüngsten Sohnes von Fiorina Santini ins Haus, erklärte ihm jedoch zu seiner Enttäuschung, dass die Signorina Francesca sich sofort auf ihr Zimmer zurückgezogen hätte und für niemanden zu sprechen sei. Nachdem er vergeblich versucht hatte, sie doch noch zu sehen, was höflich, aber strikt abgelehnt wurde, ging er missgelaunt heim und beschloss, am nächsten Tag so früh wie möglich nochmals anzufragen.

Wäre sie nun schon meine Gattin, dachte er verärgert, *müsste ich mich nicht mit einigen Worten abspeisen lassen, sondern könnte sie sprechen und bei ihr sitzen, bis es ihr wieder bessergeht. Es wird tatsächlich Zeit, dass ich diese lächerliche Komödie beende. Allerhöchste Zeit.*

Die Entführung

Als Selina am nächsten Morgen hinunter in den Saal kam, hörte sie schon auf der Treppe lautes Schreien. Es war die Stimme ihres Großvaters, die sich mit Wehklagen von Seiten Fiorinas mischte. Beim Betreten des Raumes sah sie entsetzt, wie Bene Santini mit einem Stock auf die junge Frau einschlug, die halb vor ihm kniete und die Arme schützend über den Kopf hielt.

Ihr Onkel stand dabei, hatte den Kopf gesenkt und die Hände zu Fäusten geballt.

»So hört doch auf damit!«, rief Selina empört. »Wie könnt Ihr sie nur schlagen!«

Sie drängte sich am Onkel vorbei, griff nach dem Stock, den der Alte soeben wieder erhob, und riss ihn aus seiner Hand.

»Was fällt dir ein!«, kreischte Santini, hochrot im Gesicht.

»Ihr erschlagt sie ja!«, erwiderte Selina mit vor Zorn bebender Stimme. Sie warf den Stock wütend in die Ecke und wandte sich zu ihrem Onkel um, der sie entgeistert anstarrte. »Was seid Ihr nur für ein Mann, der zusieht, wie ein anderer Eure Frau misshandelt!«, fuhr sie ihn an. »Schämt Ihr Euch denn gar nicht!?«

»Du verkommenes Stück«, keuchte der Alte, schon fast einem Schlaganfall nahe. »Du hast es gewagt, die Hand gegen mich zu erheben?«

»Ich habe nichts dergleichen getan«, antwortete Selina wütend und hob die leise vor sich hin weinende Fiorina auf. »Aber ich werde nicht zusehen, wie Ihr diese Frau schlagt! Dazu habt Ihr nicht das mindeste Recht!« Sie führte die junge Frau hinaus, half ihr die Treppe hinauf und brachte sie in ihr eigenes Zimmer, in dem sie ungestörter waren als im Schlafzimmer der Gatten, zu dem ihr Onkel und auch die Kinder jederzeit Zutritt hatten.

»Er hat das Recht, mich zu züchtigen«, sagte Fiorina leise, während Selina ihr das verweinte Gesicht wusch. Sie hatte ihr geholfen, das Kleid auszuziehen und ein leichtes Hemd anzulegen, und dabei voll stummen Zorns die Spuren bemerkt, die der Stock des Alten auf dem schlanken Körper der jungen Frau hinterlassen hatte. »Er ist der Herr im Haus, jeder in der Familie muss ihm gehorchen.«

»Es ist auch dort, wo ich herkomme, so üblich, dass ein Mann seine Frau prügelt, und kein Richter und kein König oder Herzog werden dagegen Einspruch erheben«, erwiderte Selina bitter. »Aber was ist das für ein Mann, der zusieht, wie ein anderer seine Frau schlägt!«

»Er ist seinem Vater ebenso Gehorsam und Respekt schuldig. Oh meine Liebe«, sagte Fiorina und nahm ihre Hand, um sie an ihre Wange zu legen, »das war das erste Mal in diesem Haus, dass jemand sich auf meine Seite gestellt hat. Sonst werde ich nicht besser behandelt als die Dienstboten oder Sklaven, die sich mein Schwiegervater hält.«

»Aber du bist doch die Gattin seines Sohnes«, sagte Selina kopfschüttelnd, »und damit die Frau des Hauses. Du stehst dem gesamten Haushalt vor!«

»Aber er …«

»Ist der König im Haus«, ergänzte Selina zornig. »Ach Fiorina, ich wünschte, ich könnte dich mit nach Hause nehmen!«

»Reist du denn wirklich ab?«, fragte die Frau ihres Onkels traurig.

»Ja, und das so schnell wie möglich.«

»Du wirst mir fehlen.« Sie zögerte etwas, bevor sie weitersprach: »Deine Freundin ist auch nett, ich mag sie sehr gern, aber dich habe ich liebgewonnen. Du bist so ganz anders als wir. Vor dir hat sogar der alte Santini Respekt.« Sie lächelte leicht. »Niemand außer dir hätte es gewagt, ihm den Stock aus der Hand zu reißen.«

Selina drückte die zarte Frau an sich. »Es tut mir unendlich leid für dich, dass du so leben musst.«

»Aber nein, so schlecht ist das doch nicht!«, rief Fiorina aus. »Ich habe doch meine Kinder, ein sicheres Heim und meinen Mann, den ich liebe. Auch wenn er kein Alessandro di Barenza ist.«

Ein scharfer Schmerz durchzuckte Selina. Nein, Alessandro hätte niemals dabeigestanden und zugesehen, wie ein anderer sie schlug. Er war kein Schwächling wie ihr Onkel. Aber er war nur auf Geld und Reichtum aus und hatte sie zutiefst enttäuscht. Sie war dumm genug gewesen, auf seine Liebesschwüre hereinzufallen, dabei hatte er nur sein Vergnügen im Sinn gehabt. Jetzt noch dröhnten die Worte in ihren Ohren, die sie zufällig vernommen hatte, als sie auf der Suche nach ihm durch den Garten gegangen war. Er wollte die Enkelin von Bene Santini heiraten, sie jedoch behalten. *Da ist kein Widerspruch*, hatte er gesagt. Aber sie würde ihm nicht die Genugtuung geben, sie als seine heimliche Geliebte zu haben, sondern abreisen.

»Selina«, die Stimme ihrer jungen Tante klang sanft, »willst du es dir denn nicht doch noch überlegen?«

Selina wandte fassungslos den Kopf, als sie sich mit ihrem richtigen Namen angesprochen hörte. »Du … du weißt es?«

Fiorina nickte. »Ja, schon seit längerer Zeit. Ich habe einmal gehört, wie ihr euch unterhalten habt und wie deine Freundin dich mit Selina ansprach.« Sie lächelte leicht. »Du benimmst dich auch nicht wie eine Bedienstete, weißt du, sondern wie eine Herrin. Wie jemand, der wohlhabend genug ist, um sich von niemandem etwas bieten lassen zu müssen.«

»Verzeih mir den Betrug«, bat Selina verlegen. »Ich … hatte es getan, weil ich nicht mit einem Mann verheiratet werden wollte, der mich nur meiner Mitgift wegen nimmt und dann auch noch das Recht erhält, über mich und meinen Besitz zu bestimmen.«

Ihre junge Tante senkte den Kopf. »Das ist unser Schicksal.«

»Nicht meines«, erwiderte Selina hart. »Ich habe bisher ohne Gatten gelebt und ich kann es auch weiterhin tun. Ich bin Herrin auf meinem Besitz und meiner selbst.«

»Ich kenne eine wohlhabende junge Witwe, die nach dem Tod ihres Mannes nicht mehr geheiratet hat und ihr Vermögen selbst verwaltet. Man munkelt, sie hätte gelegentlich einen Liebhaber«, fügte Fiorina mit einem Zwinkern hinzu, »aber keiner weiß etwas Genaues, und sie lebt sehr angenehm.«

»Siehst du«, nickte Selina. »Genau das meine ich.« *Obwohl,* dachte sie bitter, *mein Leben ohne Alessandro alles andere als angenehm sein wird und ich mir nicht vorstellen kann, dass ich mich nach dieser Ent-*

täuschung jemals wieder einem Mann zuwenden werde.

* * *

Alessandro starrte düster zum Fenster hinaus in den Garten, der vom Schein der Nachmittagssonne beleuchtet wurde. Die Rosen standen in voller Blüte, ihr Duft erfüllte den Raum, das Summen der Bienen und der Gesang der Vögel waren wie eine berauschende Melodie der Natur, aber er hatte für all das keinen Sinn. Seine Gedanken beschäftigten sich fast unaufhörlich mit Selina, die ihn nicht empfangen hatte, obwohl er zweimal an diesem Morgen und dann noch ein drittes Mal vor zwei Stunden vorgesprochen und heftig darum gebeten hatte, sie sehen zu können. Die Dienerin war jedes Mal mit einer fadenscheinigen Antwort zurückgekommen, und als es ihm endlich gelungen war, Selinas Freundin zu sprechen, war ihm diese verlegen ausgewichen, und er hatte endlich begriffen, dass Selina ihn nicht sehen wollte. Irgendetwas musste auf dem Fest bei den Medici geschehen sein, von dem er nichts wusste, das seine Liebste jedoch so gegen ihn aufgebracht hatte, dass sie seine Gesellschaft mied. Zu allem Überfluss hatte Françoise auch noch angedeutet, dass Selina angeblich davon sprach heimzureisen. Nicht, dass er auch nur einen Moment daran dachte, ihr das zu erlauben, aber es schien noch schwieriger zu sein, mit ihr umzugehen, als er bisher geglaubt hatte.

Er sah rasch hoch, als sein Diener den Raum betrat. Er hatte Luciano mit einem Brief zu Selina geschickt und hoffte nun, endlich eine Antwort zu erhalten. Unfassbar, wie sehr diese Frau ihn schon in der Hand hatte – seine Mutter hatte ganz recht gehabt.

»Hast du eine Botschaft von der Signorina?«

Sein Diener räusperte sich. »Nicht von der Signorina selbst, von der ich nicht einmal weiß, ob sie Euren Brief überhaupt angenommen hat.«

»Aber ich hatte dir doch ausdrücklich befohlen, nicht eher zurückzukehren, bevor du sie nicht gesehen und eine Antwort von ihr erhalten hast!«

»Gewiss, *messere*, aber ich habe Dinge erfahren, die es mir wichtiger erscheinen ließen, schnellstmöglich zu Euch zurückzukommen, um Euch davon Nachricht zu bringen.«

Alessandro runzelte die Stirn. »Ist sie etwa doch krank?«

»Es ist weitaus schlimmer, *messere*.«

Alessandro sprang auf. »Schlimmer? So rede doch! Was ist geschehen?«

»Die Signorina hat Befehl gegeben, die Truhen zu packen. Die beiden Damen wollen bereits morgen abreisen. Ich weiß das von einer der Mägde in ihrem Haus. Man … man munkelt, dass die Signorina Francesca daran denkt, sich in ihrer Heimat zu verehelichen, und die Signorina Selina sie nicht allein reisen lassen will.«

Alessandro starrte ihn sekundenlang an, dann setzte er sich wieder an seinen Schreibtisch und tauchte die Feder ins Tintenfass. Seine Hand zitterte, als er hastig einige Zeilen auf ein Stück Pergament schrieb. Dann schüttete er Sand darüber, faltete das Blatt zusammen, versiegelte es mit Wachs, in das er seinen Ring drückte, und reichte es Luciano.

»Hier, diesen Brief gibst du der Signorina persönlich. Persönlich! Und diesmal lässt du dich nicht abweisen. Ich bitte sie darum, mich in einer Stunde bei Santo Spirito zu treffen. Deiner Freundin sagst du, dass sie alle notwendigen Dinge in eine Truhe packen soll, die ich später abholen lasse. Du wirst die Signorina zum Treffpunkt begleiten und noch zwei Männer mitnehmen. Falls die Signorina nicht freiwillig mitkommt, schleppst du sie einfach aus dem Haus. Und Luciano – ich muss dir nicht erst sagen, dass …«

Luciano nickte. »Ihr könnt mir vertrauen, *messere.*«

Zur vereinbarten Zeit stand er bei der Kirche, ging ungeduldig hin und her und atmete erleichtert auf, als sie kam. Es dämmerte bereits, aber er erkannte sie sofort. Sie trug wieder den Mantel, den sie bei ihrem ersten heimlichen Liebestreffen umgelegt gehabt hatte, allerdings hatte sie ihn nur um die Schultern geworfen und der Kopf mit dem vollen, glänzenden braunen Haar war unbedeckt. Als er sie auf sich zukommen sah, hätte er sie am liebsten vor allen Leuten in die Arme gerissen. Er beherrschte sich jedoch und trat nur hastig auf sie zu. Etwas an ihren Augen irritierte ihn. Es lag nicht die übliche Freude oder Zuneigung darin, sondern eine Kälte, die er nicht einmal in den ersten Tagen ihrer Bekanntschaft darin erblickt hatte, als sie ihm noch mit abweisender Zurückhaltung begegnet war.

»Ich bin nur gekommen, weil Euer Diener darauf bestanden hat und schon jeder im Haus aufmerksam geworden ist«, sagte sie statt einer Begrüßung kalt. »Sagt, was Ihr von mir wollt, und dann lebt wohl.« Es waren nur wenige Leute in der Nähe, also kein Grund vorhanden, ihn nicht mit dem vertrauten Du anzusprechen, und selbst dann wären ihre Worte sehr hart gewählt gewesen. »Ihr habt mich beim Packen gestört. Ich werde morgen abreisen.«

So stimmte es also tatsächlich. Er hatte es nicht glauben wollen, an ein Missverständnis gedacht, aber nun stieg heißer Ärger in ihm hoch. »So. Und wohin?«

»Dahin, woher ich gekommen bin. Nach Burgund. Man erwartet mich dort.« Sie musterte ihn kalt. »Habt Ihr sonst noch etwas zu sagen? Wenn nicht, dann gehe ich wieder. Meine Zeit ist knapp und kostbar. Ach ja …« Sie zog ein verwelktes Gebinde hervor und warf es ihm mit einer verächtlichen Bewegung vor die Füße. »Hier, ich möchte nicht, dass Ihr denkt, ich würde etwas mitnehmen, das Euch gehört!«

Alessandro bückte sich nach dem zerzausten Blumenkranz, den er ihr noch vor einem Tag auf ihr Haar gedrückt und damit ganz Florenz gezeigt hatte, dass diese Frau ihm mehr bedeutete als alle anderen. Seine Stimme war undeutlich vor unterdrücktem Zorn, als er sprach: »Du wirst nicht abreisen. Ich habe beschlossen, dass du sofort mitkommst und bei mir wohnst, bis sich … alles geklärt hat.«

»Ihr habt beschlossen?« Selina konnte kaum glauben, was sie da hörte. »Das habt Ihr nicht zu bestimmen!«

»Oh doch!« Er winkte seinem Diener, der Selina begleitet hatte und nun ganz in der Nähe wartete. Und noch bevor Selina eine Bewegung zur Gegenwehr machen konnte, wurde sie auch schon gepackt, man zog ihr den Mantel über den Kopf, jemand warf sie über ein Pferd und dann ging es im wilden Galopp aus der Stadt.

Selina hing vor Schreck zuerst starr über dem Pferd, dann begann sie zu zappeln und um sich zu schlagen, sodass Alessandro gezwungen war, das Tier anzuhalten. »Bleib gefälligst ruhig!«, herrschte er sie an. »Du fällst sonst vom Pferd!« Er zerrte sie unsanft weiter hinauf, trieb das Pferd wieder an und hielt erst, als sie sein Landhaus erreicht hatten. Dort sprang er ab, zog sie ebenfalls herunter, warf sie sich über die Schulter und trug sie ins Haus hinein.

Erst drinnen stellte er sie auf den Boden und zog den Mantel fort.

»Hast du den Verstand verloren?«, fauchte sie ihn atemlos an. Ihr schwerer Zopf hatte sich gelöst und das Haar hing ihr wirr ins Gesicht. »Du entführst mich?!«

»Weil ich nicht dulden werde, dass du abreist! Deine Freundin mag meinetwegen gehen, wohin sie will«, erwiderte Alessandro nur mühsam beherrscht, »aber du bleibst hier!«

Sekundenlang starrte Selina ihn verständnislos an. »Ich? Was willst du mit mir? Hast du nicht gestern noch felsenfest behauptet, nichts könnte dich davon abbringen, die Enkelin von Bene Santini zu heiraten?!«

Das war es also! Sie hatte sein Gespräch mit Lorenzo belauscht! »Eben«, erwiderte er finster. »Und ich gedenke, dieses Wort auch zu halten.«

»Ja, aber …«, fing Selina verwirrt an, unterbrach sich jedoch, weil sie plötzlich die Wahrheit erkannte. »Du weißt es?«

»Ich wusste es von Anfang an«, erklärte Alessandro mit Bestimmtheit. »Vielleicht nicht vom ersten Moment an, aber ich kam sehr bald dahinter. Das Bild, das mir dein Großvater gab, ist deiner Freundin nicht sehr ähnlich. Die anderen magst du vielleicht getäuscht haben, aber ich habe genauer hingesehen.«

Er ergriff mit einer Hand einen Kerzenleuchter, mit der anderen packte er sie am Arm und zog sie die Treppe hinauf in sein Schlafzimmer. Dort nahm er – ohne sie loszulassen – das Bild aus der Truhe. »Die

Ähnlichkeit ist nur oberflächlich. Das Haar, die Gesichtsform, das Kinn. Aber deine Lippen sind breiter als die deiner Freundin, deine Nase etwas gebogen, obwohl der Maler versucht hat, diesen kleinen Makel zu korrigieren, und deine Augen haben einen völlig anderen Ausdruck. Und das war es, was mich stutzig gemacht hat.« Er sah auf Selinas Abbild. »Diese Frau hier hat Kraft und Stärke, sie ist mir lebendiger erschienen als jene, die dann hier in Florenz ankam. Aber in deinen Augen habe ich dieses Feuer wiederentdeckt.«

Selina stand still und sah auf das Bild. Er legte es zurück und nahm sie sanft bei den Schultern. »Du hast mich von jenem ersten Moment an fasziniert, in dem ich dich im Saal deines Großvaters gesehen habe. Und später, als ich dahinterkam, wer du wirklich bist …«

»Deshalb hast du mich also umworben und verführt und nicht Françoise. Und deshalb also willst du, dass ich hierbleibe«, flüsterte Selina gekränkt, ihre Stimme wollte ihr kaum gehorchen. »Natürlich kannst du in diesem Fall auf die andere verzichten. Das Geld, das dir mein Großvater versprochen hatte, ist dir so ja gewiss.«

»Das Geld?« Alessandro runzelte die Stirn. »Weshalb sollte mich das leidige Geld interessieren? Du bist es, die ich will. Und sonst nichts.«

Selina hätte in diesem Moment alles darum gegeben, wenn sie seinen Worten hätte glauben können. Zu lange jedoch hatte sie in dem Bewusstsein gelebt, dass er diese Heirat nur in Erwägung zog, weil sie ihm die unentbehrlichen Geldmittel verschaffte, um seine Schulden zu begleichen und ein angenehmes Leben zu führen. »Schämst du dich nicht, mir immer noch etwas vorzulügen?«, fragte sie bitter. »Hast du es wirklich so nötig, eine reiche Frau zu heiraten und diesen Handel abzuschließen, dass du mir sogar jetzt noch vormachst, mich zu wollen und nicht das Geld, das dir mein Großvater versprochen hat?«

»Zum Teufel mit deinem Geld und noch mehr mit deinem Großvater«, fuhr Alessandro sie an. »Geht es nicht in deinen Kopf, dass ich mir nichts daraus mache?«

»Nun«, erwiderte Selina kühl, »dann hast du ja jetzt Gelegenheit, es zu beweisen: indem du mit Würde darauf verzichtest. Es bleibt dabei. Ich reise morgen ab.« Sie hatte sich bei diesen Worten umgedreht und wollte das Zimmer verlassen, als er sie zurückriss.

»Oh nein, so nicht, meine schöne Lügnerin.« Er hielt sie mit einer Hand fest, während er in der Truhe nach einigen Tüchern suchte, dann zerrte er sie zum Bett und warf sie darauf. Selina schrie zornig auf, wehrte sich verbissen, musste es jedoch dulden, dass er ihre Handgelenke links und rechts an den Bettpfosten festband.

»So«, sagte er ein wenig atemlos, als er es endlich geschafft hatte. »Jetzt wirst du mir zuhören. Und du wirst so lange hierbleiben, bis du einwilligst, meine Frau zu werden. Ich könnte dich auch mit Gewalt dazu bringen«, fügte er mit grimmiger Genugtuung hinzu, »und dein Großvater würde mir dabei vermutlich noch helfen. Aber ich will, dass du mir aus freien Stücken dein Jawort gibst und nicht mit einem Dolch im Rücken.«

»Aus freien Stücken?«, fauchte Selina zornig und riss an den Tüchern, die ihre Hände festhielten. »Das nennst du aus freien Stücken?«

»Nun«, gab Alessandro mit einem schiefen Lächeln zu, »vorerst wohl noch nicht, aber du wirst schon einsehen, dass es die beste Lösung ist. Und«, er kniete sich neben sie, wobei sein Blick über ihren Körper schweifte und dann an ihrem Gesicht hängen blieb, »ich bin sicher, ich verfüge über die geeigneten Überredungskünste, mein reizender Dickkopf.«

»Ich hasse dich! Du bist genau so, wie ich es von Anfang an gedacht habe!«, schrie sie ihn an. »Geldgierig, verdorben, abstoßend …«

»Verdorben vielleicht«, lachte Alessandro, »aber geldgierig wohl nicht. Und abstoßend … hm.« Er fuhr mit dem Finger über ihren Hals bis zu der Stelle, an der der Ausschnitt ihres Kleides begann. »Ich hatte bisher nicht den Eindruck, dass du mich wirklich abstoßend findest, Selina.«

Selina versuchte, seinem Finger auszuweichen, aber die Fesseln hielten sie fest. »Geh!«

Alessandro erhob sich lächelnd. »Ganz wie du willst. Dafür ist ja auch immer noch Zeit. Zuerst muss ich einen Boten mit einer Nachricht in die Stadt schicken und deinen Großvater wissen lassen, dass die Gesellschafterin seiner Enkelin ab sofort bei mir wohnen wird.« Bevor er ging, zog er mit einem seltsamen Lächeln den verschmähten Kranz hervor und legte ihn betont vorsichtig auf den kleinen Tisch am Fenster.

Als er wiederkam, lag Selina ruhig da, erschöpft von den unzähligen hoffnungslosen Versuchen, sich frei zu machen. Er zog die Vorhänge des Bettes zu und sie hörte, wie eine andere Person den Raum betrat, ein schabendes Geräusch, als würde etwas über den Boden geschleift werden, und dann entfernten sich die Schritte wieder. Kurz darauf öffnete sich der Vorhang, Alessandro strich ihr das wirre Haar aus dem Gesicht und sah sie aufmerksam an. Das Licht der Kerzen warf ein flackerndes Licht auf seine Züge, machte sie schärfer und härter und die Narbe auf seiner Wange trat dunkel hervor. Er wirkte fremd und fast unheimlich, aber Selina sah ebenso deutlich auch den weichen Ausdruck in seinen Augen.

»Selina«, sagte er zärtlich, »ich mochte diesen Namen vom ersten Moment an. Er passt weitaus besser zu dir als zu deiner etwas ausdruckslosen Freundin. Und«, fuhr er fort, während er sich über sie beugte, um ihre Stirn, ihre Schläfen und ihre Wangen zu küssen, »in einer Mondnacht war es, als ich dich zum ersten Mal berührte und du mich, meine Selene.«

»Aber nicht freiwillig!«

»Du hättest ja um Hilfe schreien können«, erwiderte er amüsiert. »Aber dazu warst du wohl viel zu neugierig. Und zu aufgewühlt von dieser Statue …« Er stützte sich mit den Händen links und rechts von ihrem Kopf ab. »Weißt du, dass in deinen Augen goldene Pünktchen flimmern, wenn du wütend oder erregt bist?« Er beugte sich nieder und küsste sie auf beide Augen. »Nein, ich kann dich nicht gehen lassen, dafür liebe ich dich viel zu sehr. Und da du mir nicht glaubst und meine Liebe offenbar auch nicht in derselben Weise erwiderst, wie ich das gehofft hatte, werde ich dich eben dazu bringen müssen, aus einem anderen Grund bei mir zu bleiben.«

»Welcher könnte das schon sein?«, fauchte sie ihn an.

Er hob die Augenbrauen, während seine Hand über ihre Brüste glitt. »Leidenschaft? Abhängigkeit von meinen Zärtlichkeiten? Ich liebe dich, Selina.«

»Mich oder das Geld meines Großvaters?«

»Wenn ich dich nicht dazu bringen kann, mir zu glauben, dann muss ich eben auf andere Weise versuchen, dich dazu zu bewegen, mich nicht zu verlassen«, flüsterte er an ihrem Ohr.

Er küsste mit unendlicher Zärtlichkeit ihre Wangen, ihre Stirn, bevor er sich ihren fest zusammengepressten Lippen zuwandte. »Wenn du mir jetzt versprichst, nicht davonzulaufen, binde ich dich los«, flüsterte er an ihrem Mund.

»Dann binde mich los!«

»Wirst du dann hierbleiben?«

»Nein!«

»Dann tut es mir leid, meine Geliebte, aber in diesem Fall kann ich dir die Tücher nicht abnehmen. Außerdem«, fuhr er mit einem leisen Lachen fort, »wolltest du nicht einmal, dass ich dich binde?«

»Nicht so!«

»Es wird dir aber gefallen, meine schöne Mondgöttin«, sagte er zärtlich. »Du wirst sehen – du wirst es mögen.« Er kniete sich neben sie, löste den Gürtel, der ihr einfaches Kleid zusammenhielt, und warf ihn zur Seite. Er überlegte kurz, dann griff er nach dem Dolch, den er im Gürtel trug.

»Du glaubst doch nicht wirklich, ich würde dich damit verletzen oder bedrohen?«, fragte er mit zusammengezogenen Augenbrauen, als Selina hörbar den Atem einzog und sich unwillkürlich tiefer in die Kissen drückte.

Sie sah ihn sekundenlang an, dann schüttelte sie langsam den Kopf. Sie schloss die Augen, als er den Dolch ansetzte und das Kleid vom Ausschnitt abwärts zerschnitt und dann auch die Ärmel, bevor er das, was übrig geblieben war, wegzog und zu Boden warf.

»Andernfalls müsste ich dich losbinden«, erklärte er mit einem seltsamen Lächeln, »und das sollten wir im

Moment doch vermeiden, nicht wahr? Falls du jedoch diesem Kleid nachtrauern solltest, meine Liebe, dann sei unbesorgt, ich werde dir, sobald du einmal meine Frau bist, die schönsten Kleider kaufen, die du dir nur wünschen kannst.«

Selina atmete tief ein, als er das Unterkleid ebenfalls zerschnitt, allerdings wesentlich langsamer, bedächtiger. Er zog es auch nicht gleich fort, sondern ließ es auf ihr liegen, als er den Dolch in die Holzumrahmung des Bettes stieß und sich über sie beugte, ohne sie zu berühren.

»Weißt du, was mir zuerst an dir aufgefallen ist, Selina?«, sprach er nahe an ihrem Mund. »Nicht deine wunderbaren Brüste, die ich in so voller Schönheit an keiner anderen florentinischen Frau gesehen habe, sondern deine Augen. Deine Augen, die mich so spöttisch anblickten.« Selina senkte die Wimpern, als er zärtlich ihre Augen küsste.

»Dann deine Nase, die so gar nicht dem griechischen Ideal entspricht, das man hier so schätzt.« Er küsste ihre Nase und Selina zuckte zurück, als sie sekundenlang seine Zähne auf deren Spitze fühlte. Er lachte, immer noch war sein Gesicht ganz bei ihrem und endlich glitt sein Mund weiter zu ihrem.

»Und dann dein Mund. Und das, meine Geliebte, nicht nur seines Aussehens wegen. Ja, ich weiß, er ist ein wenig zu breit und er wird noch breiter, wenn du lächelst oder lachst, aber bei Gott, Selina, ich habe niemals einen schöneren gesehen.« Er sprach auf ihren Lippen weiter und sie fühlte seinen Atem sich angenehm mit ihrem verbinden. »Und keinen, den ich lieber sehe, wenn er lacht und die wunderbaren weißen Zähne freigibt, die wohl ihresgleichen suchen.« Er küsste sie ganz sanft, nur wie ein Hauch, bevor er ihre Wangen berührte, sie mit vielen zärtlichen Küssen bedeckte.

Selina hielt still, war sich selbst nicht bewusst, dass sie lächelte, voller Erwartung auf das, was noch kommen mochte.

Alessandros Lippen wanderten weiter, ihren Hals entlang. »Dein Hals. Er ist nicht so schlank, wie es das Schönheitsideal verlangt«, flüsterte er heiser, »aber ich möchte keinen anderen zwischen diesem Kopf und diesem Körper sehen.«

Selina genoss mit geschlossenen Augen seine Berührungen und ihr Lächeln verstärkte sich, als sie fühlte, wie sein Mund endlich tiefer glitt, dorthin, wo ihre Brüste schon nach seinen Lippen und Händen verlangten. Er ließ sich jedoch Zeit, zog das zerschnittene Unterkleid Stück für Stück von ihrem Körper, bedeckte jede Stelle davon mit Küssen, bis ihre vollen Brüste freilagen.

Er richtete sich ein wenig auf und betrachtete sie eingehend. Selina blinzelte unter den Wimpern hervor, weil sie sein Gesicht sehen wollte, und sie konnte mit dem Ausdruck in seinen Augen zufrieden sein. Es lag Zuneigung, nein, Liebe darin, Bewunderung und Verlangen. Sie atmete tiefer, hob ihm unwillkürlich ihren Körper entgegen, in der Hoffnung, er würde sie endlich berühren. Ihre Hilflosigkeit, mit der sie abwarten musste, bis er sie anfasste, streichelte, erregte sie so sehr, dass sie ein leises Seufzen ausstieß.

»Soll ich weitermachen, Selina?«, fragte er mit einem seltsamen Lächeln.

»Wenn du es nicht tust, werde ich, sobald ich wieder meine Hände benutzen kann, diesen Dolch hier aus dem Holz ziehen und ihn dir hineinrennen!«

Alessandro lachte dieses leise Lachen, das sie zu gewissen Zeiten ebenso sehr erregte wie seine Stimme, und beugte sich wieder über sie. Zuerst spielten seine Finger mit den Außenseiten ihrer Brüste, streichelten, neckten, kamen immer näher und entfernten sich wieder, ohne die bereits leicht emporstehenden hellrosa Spitzen zu berühren.

»Alessandro!«

Endlich! Seine rechte Hand umfasste ihre Brust, hielt sie fest, während er seine Lippen um die Spitze legte und mit seiner Zunge umkreiste, bis sie hart wurde, zuerst sanft und dann immer heftiger daran sog, bis ein erregtes Zittern durch Selinas Körper ging. Als er sie losließ und sich ihrer anderen, auf seine Liebkosung wartenden Brust zuwandte, seufzte sie abermals auf, diesmal allerdings schon weitaus zufriedener.

Schließlich ließ er von ihren Brüsten ab, zog das Unterkleid tiefer zu ihren Hüften und folgte mit seiner Hand und seinen Lippen.

Selina fühlte, wie der leichte Luftzug, der durch das geöffnete Fenster hereindrang, die verbliebene Feuchtigkeit seines Mundes abkühlte und ihre Brustspitze noch mehr erregte. Die Höfe um die roten steil emporstehenden Warzen waren fast ebenso dunkel und hart.

»Alessandro …« Es war nur ein Hauch, aber er hatte es gehört, glitt über sie, bog sanft ihre Beine auseinander, schob das Unterkleid hoch, ohne jedoch ihre Hüften zu entblößen, und kniete sich dazwischen. Während seine Hände an ihrem Körper hinaufglitten, ihre Brüste umfassten und seine Daumen ihre Brustspitzen massierten, bohrte sich seine Zunge tief in ihren Nabel, und das Gefühl der Erregung fuhr wie ein glühender Blitz zwischen ihre Beine. Sie spürte das vertraute

Pochen in ihrer Weiblichkeit, die aufkeimende Wärme, die nur durch noch mehr Hitze gelöscht werden konnte, bewegte sich langsam unter ihm und bog die Beine noch ein wenig mehr auseinander, um ihm zu zeigen, was sie wollte.

Alessandro hob den Kopf, stützte sich links und rechts von ihrem Körper ab und sah sie aufmerksam an. »Versprichst du mir hierzubleiben? Dann binde ich dich jetzt los.«

»Nein«, erwiderte sie mit einem erregten Lächeln. Auch wenn sie es nicht zugegeben hätte, gefiel ihr dieses Spiel schon längst viel zu gut. Dieses Warten auf seine Berührungen, die sie so sehr herbeisehnte und doch nicht beschleunigen konnte wie sonst, indem sie ihn mit den Armen umschlang, ihn streichelte und sich an ihn schmiegte. Louis hatte sie einmal fesseln wollen, aber das hätte sie niemals geduldet. Es war ihr undenkbar gewesen, sich einem Mann – und sei es auch nur zum Schein und für die Dauer eines Liebesspiels – so auszuliefern. Bei Alessandro jedoch genoss sie jeden Augenblick.

»Es ist ungewohnt für mich, dich zu streicheln, ohne ebenfalls von dir liebkost zu werden«, sagte er, während seine Hände über ihren Körper abwärtsglitten zu ihren Hüften. »Es fehlt mir. Aber andererseits ist es etwas völlig Neues für mich, mit dir tun zu können, was ich will.«

Er schob das Unterkleid tiefer hinab. Man sah das dunkle Dreieck ihrer Scham hindurchscheinen und Alessandro strich mit den Fingern leicht über das gekrauste Haar, das sich durch den dünnen Stoff hindurch abzeichnete.

»Ich könnte jetzt auch aufhören«, sagte er wie zu

sich selbst, während seine Fingerspitzen so hauchzart über ihre Hüften und Oberschenkel strichen, dass sich dort, wo er sie berührte, die Haut zusammenzog.

»Wage es nicht!«, stieß sie heiser hervor.

Wieder dieses kleine Lachen, das sie so sehr liebte. Es war zärtlich und überlegen zugleich und Selina wusste, dass nicht nur ihre Worte, sondern auch ihr Körper und ihre Augen sie schon längst verraten hatten. Aber ebenso wusste sie auch, als sie auf Alessandros Lenden sah, dass er zumindest ebenso erregt war wie sie selbst. Er hatte seine Jacke über einen Stuhl geworfen und der dünne Stoff der eng anliegenden Hose konnte sein Verlangen nicht mehr verbergen.

Sie atmete erleichtert auf, als er das Unterkleid mit einem Ruck wegzog und ihre Scham offen vor ihm lag. Sie wusste, dass sie bereits feucht und bereit für ihn war, aber ebenso wusste sie, dass er sie noch warten lassen würde. Und sie genoss es mit jeder Faser ihres Körpers. Als seine Fingerspitzen das dunkle Haar berührten und tiefer drangen, ihr Inneres erkundeten, stöhnte sie wohlig auf. Noch hatte er ihren Liebespunkt nicht berührt, streichelte nur ihre Schamlippen, glitt sanft und fast spielerisch mit einem Finger in die feuchte Höhlung hinein, ohne jedoch wirklich einzudringen, zog sich wieder zurück. Als sie schon dachte, es nicht mehr ertragen zu können, wenn er sie nicht endlich dort berührte, wo die Lust zur Unendlichkeit gesteigert werden konnte, fühlte sie endlich seinen Daumen auf ihrer bereits glühenden, pulsierenden Klitoris. Sie schrie leicht auf, wand sich, als er sie sanft massierte, während seine andere Hand unter ihr Gesäß glitt und es knetete.

Selina hatte die Augen geschlossen und gab sich

ganz dem Gefühl der Lust hin, als er plötzlich seine Hand zurückzog. Sie öffnete die Augen und sah ihn an.

»Alessandro?«

Sie sah ihm ungeduldig nach, als er aufstand und sich entkleidete. Als er dann wieder zu ihr zurückkam, konnte sie nicht den Blick von seinem harten Glied lösen, dessen rote geschwollene Spitze wie eine Versprechung auf unaussprechliche Freuden schon feucht glänzte. Er glitt über sie und küsste sie. Dann hob er den Unterkörper etwas an, Selina öffnete die Beine ein wenig mehr und fühlte sein Glied hart an ihrer Öffnung.

Zu ihrer Enttäuschung drang er jedoch nicht sofort in sie ein, obwohl sie vor Verlangen schon so zitterte, dass sie kaum noch ruhig liegen konnte.

»Ich werde keine Frau dazu zwingen, mich willkommen zu heißen«, flüsterte er mit leichtem Spott in der Stimme. »Und schon gar nicht die Frau, die ich liebe und die ich von dieser Liebe überzeugen will. Ein Wort von dir, meine verführerische Mondgöttin, und ich lasse dich jetzt allein.«

»Du elender, gemeiner Schuft«, keuchte Selina atemlos, unfähig, sich noch länger zu beherrschen oder auch nur noch eine Minute darauf zu warten, dass er in sie glitt. Ihr Körper schmerzte schon vor Sehnsucht und ihr Inneres verlangte nach ihm, und er drohte ihr damit, sie jetzt, kurz vor der Erlösung, allein und unbefriedigt zu lassen! Sie hob ihm ihr Becken entgegen, aber er zog sich etwas zurück.

»Es fällt mir so schwer wie dir, mich zurückzuhalten«, sagte er, ebenso atemlos wie sie, »aber wenn du mehr willst, musst du mir das schon sagen. Bitte mich darum!«

»Das fällt mir nicht ein!«

»Nicht, dass ich dich wirklich jemals demütig haben wollte, meine Geliebte«, murmelte er, während er ihre Hüften, die sie ihm entgegendrängte, festhielt, »aber es schadet nichts, wenn du deinem zukünftigen Gatten mit etwas mehr Fügsamkeit begegnest. Du musst dich daran gewöhnen, mich zu bitten und mir zu gehorchen.« Er verstärkte den Druck und zog sich wieder zurück, bevor er noch die enge Öffnung überwunden hatte. »Bitte mich darum, Selina.«

»Nein, du elender …«

Er verschloss ihr den Mund mit einem Kuss. Als er sich wieder von ihr löste, fühlte sie, wie sie ihm keinen Widerstand mehr entgegenzusetzen vermochte. Sie legte den Kopf zurück und hob ihm ihren Körper entgegen.

»Bitte«, hauchte sie.

»Meine Geliebte!« Alessandro senkte sich mit einem erleichterten Stöhnen auf sie, drängte in sie hinein, bis sein Körper so fest und schwer auf ihrem lag, dass es ihr den Atem nahm.

Selina schloss die Beine um ihn, während er ruhig in ihr verharrte, sie küsste, beide gleichermaßen das Gefühl der Verbundenheit auskostend, bevor er sie unendlich langsam wieder verließ.

»Bitte mich, wieder zu dir zurückzukommen«, flüsterte er.

Selina war in einem Zustand der Lust, in dem sie ihn um alles gebeten und ihm alles versprochen hätte.

»Bitte, Alessandro, bitte.«

Er kehrte zu ihr zurück, glitt tief hinein, bevor auch endlich er seine Beherrschung verlor und sich heftig in ihr bewegte, mit wachsender Schnelligkeit ihre enge Öffnung verließ und dann wieder zustieß, immer schneller, immer heftiger, bis Selina sich aufbäumte, während ihr Innerstes sich zusammenzog, und sie vermeinte, ihr Körper würde vor Lust zerrissen. Als sie mit einem heiseren Aufstöhnen wieder in die Laken zurückfiel, kam auch für Alessandro die Erlösung. Er sank, als es vorbei war, auf sie nieder, lag sekundenlang still und erschöpft da und stützte sich dann auf die Ellbogen, um sie ansehen zu können. Er streichelte zärtlich über ihre Wange, küsste sie und sah sie dann wieder an. Er war ebenso schweißnass wie sie, ebenso glücklich und ebenso wohlig erschöpft.

»Das, was ich mit dir empfinde, Selina, habe ich noch bei keiner gefühlt«, flüsterte er zärtlich. »Wenn du fortgingst, wäre mir keine andere Frau mehr gut genug. Deshalb kann ich dich nicht gehen lassen. Ich möchte nicht mehr ohne dich leben müssen. Nicht ohne dich und deinen Körper.«

Selina zog ein wenig an den Handfesseln. »Binde mich jetzt endlich los, Alessandro.«

»Schwöre, dass du bei mir bleibst.«

»Ich schwöre es«, sagte Selina finster. »Ich schwöre, dass ich in Florenz bleibe.« Sie hatte bekommen, was sie wollte, war aber auch das Opfer ihrer Leidenschaft geworden und hatte ihm den Sieg gelassen. Dass es jedoch kein endgültiger war, dafür wollte sie sorgen.

Er beugte sich mit einem triumphierenden Auflachen über sie und küsste sie, bevor er aus ihr glitt, sich neben sie rollte und die Tücher löste, die ihre Hände immer noch festhielten.

Selina blieb regungslos liegen und sah ihm nach, wie er aufstand und einen langen Schlafrock anlegte.

Dann sprang sie auf, hüllte sich in die leichte Bettdecke, trat knapp vor ihn hin und gab ihm eine schallende Ohrfeige.

Er zuckte nicht einmal, stand nur ruhig da und blickte mit einem wachsamen Ausdruck in den Augen auf sie herab. »Fühlst du dich jetzt besser, meine rachsüchtige Göttin?«

»Ja.« Selina wandte sich um. Man hatte zuvor offenbar ihre Truhe hereingebracht, denn sie stand jetzt gleich neben der Tür. Sie öffnete sie und fand darin ihre Wäsche und Kleidung. »Damit wir uns recht verstehen«, sagte sie über die Schulter zu Alessandro, der immer noch dort stand, wo sie ihn hatte stehen lassen, »diese Ohrfeige war nicht dafür, dass du mich entführt, festgehalten und gefesselt hast. Dafür war das, was danach kam, viel zu schön. Die Ohrfeige war dafür, dass du mich hast bitten lassen!« Sie drehte sich um und funkelte ihn wütend an. »Tu das ja nie wieder! Hast du mich gehört, Alessandro?! Nie wieder!«

Der Ernst wich aus Alessandros Gesicht und er lächelte, während er mit den Fingern über seine Wange fuhr, auf der deutlich die Spuren ihrer Hand zu sehen waren. »Nein, meine Geliebte.«

»Gut«, sagte Selina, nahm ihre Kleidung und den Kerzenleuchter und ging damit in den Nebenraum, wobei sie beinahe über die Decke stolperte. Als sie nach einer halben Stunde wieder zurückkam, hatte Alessandro noch andere Kerzen entzündet, saß auf einem der samtüberzogenen Sessel vor dem Fenster und blickte in den dunklen Garten hinaus. Selina hatte ein Kleid angezogen und band nun ihr langes Haar mit einem der Tücher, das zuvor noch als Fessel gedient hatte, zusammen.

Alessandro kam auf sie zu, nahm ihre Hände und küsste jede einzelne Fingerspitze.

»Natürlich bleibe ich bei dir.« Selina betrachtete im Schein der Kerzen eingehend sein Gesicht, das sie so sehr liebte. »Selbst wenn ich abgereist wäre, so hätte ich es nicht lange ausgehalten und wäre vermutlich bald wieder zu dir zurückgekehrt. Sogar auf die Gefahr hin, dass du dir in der Zwischenzeit schon eine andere reiche Frau gesucht hättest.«

Es zuckte um seine Lippen. »Es wäre mir vermutlich nichts anderes übrig geblieben, wenn ich nicht aus der Stadt gejagt werden wollte.«

Sie sah ihn ernst an. »Ist es wirklich so schlimm, Alessandro? Stimmt es, was mein Großvater gesagt hat? Hast du so hohe Spielschulden?«

»Nun, ich würfle eben gern«, murmelte er, wobei er seine Küsse auf ihre Handgelenke ausdehnte.

»Aber ist das nicht verboten?«

»Eben deshalb hat es solchen Reiz für mich.«

»Wenn wir dann verheiratet sind und deine Schulden getilgt wurden – versprichst du mir dann, Alessandro, dass du damit aufhörst?«

»Ich könnte mit dir würfeln, meine Angebetete«, lächelte er. »Aber nicht um Geld …« Seine Augen blieben an ihren hängen. »Goldene Pünktchen«, murmelte er. »Und nicht nur, wenn du wütend bist, sondern auch jetzt. Wunderbar … Wie konnte ich nur so lange ohne diese Pünktchen leben?«

Selina lachte, entzog ihm ihre Hand und griff nach dem Kranz auf dem Tisch. »Ich habe dir noch nicht für das Geschenk gedankt«, sagte sie leise. »Du hast sie alle übertroffen, als du das Kind gerettet hast, und ich war so stolz auf dich.«

»So stolz, dass du mir diesen Kranz noch vor knapp vier Stunden vor die Füße geworfen hast.«

Selina blickte auf den Kranz. Wie glücklich war sie gewesen, als er ihn ihr auf das Haar gelegt hatte und wie tief gedemütigt und verzweifelt nur kurze Zeit danach. »Ich war so gekränkt, als ich dich mit Lorenzo di Medici sprechen hörte «

»Du hast uns also belauscht?«

»Nicht absichtlich. Ich hatte dich gesucht und kam zufällig dazu, wie ihr euch über mich unterhieltet.« Sie schlang ihre Arme um ihn und schmiegte sich an ihn. Plötzlich machte sie sich jedoch wieder von ihm los, trat einen Schritt zurück und sah ihn ernst an.

»Was ist, Glück meines Lebens?«

»Schwöre mir, dass du mich niemals schlagen wirst, wenn wir verheiratet sind«, sagte sie ruhig.

»Das kann ich nicht, meine Liebste, nicht bei einer Frau wie dir.« Wieder dieses amüsierte Lächeln, das sie so liebte, aber diesmal erwiderte sie es nicht.

»Schwöre es.«

»Aber Selene, meine wunderbare Mondgöttin«, schmeichelte Alessandro und zog sie wieder in seine Arme. »Wie sollte ich deiner denn sonst Herr werden? Einer Frau, die mich ohrfeigt, die ganz Florenz belügt …?«

Sie machte sich entschlossen von ihm frei und trat einige Schritte zurück. »Schwöre es oder ich werde dich niemals heiraten!«, sagte sie heftig.

Alessandro lachte leise. »Du hast es schon geschworen, Selina. Du hast geschworen, dass du mich heiratest, andernfalls hätte ich doch niemals deine Fesseln gelöst.«

»Ich habe geschworen, dass ich bei dir in Florenz

bleibe«, erwiderte Selina fest. »Nicht mehr und nicht weniger. Und das werde ich auch, weil ich ohne dich nicht leben will. Aber wenn du mir nicht schwörst, dass du mich niemals schlagen wirst, wenn wir verheiratet sind, dann werde ich ein eigenes Haus kaufen und dort leben. Aber dann, Alessandro di Barenza, schwöre ich dir wiederum, dass du in Zukunft niemals mehr als meine Hand berühren wirst.«

Er starrte sie fast eine Minute lang an, sein Blick bohrte sich in ihren und sie sah, wie sich seine Augen verdunkelten, bevor eine Glut in sie trat, die sie noch nie zuvor darin gesehen hatte. »Du bist eine Hexe, Selina. Eine durchtriebene, lügnerische Hexe, die meine Gutgläubigkeit ausnutzt und mit gespaltener Zunge Versprechen abgibt! Du hast mich abermals belogen und ...«

»Ich habe nur das geschworen, worum du mich gebeten hast, Alessandro«, sagte Selina kalt. »Und wenn du nicht meine Bedingungen erfüllst, dann ...«

Sie schrie erschrocken auf, als er mit einem Schritt bei ihr war und sie an sich riss. Mit einer Hand griff er in ihr Haar, hielt ihren Kopf fest, während sein anderer Arm sie wie eine Eisenklammer umschlang, sein Gesicht war dicht vor ihrem. »... dann, meine stolze Mondgöttin«, flüsterte er heiser an ihren Lippen, »werde ich dich wieder ans Bett fesseln und du wirst dort bleiben, bis du einwilligst, mich zu heiraten – bedingungslos zu heiraten. Oder glaubst du, ein Alessandro di Barenza ließe sich von einer Frau Bedingungen stellen – und sei er auch vor Liebe zu ihr fast toll?«

Der Schlafrock hatte sich über seiner Brust ein wenig geöffnet und Selina beugte ihren Kopf vor und fand eine rote Brustwarze, die sie mit ihrem Mund umschloss. Sie ließ ihre Zunge darum kreisen, wie Alessandro dies zuvor bei ihr getan hatte, saugte daran und fühlte, wie sich sein Griff lockerte, bis sie ihre Arme bewegen konnte. Er roch nach Schweiß und nach ihrem eigenen Körper und sie hob die Hand, streichelte über seinen Bauch, glitt tiefer und tastete nach seinem Glied, das eben noch zufrieden zwischen seinen Beinen hing und nun durch ihre zärtlichen Berührungen wieder erregter und härter wurde.

»Selina …«

Sie legte den Kopf zurück und sah ihm fest in die Augen. Sein Blick war voller Verlangen.

»Schwöre es, Alessandro. Schwöre, dass du mich niemals schlagen wirst.«

Alessandros Augen wurden sanft und weich. »Es bedarf keines Schwurs, meine geliebte Mondgöttin. Ich habe noch nie eine Frau geschlagen. Und niemals würde ich dies einer Frau antun, die mein Leben ist. Niemals, Selina. Gleichgültig, was immer sie tut.« Er lächelte wieder dieses anziehende warme Lächeln, dem sie vom ersten Moment an nicht hatte widerstehen können. »Nicht einmal, wenn du mich wieder ohrfeigst – auch wenn ich dich bitte, meine Wildkatze, dies nicht in der Öffentlichkeit zu tun.«

»Schwöre es.«

Er beugte sich zu ihr nieder, legte seine Lippen an ihre und flüsterte. »Ich schwöre es, meine Liebste. Ich schwöre es. Und nun komm wieder in mein Bett. Ich möchte, dass du mich streichelst, mich liebkost und küsst, und dann möchte ich dich lieben. So lange, bis die Sonne aufgeht und wieder untergeht.«

Ein Mordplan

Als sie am nächsten Tag beim Frühstück saßen, das Luciano unter den von duftenden Rosensträuchern umkränzten Arkaden servierte, wurden sie von einem Boten gestört, der eine dringende Nachricht für Alessandro überbrachte.

»Was ist denn, mein Liebster?«, fragte Selina, als sie den finsteren Gesichtsausdruck sah, mit dem er das Schreiben las.

»Ich muss dich leider für einige Zeit verlassen«, erwiderte er schlecht gelaunt. »Das ist ein Brief aus Venedig von dem Notar, dem ich dort die Verwaltung meiner Angelegenheiten übertragen habe. Er schreibt mir, dass meine Anwesenheit unumgänglich sei.« Er sah hoch. »Ich überlege, ob ich dich nicht besser zu meiner Mutter bringen sollte. Du wärst während meiner Abwesenheit bei ihr gut aufgehoben.«

»Wenn du meinst. Aber ich bleibe auch gern hier. In diesem Haus fühle ich mich dir näher.« Selina lächelte tapfer, obwohl sie diese Nachricht wie ein Schlag getroffen hatte. Sie hatte zwar noch vor Kurzem daran gedacht abzureisen, um eine Liebe hinter sich zu lassen, die ihr nur Enttäuschungen bringen würde, aber nun, da sich alles aufgeklärt hatte, schien es ihr unerträglich, sich auch nur einen einzigen Tag von Alessandro zu trennen.

Er erwiderte ihr Lächeln nicht. »Du wirst mir fehlen,

meine Liebste. Und ich bin besorgt, dich allein zu lassen, solange wir nicht verheiratet sind.«

»Aber Alessandro!« Selina lachte trotz ihrer getrübten Stimmung hell auf. »Du glaubst doch nicht allen Ernstes, dass ich die Gelegenheit nutzen und mit einem anderen Mann fortlaufen werde!«

»Wenn du das tust, Selina«, erwiderte Alessandro ernst, »dann werde ich diesen Mann töten und du wirst dieses Haus für den Rest deines Lebens nicht mehr verlassen.« Er erhob sich, kam zu ihr und fuhr mit der Hand durch ihr Haar. »Ich könnte dir niemals auch nur ein Haar krümmen, Selina, gleichgültig, was du tust, aber ich werde niemals dulden, dass du mit einem anderen das teilst, was du mir gegeben hast. Und nicht einmal, dass du einen anderen auch nur mit mehr als Freundlichkeit betrachtest.«

Selina erwiderte seinen Blick voller Innigkeit. »Das wird auch nicht der Fall sein, Alessandro. Niemals.«

Sie schloss die Augen, als sein Griff in ihrem Haar sich verstärkte und er sich über sie beugte, um sie zu küssen. Besitzergreifend und voller Leidenschaft, die sofort auf sie übergriff und den Wunsch in ihr weckte, in seinen Armen zu liegen.

»Ich könnte dich begleiten«, sagte sie hoffnungsvoll, als er sie wieder losließ und sich langsam aufrichtete, ohne den Blick von ihr zu lassen. Sie griff nach seiner Hand und zog sie an ihre Wange.

Alessandro streichelte leicht darüber, überdachte ihre Worte, schüttelte dann jedoch den Kopf. »Die Straßen sind nicht sicher genug. Wenn du mitkämst, bräuchte ich einen ganzen Trupp, um deine Sicherheit zu gewährleisten, und das würde mich nur aufhalten. Wenn wir verheiratet sind, wirst du mich nach Venedig begleiten, aber diesmal möchte ich so schnell wie möglich wieder zurück sein, um dich endlich zu meiner Frau zu machen. Und jetzt komm wieder in mein Bett, Stern meines Lebens, damit ich mit dir die Zeit aufholen kann, die wir beide in den nächsten Wochen versäumen werden.«

* * *

Zu Selinas Leidwesen hatte Alessandro sich nicht umstimmen lassen, obwohl sie ihn in den vergangenen Stunden mehr als einmal zu überreden versucht hatte und in den Mitteln dabei nicht zaghaft gewesen war. Er hatte ihre Schmeicheleien und Zärtlichkeiten jedoch nur mit offensichtlichem Genuss angenommen, sie ebenso heftig wie leidenschaftlich erwidert, sich jedoch keine Handbreit von seiner Entscheidung abbringen lassen, und so fand sich Selina am folgenden Morgen halb traurig, halb erzürnt im Haus seiner Mutter wieder.

Selina, die eingedenk der Komödie, die sie ihr vorgespielt hatte, ihrer zukünftigen Schwiegermutter diesmal weitaus schüchterner entgegentrat als beim ersten Mal, wurde von dieser sofort mütterlich in die Arme geschlossen. Alessandro, der nichts anderes erwartet hatte, ritt in dem Bewusstsein fort, dass seine Mondgöttin nirgendwo besser aufgehoben war als unter der Aufsicht seiner Mutter.

Einen Tag nachdem er abgereist war, erhielt Selina eine Botschaft von Fiorina, dass Françoise aus Sorge um ihre Freundin plötzlich unpässlich geworden sei und nun mit hohem Fieber und fantasierend zu Bette lag. Selina, die die zarte Konstitution ihrer Freundin nur zu gut kannte, um den Brief in Zweifel zu ziehen, fasste sofort den Entschluss, Françoise einen Besuch abzustatten und sich davon zu überzeugen, dass es ihr an nichts fehlte. Obwohl Domenica di Barenza sich besorgt zeigte, gab sie ihren eindringlichen Bitten nach und gestattete ihr, eines der wenigen Pferde im Stall satteln zu lassen und in Begleitung eines Reitknechts nach Florenz zu reiten.

Es war bei ihrer Ankunft heller Tag. Selina fand das Haus ihres Großvaters jedoch völlig verlassen vor. Keines der Mädchen war zu sehen, die Kinder ihres Oheims liefen nicht wie sonst durch die Zimmer und auf ihr Rufen erschien nur ein alter Diener, der sie griesgrämig musterte, als sie nach ihrer Freundin fragte.

»Sie ist oben«, erwiderte er unhöflich. Sein Blick wurde intensiver und Selina hatte den Eindruck, er würde noch etwas hinzufügen wollen, aber dann wandte er sich um und schlurfte eilig davon. Mit einem seltsamen Gefühl betrat Selina die steinerne Treppe und stieg ins obere Stockwerk, in dem sich ihr Zimmer befand. Es war leer.

»Françoise? Fiorina?!« Selina ging durch die Räume, alles war wie ausgestorben. Sie lief wieder die Treppe hinab in die Küche. Alles leer, nicht einmal das Feuer brannte im Herd und die Magd, die dafür Sorge tragen musste, dass es niemals ausging, war ebenfalls fort.

Eine beißende Angst stieg in Selina hoch – was, wenn Françoise ernsthaft erkrankt war? Oder die andere Familie? Der Gedanke war mehr als unwahrscheinlich, ja sogar lächerlich, aber das Gefühl von Bedrohung wurde immer stärker, und sie atmete erleichtert auf, als sie endlich aus dem *studio* ihres

Großvaters Stimmen hörte. Sie stieß die Tür auf und trat ein.

Ihr Großvater saß in seinem Stuhl, daneben stand ein Fremder, gekleidet wie ein reicher Stutzer, und noch zwei weitere Männer, die sie noch nie zuvor gesehen hatte, die auf sie jedoch nicht gerade den Eindruck machten, als wären sie Geschäftspartner oder gar Freunde der Santinis.

»Da bist du ja«, sagte der Alte mit einem befremdlichen Ton in der Stimme.

»Ich bin gekommen, weil man mir die Nachricht überbrachte, dass meine Freundin erkrankt sei.« Selina bemühte sich, ihre Unruhe vor den anderen zu verbergen, trat aber einen Schritt zurück, als einer der Männer auf sie zukam. »Was ist mit ihr? Weshalb ist sie nicht in ihrem Zimmer? Wo sind die anderen? Wo ist Fiorina?«

»Sie sind alle fort«, antwortete Santini. »Sie besuchen eine Tante meiner Schwiegertochter, die etwas außerhalb von Florenz, in Firenzuola, wohnt.«

»Aber weshalb hat sie mir dann geschrieben, dass meine Freundin krank ist?«, fragte Selina misstrauisch und wich wiederholt zurück, als der Fremde noch näher kam.

»Der Brief ist von mir.« Santini sprach mit behäbiger Zufriedenheit. »Ich wollte, dass du kommst.«

»Und weshalb?«

Er deutete auf einen Becher, der auf dem Tisch stand. »Trink das.«

»Was ist das?« Selina merkte, wie die Angst ihr die Kehle zuschnürte. Der Alte war so seltsam, furchterregender sogar als in seinen Wutanfällen. Und sie war ganz allein mit ihm und diesen fremden Männern.

»Du wirst daraufhin schlafen«, lautete die kalte Antwort. »Ich kann nicht dulden, dass du dich in meine Pläne mengst und sie zerstörst. Ich weiß nicht, was Alessandro di Barenza an dir findet, aber ich werde dafür sorgen, dass er sich wieder der ihm zugedachten Braut zuwendet.«

Selina starrte ihn sekundenlang entsetzt an, dann drehte sie sich um und wollte aus dem Zimmer laufen, als plötzlich hinter ihr jemand auftauchte. Sie versuchte, an dem stämmigen Mann vorbeizukommen, stieß ihn zur Seite, aber da waren die anderen auch schon bei ihr, packten sie und zerrten sie ins Zimmer hinein.

»Lasst mich los!« Selina wehrte sich wie eine Wildkatze, kratzte, schlug und biss, aber endlich versagten ihre Kräfte, und sie musste es dulden, dass man sie auf einen Sessel drückte und dort festband. Die Männer traten etwas zurück, als sich der alte Santini erhob, der bisher nur schweigend zugesehen hatte. Er kam näher, nahm den Becher vom Tisch und hielt ihm einen der Männer hin.

»Da, gib ihr das zu trinken!«

Der Mann, ein kräftiger Bursche in bäuerlicher Kleidung, mit einem derben Gesicht und einem brutalen Zug um den Mund, griff nach Selinas Haar und zog ihren Kopf zurück, dann setzte er ihr den Becher an. »Mach den Mund auf! Los! Oder ich breche ihn dir mit dem Messer auf!« Als Selina fest die Zähne zusammenbiss und die Lippen aufeinanderpresste, zog er ein Messer aus dem Gürtel, aber der Stutzer, der neben Santini stand, riss ihm die Hand weg.

»Nicht so, man darf keine Verletzungen sehen. Es muss so aussehen, als wäre sie von der Brücke gefallen und ertrunken.«

»Halt! Was soll das!« Der alte Santini drängte sich zwischen den Männern durch. »Es war niemals die Rede davon, sie zu töten! Ihr solltet sie nur betäuben und dann so weit wie möglich aus der Stadt schaffen, damit di Barenza denkt, sie hätte ihn verlassen!«

»Dieser Plan geht nicht gut. Es könnte ihr gelingen zurückzukommen und dann sind wir verraten. Wir müssen sie töten.« Der Stutzer schob ihn einfach zur Seite.

»Aber …«

»Ihr werdet bereuen, was Ihr hier tut«, stieß Selina zwischen den Zähnen hervor. »Auf diese Art werdet Ihr Alessandro niemals als Euren Schwiegerenkel bekommen.«

»Er wird niemals erfahren, wie du verschwunden bist«, erwiderte der Stutzer an Santinis Stelle. »Wir werden es so darstellen, als wärst du mit einem anderen auf und davon. Darüber wird er sich nicht lange wundern, schließlich ist das nicht unüblich bei deinesgleichen. Und wenn deine Leiche gefunden werden sollte, so wird er auch bald über seine Trauer hinwegkommen. Dafür wird schon die hübsche Selina sorgen. Und jetzt haben wir lange genug geredet. Los, schüttet ihr das Mittel hinein!«

Selina wollte den Mund aufmachen, schreien, dass sie Santinis Enkelin sei und nicht Françoise, aber da hatte einer der Kerle sie schon am Hals gepackt, der andere öffnete ihr grob den Mund und schüttete ihr den Inhalt des Bechers hinein. Selina hustete, verschluckte sich, würgte, rang nach Luft, der Griff verstärkte sich und ihr wurde schwarz vor Augen.

Das Letzte, woran sie dachte, ehe vollkommene Dunkelheit sie umgab, war Alessandro und sie vermeinte, seine Augen zu sehen, die sie liebevoll anblickten.

* * *

Francesco saß im Stadthaus, hatte ein Buch vor sich, las jedoch nicht, sondern starrte ins Leere, wobei sich seine Gedanken angenehm mit seiner Liebsten beschäftigten. Jetzt, wo Alessandro seine Braut einfach in sein Heim entführt hatte, würde es nicht mehr lange dauern, bis die Komödie zu Ende war, und er konnte endlich in aller Öffentlichkeit um Françoise werben. Er war vom ersten Moment an in Liebe für sie entflammt gewesen, hatte jedoch versucht, dieses Gefühl tief in sich zu verschließen. Als er aber erfahren hatte, dass ihre Freundin in Wahrheit Selina Santini war und damit das Ziel von Alessandro, war die Flamme umso heißer aufgelodert und jede Stunde, die er nicht in der Nähe seiner Geliebten verbringen konnte, war für ihn verlorene Zeit. Er war am Morgen zum Haus der Santinis gegangen, um sie zu besuchen, hatte jedoch von einem alten Diener gehört, dass sie gemeinsam mit dem ganzen Haushalt für zwei Tage fortgereist war. Die Übereilung, mit der das geschehen war, kam ihm seltsam vor, aber er sann nicht länger darüber nach, sondern verlor sich völlig in Tagträumen über das Wiedersehen und die zärtliche Begrüßung, die er ihr bieten würde.

Er sah unwillig auf, als es an der Tür klopfte und einer der Diener aus dem Hause von Alessandros Mutter eintrat.

»Was gibt es denn, Andrea?«

»Verzeiht, wenn ich störe, *messere*, aber es ist etwas Seltsames passiert.«

Francesco setzte sich unwillkürlich auf. »Etwas mit Alessandros Mutter?«

»Nein, nein. Aber es ist so: Ich habe die Signorina Francesca heute zum Haus von Signor Santini begleitet. Sie ist ohne mich hineingegangen und nicht wieder rausgekommen. Als ich dann anklopfte, wurde mir gesagt, sie hätte das Haus auf der anderen Seite wieder verlassen.«

Francesco runzelte die Stirn. »Weshalb sollte sie das getan haben?«

Andrea zuckte mit den Schultern. »Ich weiß nicht, *messere.* Sie haben mir gesagt, sie hätten sie mit einem Mann gesehen und sie wäre in eine Sänfte gestiegen und mit diesem Mann davon.«

»Wie war das?!«

»Ich kann mir das auch nicht vorstellen, da sie ja einen Brief bekommen hat, dass sie zum Haus von Signor Santini kommen soll wegen der Signorina Selina. Weil diese angeblich krank ist.«

Der verliebte junge Mann sprang auf. »Françoise ist krank? Aber das ist doch unmöglich! Sie ist doch heute zu einem Besuch gereist!«

»Nein, Signor, nicht Signorina Francesca, sondern …«

»Schon gut, schon gut«, erwiderte Francesco ungeduldig, griff nach seinem Schwert und gürtete es sich um. »Ich werde zum Haus von Signor Santini gehen und nachsehen.«

»Da ist noch etwas, *messere*«, fuhr Andrea fort, »das Haus hat nämlich nur den einen Eingang. Ich habe mich überzeugt. Also ist die Signorina niemals wieder herausgekommen. Sie muss noch drinnen sein.« Er zögerte etwas. »Und dann habe ich mit einer der Dienerinnen vom Nachbarhaus gesprochen. Und die hat mir erzählt, dass man plant, die Signorina wegzuschaffen. Man will ihr ein Schlafmittel geben. Sie weiß das von der Amme, die den Herrn belauscht hat.«

Francesco sah ihn ungläubig an. Als er sprach, wollte ihm kaum seine Stimme gehorchen. »Weshalb sollte man das tun wollen?«

»Weil der alte Santini annimmt, dass sie zwischen Signor Alessandro und seiner Enkelin steht.«

»Ist deine Freundin vertrauenswürdig?« Noch hoffte er, dass sich alles bei näherer Betrachtung um das wichtigtuerische Geplapper einer Dienerin handelte. Allerdings ... sollte der Alte tatsächlich planen, Alessandros Liebste aus dem Weg zu schaffen, so würde er dies bitter bereuen.

Andrea neigte den Kopf. »Vollkommen, Herr. Sie ...«, er lächelte etwas, »... wir kennen uns schon längere Zeit. Wir haben uns verlobt und werden heiraten. Sie hat keinen Grund, mich zu belügen, und noch weniger, Santinis Plan zu unterstützen.«

Francesco war schon aus dem Zimmer und fast auf der Straße. »Ich gehe zu Santini und werde dort nach Signorina Francesca fragen. Und du setzt dich sofort auf dein Pferd und reitest Signor Alessandro nach! Hier!« Er warf ihm einen Beutel mit Geldstücken zu. »Falls du unterwegs ein frisches Pferd brauchst. Und mach, dass du dich beeilst – er muss so schnell wie möglich zurückkommen!«

Während Andrea sich auf das Pferd schwang und davongaloppierte, machte sich Francesco auf den Weg zu Santinis Haus. Das schwere Eingangstor war fest verriegelt, aber er hämmerte so lange mit der Faust daran, bis sich ein kleines Fenster öffnete. »Die Herrschaften sind alle verreist.«

»Lass mich sofort ein!«, rief Francesco wütend. »Ich weiß, dass Bene Santini daheim ist! Und auch Signorina Francesca hat das Haus vor Kurzem betreten! Lass mich sofort ein oder ich komme mit einigen Soldaten wieder!«

Das Fenster schloss sich, aber nach einiger Zeit hörte Francesco, wie der Riegel zurückgeschoben und ein Schlüssel im Schloss umgedreht wurde.

»Signor Santini fühlt sich nicht wohl«, sagte der alte Diener, der hinter der geöffneten Tür zum Vorschein kam, mürrisch. »Er liegt. Der Arzt ist bei ihm. Er empfängt niemanden.«

Francesco schob ihn einfach zur Seite, trat in die Halle hinein und sah sich um, die Hand auf dem Schwertknauf. »Und wo ist Signorina Francesca?«

»War gar nicht da«, erwiderte der Alte. »Die ist doch auf und davon, wie man hört.«

»Unsinn«, sagte Francesco scharf. »Ich weiß genau, dass sie hier ist. Los! Führe mich zu deinem Herrn!«

»Ihr solltet wieder gehen«, brummte der Diener.

»Hörst du nicht, was ich dir sage!«, fuhr ihn Francesco an. »Führe mich …«

In diesem Moment hörte er ein Geräusch. Er drehte sich schnell um und sah einen Mann hinter sich stehen. Etwas sauste von oben auf ihn zu, er wollte sich zur Seite werfen, wurde jedoch im selben Moment von dem schweren Knüppel getroffen und fiel wie vom Blitz erschlagen zu Boden.

»Du Narr!«, keifte Santini den Mann an, der Francesco niedergeschlagen hatte. »Hast du den Verstand verloren?! Wie sollen wir das erklären?«

»Wir werden sie eben beide in den Fluss werfen«, ließ sich der Stutzer vernehmen, der hinter Santini in die Halle gekommen war. »Und den Leuten erzählen, dass sie miteinander fliehen wollten.« Er musterte Francesco, der bewusstlos am Boden lag. Aus einer Platzwunde am Kopf sickerte Blut hervor. »Ihr solltet Euch glücklich schätzen, Signor Bene, dass Ihr ihn ebenfalls loswerdet. Ich habe mehrmals gesehen, wie er Eurer Enkelin verliebt zugelächelt hat und sie ihm.«

»Trotzdem«, knurrte Santini wenig überzeugt, »es ist eines, eine Bedienstete verschwinden zu lassen – und ein anderes, einen Freund von Alessandro die Barenza, den man vermissen wird.«

Der Stutzer zuckte mit den Schultern. »Wir stellen es eben so dar, dass Alessandro gar nicht auf die Idee kommen wird, einem von den beiden auch nur eine Träne nachzuweinen.« Er lächelte spöttisch. »Ich kenne den stolzen Alessandro schon seit seiner Jugend und ich denke, er wird sich nicht viel verändert haben. Er kann über vieles hinwegsehen, aber eine Frau, die ihm untreu wird und mit einem anderen davonläuft, hat alles bei ihm verwirkt. Er wird die beiden bestenfalls suchen, um sie und ihn zu töten, aber wenn er das tut, findet er lediglich ihre im Arno ertrunkenen Körper.«

»Dieser Plan geht niemals gut. So dumm ist Alessandro nicht.« Santini schüttelte den Kopf, warf einen letzten Blick auf Francesco und ging dann schwerfällig in sein *studio*, um sich erschöpft in den Sessel fallen zu lassen. »Ich hatte mir das alles leichter vorgestellt, als ich Euch um Hilfe bat und Ihr mir diesen Plan erklärtet, Signor Matteo. Aber jetzt – bei Gott, es ist kein Leichtes, diesen jungen Mann und die Frau zu töten. Mir hat unser erster Plan, sie einfach nur fortzuschaffen, besser gefallen.«

»Und ihr damit Gelegenheit zu geben, uns zu verraten? Wer wäre wohl verrückt genug, sich einem wütenden Alessandro auszusetzen?«, fragte Matteo spöttisch. »Er mag Euch jetzt vielleicht zahm und wohlerzogen erscheinen, aber ich kenne ihn besser. Er war in seiner Jugend als Raufbold bekannt und schloss sich nicht umsonst damals dem Heer des Condottiere an, der gegen Mailand ziehen wollte.«

Santini fuhr sich über das Gesicht. Er hatte Selinas Freundin los sein wollen, aber unauffälliger, weniger blutig, und der Mord an ihr und Francesco belastete sein Gewissen. Er wollte Alessandro als Schwiegerenkel, aber der Preis dafür schien ihm mit jedem Moment höher und höher.

»Wir sollten das alles abbrechen«, sagte er heiser.

»Und wie wollt Ihr das tun?« Matteo beugte sich zu ihm nieder und starrte ihn drohend an.

»Ich werde sagen, es wären Diebe und Räuber im Haus gewesen, die mich gezwungen hätten, so zu handeln. Und dass es mir gelungen wäre, sie zu vertreiben.«

»So nicht. Ihr könnt nicht mehr zurück. Die Frau hat uns alle gesehen. Ihr habt mit ihr gesprochen und sie wird uns verraten. Wir müssen sie töten und dann auch den anderen.« Er lachte höhnisch. »Plagt Euch jetzt Euer Gewissen? Dazu ist es zu spät.«

Er wandte sich nach seinen Helfern um. »Fesselt den anderen, damit er keine Schwierigkeiten machen kann, sobald er aufwacht. Und wenn er schreit, gebt ihm noch eins über den Kopf. Und dann steckt beide in eine Truhe, damit wir sie unauffällig aus dem Haus bringen können.« Er stieß Santini an, der in sich zusammengesunken in seinem Sessel hockte. »Habt Ihr Truhen, die groß genug sind?«

»Ja. Unten im Keller. Wir transportieren damit die fertigen Wolltücher.«

Matteo winkte seinen Leuten zu. »Geht hinunter und holt die Truhen herauf und schließt sie darin ein.« Die Männer verschwanden und er sah wieder auf Santini. »Das Geld gebt Ihr mir besser sofort.«

»Das habt Ihr doch schon bekommen!«, fuhr der Alte auf. »Eintausend Florin!«

»Ja, aber nur für die Frau. Jetzt sind es zwei. Und noch dazu Alessandros bester Freund. Das macht noch einmal eintausend Florin.«

»Ihr erpresst mich!« Santini erhob sich und ging zu einer kleinen Truhe. Er zog einen Schlüssel aus der Tasche, sperrte auf und zog einige Geldbeutel hervor. Matteo stieß ihn weg und griff in die Truhe.

»Was tut Ihr da!«

»Ich nehme mir, was mir zusteht«, erwiderte der andere frech. »Meine Hilfe und mein Schweigen müssen Euch das wert sein!«

»Ich wollte, ich hätte Euch niemals getroffen!«

»Ihr vergesst, dass Ihr es wart, der von mir Hilfe wollte, nicht umgekehrt. Oder habe ich Euch etwa dazu angestiftet, die unerwünschte Rivalin Eurer Enkelin loswerden zu wollen?«

Von draußen hörte man das Rumpeln der Truhen, ein leises Ächzen und dann war es wieder still. Santini erschauerte. »Ihr werdet die Truhen doch danach wieder zurückbringen? Es steht mein Name darauf.«

»Ich weiß schon, was ich tue.«

* * *

Als Mitternacht lange vorbei war, öffnete sich ein kleines Seitentor des Hauses, und zwei Männer trugen eine schwere Truhe hinaus, luden sie auf einen bereits in der engen Straße wartenden Wagen, brachten eine zweite Truhe und fuhren dann davon. Ein weiterer Mann kam heraus, der ein Pferd mit sich führte. Er stieg auf und ritt dem Wagen nach.

Der Hufschlag seines Pferdes war kaum verklungen, als von der anderen Seite drei Reiter herangaloppiert kamen. Einer davon sprang ab und hämmerte gegen das Tor. »Öffnen! Sofort öffnen!«

»Wer ist da?«

»Alessandro di Barenza! Macht auf!«

Das Tor wurde langsam aufgeschoben, der Mann drängte sich hinein und hinter ihm folgte einer der Reiter nach, während der andere weiterritt.

Santini glotzte ihn an wie einen Geist, als Alessandro auf ihn zustürzte und ihn an der Jacke packte. »Wo ist sie? Zum Teufel, sprecht schon, wenn Euch Euer Leben lieb ist!«

»Meine Enkelin etwa?«, tat Santini erstaunt, nachdem er sich etwas gefangen hatte. »Sie ist bei einer Tante meiner Schwiegertochter.«

»Ich spreche von Francesca, die heute Vormittag dieses Haus betreten und nicht mehr verlassen hat!«, herrschte Alessandro ihn an, kaum noch fähig, seine Angst um Selina zu beherrschen.

»Ihre Dienerin? Francesca? Ja, die war hier, aber …«

»Ich habe erfahren, dass Ihr plantet, sie zu entführen«, sagte Alessandro zitternd vor Wut, »und wenn ich sie nicht innerhalb der nächsten Sekunden heil und lebend vor mir sehe, dann gnade Euch Gott, Bene Santini, von mir habt Ihr dann nämlich keine Rücksicht zu erwarten. Und wagt es nicht, mir mit Lügen zu kommen!«

»Sie ist nicht mehr hier«, ächzte Santini, als sich Alessandros Griff drohend verstärkte. »Ich schwöre es. Und ich schwöre, dass sie dieses Haus lebend verlassen hat.«

»Und wohin ist sie gegangen?« Alessandros Gesicht war dicht vor Santinis und seine Augen funkelten gefährlich.

»Ich … ich weiß es nicht. Aber mein Diener sagte mir, sie hätte sich vor dem Haus mit einem Mann getroffen und wäre in eine Sänfte gestiegen.«

»Das stimmt nicht!«, rief Andrea, der bisher im Hintergrund gewartet hatte. »Ich war die ganze Zeit vor dem Haus und hätte sie sehen müssen!«

»Signor Alessandro!« Es war Lucianos Stimme. »Ein Mann auf der Straße hat einen Wagen gesehen, der Richtung Arno gefahren ist. Mit zwei Truhen darauf!«

»Ihr verdammter Narr wolltet Euch Eurer eigenen Enkelin entledigen!« Alessandro gab Santini einen Stoß, der diesen zurücktaumeln ließ, und wandte sich an Andrea. »Du bleibst hier und achtest darauf, dass dieser Mann nicht entkommt.« Er lief hinaus, schwang sich auf sein Pferd und preschte hinter Luciano her, der sofort den kürzesten Weg zum Arno einschlug. Bei der Brücke Santa Trinita, über die er so oft mit Selina gegangen war, sahen sie schon von Weitem einige Männer, die eine schwere Kiste von einem Karren hoben. Alessandro riss sein Schwert heraus, schlug einen der Männer mit der flachen Seite zu Boden und stürzte sich dann auf den anderen. Die Kiste polterte vom Karren und von drinnen hörte man einen schwachen menschlichen Laut.

»Du verdammter …« Alessandro schlug mit dem Schwert auf den Mann ein, der seine Waffe ebenfalls gezogen hatte und sich verbissen wehrte, jedoch keine Chance hatte und bald tödlich verletzt zu Boden sank. Luciano war es gelungen, einen Dritten, der in den Kampf hatte eingreifen wollten, zu überwältigen, und ein Vierter, der auf einem Pferd neben dem Karren gewartet hatte, war entkommen.

* * *

»Habt Ihr den Mann auf dem Pferd erkannt?«, fragte Luciano, als Alessandro neben der Kiste niederkniete und mit zitternden Händen versuchte, das Schloss zu öffnen. »Es war Matteo Bandoro.«

»Ich habe ihn erkannt.« Alessandro setzte sein Schwert als Hebel ein, sprengte das Schloss und hob den Deckel hoch. Der Himmel war bewölkt und der Schein der wenigen Sterne reichte nicht aus, um zu erkennen, wer drinnen lag, aber ein schwaches Stöhnen verriet ihm, dass es ein Mann sein musste. Er griff hinein, und als er seine Hand herauszog, war sie nass von dunklem Blut. »Schnell, Luciano! Lauf in die Trattoria an der Ecke und bringe einige Leute mit Fackeln mit!«

Sein Diener hastete davon und Alessandro wollte sich soeben der zweiten Truhe, die noch auf dem Karren stand, zuwenden, als er eine kaum verständliche Stimme vernahm.

»Alessandro …?«

Er beugte sich nieder. »Francesco? Bist du das? Um Himmels willen!«

Sein Freund klammerte sich an den Rand der Truhe

und zog sich hoch. »Ich … war bei … Santini … Selina … sie …«

»Wo ist sie?!«

»… wollen sie … ermorden …«

Alessandro sprang auf den Karren, schlug das Schloss der zweiten Truhe mit einem Hieb seines Schwertes auseinander und riss den Deckel auf. »Selina …« Selbst in schwärzester Nacht hätte er seine Liebste erkannt. Er griff in die Truhe, hob die schlanke Gestalt heraus und stieg dann vorsichtig mit ihr vom Wagen. Gottlob, sie atmete, wenn auch nur schwach.

»Sorge dafür, dass jemand mit einer Sänfte kommt«, befahl er Luciano, der soeben mit zwei Männern, die Fackeln trugen, herbeigelaufen kam. »Für Signor Francesco, er ist verletzt. Und dann hole einen Arzt, der in unser Haus kommen soll. Und mach schnell, Luciano!«

»Si, Signore.«

Er wartete nicht mehr ab, dass seine Befehle befolgt wurden, sondern brachte Selina auf seinen Armen auf dem schnellsten Weg über die Brücke in den anderen Stadtteil zu seinem eigenen Haus. Einer seiner Diener öffnete ihm und er trug sie eilig die Treppe hoch in sein Zimmer. Dort legte er die Regungslose unendlich vorsichtig auf das breite Bett. »Selina, meine süße Liebste.« Er rieb ihr die Hände, die eiskalt waren, küsste ihre bleichen Wangen und Lippen. Sie hatte die Augen geschlossen, atmete ganz flach und schien ihn weder zu hören noch zu fühlen.

Als Luciano ein wenig später mit dem Arzt kam, schüttelte dieser den Kopf. »Man hat ihr vermutlich Gift gegeben, Signore. Aber ich kann nichts tun, solange ich nicht weiß, welches.«

Alessandro zog Luciano aus dem Zimmer. »Du gehst

sofort zu Santini«, flüsterte er ihm zu. »Und fragst ihn, welches Mittel er ihr gegeben hat. Und bring gleich Andrea mit, seine Anwesenheit ist dort nicht mehr nötig. Er soll stattdessen melden, dass Matteo Bandoro einen Mord geplant hatte und nun vermutlich zu flüchten versucht. Ich will diesen verwünschten Menschen haben. Egal wie!«

In der Zwischenzeit war auch die Sänfte mit Francesco angekommen und Alessandro, der sich davon überzeugte, dass sein Freund seine Verletzung überleben würde, begab sich wieder zu Selina. Er breitete eine zweite Decke über sie, bevor er sich neben sie setzte, ihre Hand nahm, darüber streichelte und keinen Blick von dem blassen Gesicht wandte.

Er war – von einer bösen Ahnung erfasst – umgekehrt und etwa vier Stunden vor Florenz auf Andrea getroffen. Er konnte sich kaum noch erinnern, wie er den Ritt hierher geschafft hatte. Irgendwo hatten sie andere Pferde bekommen, nicht so gute wie seine eigenen, aber noch frisch und kräftig, und als sie endlich auf den schaumbedeckten Tieren durch das Stadttor geritten waren, war er vor Sorge schon halb verrückt gewesen und hätte im ersten Zorn Santini am liebsten den Hals gebrochen.

Als er Selina lebend gefunden hatte, war er zwar erleichtert gewesen, aber jetzt saß er hilflos neben ihr, konnte nichts tun, um ihr zu helfen. Nur beten und hoffen, dass sie ihm erhalten blieb. Er hielt ihre eiskalte Hand umklammert, als könne er ihr durch seine Wärme Leben geben und verhindern, dass das Gift in ihrem Körper stärker war als ihre eigene Lebenskraft. Er strich zärtlich über ihr weiches Haar, fuhr mit dem Finger die Linie ihrer Wange nach und flüsterte ihr alle

Liebesworte zu, die seine Zuneigung ihm eingaben. Manchmal regte sie sich leicht und einmal flatterten ihre Augenlider, und er dachte schon, sie würde erwachen, aber dann fiel sie wieder in jene starre Bewusstlosigkeit, die ihm mehr Angst machte, als er jemals zuvor in seinem Leben gefühlt hatte.

Er fuhr hoch, als Luciano endlich zurückkehrte und das Mittel nannte, das der alte Santini Selina verabreicht hatte.

»Kein Gift, Signore«, beruhigte ihn der Arzt. »Ein sehr starkes Schlafmittel jedoch, das in einer zu großen Dosis tödlich wirken kann. In diesem Fall jedoch«, fügte er hastig hinzu, als er Alessandros zusammengepresste Lippen sah, »kann man davon ausgehen, dass die Signorina überlebt, andernfalls hätte ihr Herzschlag schon längst ausgesetzt.« Er griff nach Selinas Puls. »Schwach, aber gleichmäßig.« Er nickte zufrieden. »Am besten, Signor, Ihr lasst sie schlafen. Vielleicht ein warmer Stein unter die Decke, damit die Körpertemperatur nicht noch weiter absinkt. Und wenn sie aufwacht, lasst sie ein Glas Milch trinken. Keinen Wein. Später eine leichte Suppe. Nein«, sagte er abwehrend, als Luciano, der ebenfalls ins Zimmer gekommen war, vorschlug, einen Aderlass vorzunehmen. »Das würde die Patientin noch mehr schwächen. Aderlass nur bei hitzigen Krankheiten.«

»Ihr müsst hierbleiben«, sagte Alessandro scharf, als der Arzt sich zum Gehen wandte. »Mein Diener wird Euch ein Zimmer geben, in dem Ihr Euch aufhalten könnt. Aber Ihr werdet das Haus nicht verlassen, ehe meine zukünftige Gattin nicht wieder genesen ist.«

»Eure zukünftige Gattin?«, fragte der Arzt lächelnd.

»Und Ihr werdet über das schweigen, was Ihr hier

zu sehen bekommen habt«, fügte Alessandro hinzu. »Es wird Euer Schaden nicht sein, glaubt mir.«

Der Arzt neigte den Kopf und folgte Luciano hinaus, während Alessandro seine Jacke abstreifte und neben Selina unter die Decke schlüpfte, um sie zu wärmen. Er streichelte ihren Rücken, massierte ihre Gliedmaßen, küsste sie immer und immer wieder zärtlich und zog sie dann eng an sich.

* * *

Selina war in den vergangenen Stunden – seit man ihr das Mittel eingeflößt hatte – zwischen vollkommener Bewusstlosigkeit und Albträumen geschwankt, in denen fremde Hände sie derb herumgezerrt hatten. Unangenehme Stimmen waren an ihr Ohr gedrungen und einmal war sie in einer sarghaften Enge aufgewacht, die in ihr die Überzeugung geweckt hatte, dass der Mordplan gelungen sei und man sie bereits begraben hätte. Es war kalt gewesen in diesem Grab, so unendlich kalt, und sie hatte sich so allein gefühlt. Und dann, plötzlich, war mit einem Mal alles anders. Da waren wieder Hände, aber diesmal zart und liebevoll. Hände, die sie wärmten und streichelten. Eine weiche Stimme sprach zu ihr und sie fühlte sich geborgen, in Sicherheit und diesem Albtraum entronnen. Von ferne hatte sie diese Stimme an Alessandro erinnert und die Wärme an seine Nähe und seinen Körper, aber dann war er wieder weit fort gewesen, und die Dunkelheit hatte alles überschattet.

Als sie zum ersten Mal wieder bewusst etwas um sich herum wahrnahm, befand sie sich in einem fremden Raum. Bilder hingen an den Wänden, ein halb geöffnetes Fenster zeigte ihr den Blick auf ein anderes Haus und die Sonne warf ihre warmen Strahlen herein.

Immer noch zu müde und zu benommen, um sich darüber zu wundern, was sie in einem fremden Haus machte, wandte sie ein wenig den Kopf. Die Geborgenheit, die sie in den letzten Stunden umgeben hatte, war immer noch da und nahm ihr jede Furcht. Liebevolle Arme hielten sie warm umfangen und der vertraute Atem eines Mannes strich über ihr Gesicht.

»Alessandro?« Ihre Stimme wollte ihr kaum gehorchen, war leise und ein wenig heiser, aber er regte sich sofort, und als er die Augen aufschlug und sie anblickte, lag ein Ausdruck darin, der sie trotz ihrer Benommenheit zutiefst berührte. Zuerst Sorge, Liebe und dann, nach einigen Augenblicken, eine unendliche Erleichterung. Er lächelte, aber es war nicht jenes amüsiert-spöttische Lächeln, das sie so gut kannte, sondern eines voller Innigkeit, und sekundenlang vermeinte sie, sogar Tränen in seinen Augen zu sehen.

»Meine Liebste, du bist wieder wach.« Er streichelte über ihre Wangen, küsste ihre Augen, ihre Lippen und konnte sich kaum beruhigen.

Selina blinzelte, zuerst unfähig, sich zu erinnern, was geschehen war. Dann fiel es ihr wieder langsam ein.

Da war ein Brief von Fiorina gewesen und sie war nach Florenz geritten, um nach Françoise zu sehen, die angeblich erkrankt war. Und dann waren diese fremden Männer im Haus gewesen. Man hatte sie festgehalten und ihr einen Trank eingeflößt und dann … Einer hatte davon gesprochen, dass man sie töten wollte … Sie griff nach Alessandros Hand, die über ihr Haar strich.

»Alessandro. Man … man wollte mich töten. Santini … da war ein Mann …«, stammelte sie. »Sie haben mich gezwungen, etwas zu trinken.«

»Ich weiß, mein Leben«, flüsterte Alessandro beruhigend. »Aber jetzt ist alles wieder gut. Du bist in Sicherheit. Sie gaben dir nur ein Schlafmittel. Es ist alles vorbei.« Er fuhr for,t sie zu streicheln und zu küssen. »Ich bin ja so glücklich, meine Geliebte«, wiederholte er immer wieder. »So unendlich froh, dass du wach bist, nicht mehr schläfst. Ich hatte solche Angst um dich.«

»Was ist mit diesen Männern?«

»Sie werden bestraft, das verspreche ich dir.« Alessandros Stimme klang immer noch sanft, aber es lag ein entschlossener Unterton darin. »Sie werden ihrer gerechten Strafe nicht entgehen.«

»Mein Großvater war dabei …«

»Mach dir jetzt keine Gedanken darüber. Er kann dir nichts mehr anhaben. Er wird es nicht wagen, sich dir in Zukunft auch nur zu nähern.«

Selina schmiegte sich an ihn und schloss lächelnd die Augen. »Ich weiß, wenn ich bei dir bin, kann mir nichts geschehen. Und jetzt möchte ich noch schlafen …«

* * *

Am nächsten Tag war Selina schon kräftig genug, dass Alessandro sie in einer von Pferden getragenen Sänfte in die Villa seiner Mutter transportieren konnte. Auch Francesco wurde auf diese Art aus der Stadt gebracht. Bei seiner Mutter wurden die beiden schon von Françoise erwartet, die sich kaum fassen konnte, abwechselnd von Selina zu Francesco lief, beide umsorgte und sich erst ruhig neben ihren zukünftigen Mann setzte, als Alessandro nachdrücklich darauf bestand, Selina für sich allein zu haben. Er hatte veranlasst, dass man ihrer beider Truhen und Sachen packte und aus dem Haus von Santini hierherschaffte. Nach allem, was geschehen war, konnte man Santini nicht mehr vertrauen.

Santini selbst hatte sich eingeschlossen, sprach mit keinem und verweigerte das Essen. Niemand von seiner Familie wusste, was geschehen war, und jeder verwunderte sich über das absonderliche Benehmen des Alten, der plötzlich Einkehr zu halten schien und nur einen Priester zu sich ließ, bei dem er die Beichte ablegte.

Alessandro, der von Fiorina davon hörte, wusste, dass den alten Bene die Angst gepackt hatte. Er musste fürchten, dass sein Mordversuch dem Richter gemeldet wurde, und konnte in diesem Fall damit rechnen, über kurz oder lang seinen Kopf zu verlieren. Die Gesetze waren diesbezüglich unbarmherzig und selbst wenn der Mord nicht erfolgreich ausgeführt worden war, so wäre Santinis Schicksal damit besiegelt gewesen. Seinem Helfer, diesem Matteo, den Alessandro erkannt hatte, war es im Gegensatz zu seinen Kumpanen allerdings gelungen zu fliehen. Aber auch er war keine Gefahr mehr – er würde sich wohl hüten, sein Gesicht nochmals in Florenz zu zeigen, sondern so viel Abstand wie nur möglich zwischen sich und Alessandro bringen. Er kannte ihn von früher – ein Sohn angesehener, anständiger Eltern, der ihnen nur Schande gemacht und sich durch seinen ausschweifenden Lebenswandel in Schulden gestürzt hatte, die er mit dem Blutgeld wohl hatte begleichen wollen.

Wenn es nach Alessandro gegangen wäre, hätte dieser keine Sekunde gezögert, Santini zu verklagen, aber Selina, die sich in dieser Angelegenheit das letzte Wort erbeten hatte, wollte nichts gegen ihn unternehmen. Sie verachtete ihn, konnte ihn jedoch nicht hassen und scheute sich davor, ihren eigenen Großvater dem Henker auszuliefern. Sie erinnerte sich an die kurze Szene, bevor man ihr das Schlafmittel hineingeschüttet hatte. Santini hatte andere Pläne gehabt. Er hatte sie nicht töten wollen. Und solange sie ihn nicht mehr sprechen und sehen musste, mochte er immerhin in Frieden leben.

Dennoch wusste sie, dass es ihr nicht erspart bleiben würde, noch einmal das Wort an ihn zu richten, und sie beschloss, diese unangenehme Stunde so schnell wie möglich hinter sich zu bringen.

»Ich bin dagegen, dass du dich einem Gespräch mit deinem Großvater aussetzt«, sagte Alessandro abwehrend, als sie ihn von ihrem Vorhaben unterrichtete. »Er weiß inzwischen schon, dass du in Wahrheit seine Enkelin bist. Es gibt keinen Grund für dich, noch einmal dieses Haus zu betreten!«

»Doch. Ich muss es tun, sonst habe ich das Gefühl, feige gehandelt zu haben.«

»Das hat nichts mit Feigheit zu tun!«, antwortete Alessandro heftig. »Das wäre nur Vernunft!«

»Nun«, sagte Selina lächelnd, »dann handle ich eben unvernünftig.« *Außerdem,* dachte sie für sich, *gibt es da etwas, das noch zu klären ist.*

* * *

Zwei Tage später hob Alessandro sie vor dem Haus der Santini vom Pferd.

»Soll ich dich begleiten, Selina?«

Sie schüttelte den Kopf. »Nein, mein Liebster, das muss ich allein tun.« Sie hatten schon viele Male darüber gesprochen, Alessandro hatte alles getan, um sie umzustimmen, aber sie hatte auf ihrem Vorhaben bestanden, und schließlich hatte Alessandro sich gefügt.

Bene Santini empfing sie in seinem *studio*. Wenn sie jedoch gedacht hatte, einen gebrochenen Mann zu sehen, dann wurde sie enttäuscht. Ganz im Gegenteil. Ungebeugt wie eh und je stand er vor ihr und stierte sie wütend an. Jetzt, wo er wusste, dass weder Selina noch Alessandro ihn vor den Richter bringen würden, hatte er seine Selbstgefälligkeit wiedergefunden.

»Dass du es auch noch wagst, hierherzukommen!«

»Dass Ihr es auch noch wagt, mich in diesem Ton zu empfangen«, erwiderte Selina, mehr überrascht als empört über diesen Tonfall.

»Du hast dir das selbst zuzuschreiben«, fuhr er sie an. »Wie konntest du es wagen, uns allen diese Komödie vorzuspielen!«

»Das habt nun Ihr Euch wiederum zuzuschreiben«, antwortete Selina erzürnt. »Wie konntet Ihr Euch auch erdreisten, eine Enkelin, die Ihr nicht einmal kanntet, für Eure hochfliegenden Pläne einzusetzen!«

Bene Santini starrte sie an, dann wandte er sich um und griff nach einem schweren, in schwarzes Leder gebundenen Buch. »Das ist die Geschichte der Santini, mit den *ricordanze*, den Ereignissen in unserer Familie seit über siebzig Jahren. Schon mein Vater hat es begonnen. Darin wurde festgehalten, wer starb, wer geboren wurde und wer wen geheiratet hat. Auch der Name deiner Mutter ist hier festgehalten und deiner, obwohl es kaum lohnt, die Namen der weiblichen

Nachkommen niederzuschreiben. Aber weißt du, was ich jetzt tun werde?« Er schlug das Buch an einer bestimmten Stelle auf, nahm eine Feder, tauchte sie in die Tinte und machte quer über die Seite einen dicken Strich. »DAS habe ich getan! Ich habe dich ausgelöscht! Dich und deinen Namen! Du bist es nicht würdig, eine Santini zu sein. Du hast die ganze Familie betrogen, mich hintergangen und belogen und durch deine Bosheit den einzigen Sinn zerstört, den dein armseliges Leben für uns hätte haben können! Oder meinst du, nach allem, was geschehen ist, würde mir Alessandro di Barenza jetzt noch die Stellung verschaffen, auf die ich gehofft hatte? Unsere Familie hätte es zu Glück und Wohlstand bringen können! Aber so ist nun alles aus.« Er sah sie böse an. »Vermutlich hält er dich immer noch für eine reiche Frau, weil er sich so sehr um dich bemüht, aber er wird sich wundern. Und du dich ebenfalls. Von mir bekommst du nämlich nicht einmal einen Silberdenar! Er wird sich mit dem bescheiden müssen, was du an armseligem Geld mit in die Ehe bringst. Sobald er einmal deine Mitgift hat, wird er sie verspielen oder mit anderen Frauen durchbringen. Aber das ist mir dann gleichgültig. Auch, ob du und deine Kinder dann in Armut leben und betteln gehen müsst!«

»Ich bin gekommen, um Frieden mit Euch zu schließen«, sagte Selina bitter. »Mit dem Vater meiner Mutter. Und Ihr zeigt mir immer noch Feindschaft. Ihr seid noch schlechter, als ich bisher dachte.« Sie musterte ihn mit steigendem Zorn. »Aber ich bin nicht allein deshalb gekommen, sondern um Euch zu warnen! Ihr solltet Euch in Zukunft eines anderen Tones gegenüber der Gattin meines Oheims befleißigen, wenn Ihr nicht Gefahr laufen wollt, völlig aus der Gesellschaft ausgestoßen zu werden. Ihr verachtet sie, behandelt sie wie eine Dienstmagd, aber jedes Haar von ihr ist mehr wert als Ihr! Alessandro hat auf meine Bitte hin geschwiegen, aber wenn Ihr diese unverdiente Gnade nicht zu schätzen wisst ...«

Santini hatte sie zuerst sprachlos angesehen, aber jetzt wurde er tiefrot im Gesicht. »Du wagst es, so mit mir zu sprechen?« Er machte einen Schritt auf sie zu, hob die Hand, aber in diesem Moment wurde die Tür aufgestoßen, und Alessandro trat herein. Sein Blick ging vom alten Bene zu Selina, die sich überrascht zu ihm umgewandt hatte, dann war er mit zwei Schritten neben ihr.

»Was soll das?«, donnerte er Santini an, der mitten in der Bewegung erstarrt war. »Anstatt froh und dankbar zu sein, dass man Euch gnädig davonkommen lässt, wagt Ihr es auch noch, die Hand gegen meine zukünftige Gattin zu erheben? Wahrhaftig, alter Mann, wenn Euer Haar nicht schon weiß wäre, würde ich jetzt mein Schwert ziehen und Euch für Eure Frechheit erschlagen wie einen tollen Hund!«

»Mich erschlagen?« Der Alte lachte höhnisch auf. »Wegen dieses lügnerischen Weibstücks? Sie hat uns alle betrogen und an der Nase herumgeführt wie Narren! Aber Ihr wusstet es vermutlich schon lange.«

Der alte Bene trat einen Schritt vor. »Ihr wart wohl klüger als wir anderen und habt auf das richtige Pferd gesetzt!« Er nickte. »Ja, ja, deshalb also! Daher Euer Interesse an der falschen Gesellschafterin, worüber ich mich schon von Beginn an wunderte!«

»Wundern solltet Ihr Euch nur über Eure eigene Berechnung«, sagte Alessandro scharf.

»Wollt Ihr es etwa jetzt so darstellen, als läge Euch nichts an der Mitgift meiner Enkelin? Nun, so kann ich Euch versichern, großartiger Alessandro, dass sie auch keinen einzigen Denar von mir erhalten wird!«

»Behaltet Euer Geld.« Alessandro nahm Selina am Arm und wollte den Raum verlassen, als ihn die vor Hohn triefende Stimme Santinis aufhielt. »Dann rechnet Ihr also auf ihr Vermögen! Ha! Das besteht nur aus einer kleinen Mitgift, kaum der Rede wert! Hattet Ihr gedacht, damit Eure Schulden und Euer gutes Leben zu finanzieren? Dann werdet Ihr enttäuscht sein! Meine Tochter hat durch ihre zweite Heirat alles verloren. Das Vermögen fiel an die Familie ihres ersten Gatten zurück!«

Alessandro zuckte spöttisch mit den Achseln. »Dann werden wir wohl mit dem auskommen müssen, was ich selbst besitze.« Er legte den Arm um Selinas Schultern und verließ mit ihr den Raum. In der Tür wandte er sich kurz um. »Und Ihr wagt es nie wieder, meine Gemahlin zu bedrohen, wenn Euch Euer Leben lieb ist.«

Er zog Selina weiter, die Treppe hinunter, durch die Halle und hinaus auf die Straße, wo sein Diener mit den Pferden wartete. Dort hob er Selina in den Sattel und sprang selbst auf.

»Denkst du über seine Worte nach?«, fragte sie, nachdem Alessandro fast eine halbe Stunde seltsam still neben ihr hergeritten war.

Er hatte vor sich auf den Weg gestarrt, wandte jetzt jedoch den Kopf und sah sie erstaunt an. »Wovon sprichst du?«

»Von dem, was er über meine Mitgift gesagt hat.«

Das bekannte Blinzeln erschien in seinen Augen.

»Nun, wenn ich ehrlich bin, so habe ich tatsächlich soeben über Geld nachgedacht. Und wenn du so wenig besitzt, wie er sagt, dann werden wir eben von der Liebe und der Luft leben, *madonna mia*. Das müssen andere auch.«

»Nun, so arm bin ich nicht«, erwiderte Selina. »Ich fürchte, ich habe ihn auch darin belogen.«

Ein Lächeln erschien auf Alessandros Gesicht. »Tatsächlich? Nun, sage mir, meine Liebste, wenn ich dich heirate – über welches Vermögen verfüge ich dann wirklich?«

»Wenn du mich heiratest, gehört mein ganzer Besitz dir, Alessandro«, erwiderte Selina ernst. »Mein Heim ist nicht so reich ausgestattet wie die Landvilla, in der du jetzt lebst, aber wir können es ganz gewiss sehr gemütlich einrichten und Umbauten vornehmen, wenn du das willst. Meine Bauern arbeiten fleißig und zahlen pünktlich ihre Pacht und …«

»Hast du auch Kühe, Selina?«, unterbrach sie Alessandro erheitert.

»Sehr viele Kühe sogar. Und Schweine und Gänse. Pferde, Hunde …«

»Du hast dich ganz gewiss bezaubernd ausgemacht beim Kühemelken«, lachte er amüsiert. »Aber ich glaube nicht, dass ich mich zum Bauern eigne. Außerdem will ich hier mit dir leben.«

»Dann werden wir eben die Kühe und alles andere verkaufen.« Sie sah ihn forschend an und lenkte ihr Pferd ein wenig näher zu seinem. »Alessandro«, sagte sie so leise, dass der hinter ihnen reitende Luciano sie nicht verstehen konnte, »du weichst mir aus, weil ich von deinen Schulden rede, aber ich sorge mich um dich.«

»Das musst du nicht, meine liebe Braut. Jetzt, wo wir Schweine züchten können, habe ich keine Furcht mehr, dass wir Hungers sterben werden.«

Selina, die sich bisher immer geschworen hatte, niemals zuzulassen, dass ein Mann über sie oder ihren Besitz verfügen konnte, wünschte nun nichts sehnlicher, als Alessandro alles zu geben, was sie besaß. »Du machst dich über mich lustig, ich weiß, aber ich bin keine Bäuerin. Ich habe ein Anwesen geerbt und dazu gehören viele Morgen Land und die Leute, die darauf leben.«

Alessandro hielt unwillkürlich sein Pferd an. »Du besitzt ein Landgut?«

»Und dazu noch eine kleine Burg. Sowie die Ländereien, für die meine Bauern mir Pacht und Steuern bezahlen.«

Alessandro trieb sein Pferd kopfschüttelnd wieder an. »So heirate ich also doch eine reiche Frau! Das Schicksal meint es wahrhaftig gut mit mir!«

»Du sollst jetzt ernst sein«, sagte Selina ungehalten.

Er lachte. »Sei nicht so streng mit mir, meine liebste Mondgöttin! Wie kann ich denn ernst sein bei dieser guten Nachricht! Außerdem – habe ich dir nicht gesagt, dass du dich nicht um mich sorgen musst?«

»Aber …«

»Still jetzt, meine süße Selene.« Alessandro hielt sein Pferd an, beugte sich herüber und verschloss ihr den Mund mit einem Kuss.

Hochzeit

»Wann wird die Heirat sein?«, fragte Selina, als Alessandro sie einige Tage später im Hause seiner Mutter aufsuchte. Sie gingen im Garten auf und ab, um allein zu sein und sich ungestört unterhalten zu können.

»Wenn es nach mir ginge, schon morgen«, erwiderte er voller Ungeduld, »aber die Astrologen und Mönche, die meine Mutter gebeten hat, einen günstigen Tag für die Feier auszusuchen lassen uns noch drei Wochen warten!«

»Aber Alessandro«, lachte Selina. »Drei Wochen braucht man doch ohnehin für die Vorbereitungen! Deine Mutter will eine große Hochzeit haben, so wie es damals bei deinem Vater und ihr war, und mein Großvater …«, sie zuckte mit den Achseln, »der wird sich schon der Leute wegen vermutlich ebenfalls nicht lumpen lassen. Schließlich hat er ja jetzt doch bekommen, was er wollte.«

»Es ist vollkommen bedeutungslos, was er will oder wollte«, erklärte Alessandro finster. »Es ist für mich schon schlimm genug, dass er überhaupt bei der Hochzeitsfeier anwesend sein wird.«

»Ich möchte nicht, dass die Leute über ein Zerwürfnis sprechen«, sagte Selina sanft. »Das schadet der Familie. Es wäre nicht recht, Fiorina und meinen Oheim darunter leiden zu lassen.«

»Gewiss.« Alessandro klang gleichgültig.

Selina zog ihren zukünftigen Gatten neben sich auf eine Steinbank. »Deine Mutter hat mir erklärt, es sei so üblich, dass der Ringwechsel im Haus des Vaters erfolgt. Da du es jedoch abgelehnt hast, Santinis Haus noch einmal zu betreten, meinte sie, dieses Ereignis würde hier stattfinden. Es scheint mir überhaupt alles ein wenig kompliziert zu sein«, fuhr sie fort. »Zuerst die Verhandlungen zwischen den Notaren, um den Ehevertrag und die Ausstattungsliste aufzusetzen, dann das Heiratsversprechen in der Kirche vor vielen Zeugen …«

Alessandro nickte. »Deine Familie wird anwesend sein und ebenso meine, allerdings nur die nächsten Verwandten, was aber immerhin ungefähr zwanzig Leute ausmacht.«

»Während ich aber nicht dabei sein werde …«

»Nein. Erst beim Ringwechsel hier im Hause meiner Mutter.«

»Und dann?«

»Dann«, antwortete Alessandro seufzend, »muss ich noch warten bis zum Hochzeitsfest, das eben in drei Wochen stattfindet. Üblicherweise im Haus der Brauteltern, in unserem Fall jedoch hier. Und dann erst, meine liebste Mondgöttin, kann ich dich endlich in mein Haus bringen, wo du schon längst hingehört hättest.«

»Dein Haus?«, fragte sie erstaunt. »Du hast mir einmal erzählt, es wäre dir von einem Freund überlassen worden und gehörte dir nicht.«

»Inzwischen habe ich es erworben. Nicht sehr teuer«, fügte er hastig hinzu, als er ihr Gesicht sah, »es war fast ein Geschenk.«

Selina, der nichts mehr am Herzen lag, als zu verhindern, dass ihr Liebster und zukünftiger Ehemann im Schuldgefängnis landete, gelang ein Lächeln, das so unglücklich ausfiel, dass Alessandro ihre Hand nahm.

»Du willst doch dort mit mir leben? Oder etwa nicht, meine bezaubernde Mondgöttin? Sollte dir dieses Haus nicht zusagen, so nehmen wir eben ein anderes, das du selbst aussuchst. Allerdings ...«, er zog ihre Hand an seine Lippen, »war es dort das erste Mal, dass ich dich in den Armen halten konnte und ich dank dir glücklichere Stunden verleben durfte, als ich mir jemals hätte träumen lassen. Und ich möchte, dass es so bleiben soll. Das Haus hat mir Glück gebracht.«

»Doch«, beeilte sich Selina zu antworten, »doch, ich möchte in diesem Haus leben. Auch ich fühle mich dort sehr glücklich.« Ihr Lächeln wurde weich, sehr zärtlich und vielversprechend, und Alessandro fand es unmöglich, sich nicht zu ihr herüberzubeugen. Da er jedoch sehr wohl wusste, dass seine Mutter ein achtsames Auge auf sie beide hatte, küsste er Selina nur sittsam auf die Stirn.

»Ach, wie schön hatten wir es doch zuvor, ehe unsere Beziehung bekannt und achtbar wurde, meine wunderbare Selene.«

* * *

Vier Tage vor der eigentlichen Hochzeitsfeier fand im Hause von Alessandros Mutter der Ringwechsel statt. Selina hatte zu ihrer größten Überraschung von Alessandro ein Hochzeitskleid geschenkt bekommen, das alles übertraf, was sie jemals an Kleidern besessen hatte. Es war weiß, über und über mit Perlen bestickt und mit Goldfäden durchwirkt und so prächtig, dass sie, die bisher niemals am Geld gehangen und keinen Gedanken daran verschwendet hatte, insgeheim auszurechnen versuchte, welch ein Vermögen es ihren Bräutigam gekostet haben mochte. Dazu hatte er ihr durch seine Mutter mehrere perlenbestickte Bänder für ihr Haar geschickt, und als Selina nun kurz vor der Zeremonie zu ihm in den festlich geschmückten Saal trat, kam er auf sie zu und legte ihr die traditionelle Perlenkette um den Hals.

»Aber Alessandro«, flüsterte sie überwältigt, »das ist doch alles viel zu kostbar und zu teuer.«

Alessandros Stimme klang weich. »Habe ich dir nicht schon einmal gesagt, dass für meine Mondgöttin nichts zu kostbar ist?«

»Können wir uns das überhaupt leisten? Ich würde das Kleid gern behalten, als Erinnerung …«

Er sah sie verblüfft an, dann lachte er. »Dachtest du, ich würde dir dieses Kleid zuerst schenken und es dann wenige Tage später zum *rigattiere*, zum Trödler tragen, um damit meine Schulden zu bezahlen?«

Selina senkte verlegen den Kopf. Er legte ihr die Hand unter das Kinn und hob ihr Gesicht empor. »Meine süße Selene, du denkst also immer noch, dass ich dein Geld nehmen würde, um meine Schulden zu begleichen? Haben sich die bösen Worte deines Großvaters dir tatsächlich so unauslöschlich eingeprägt?«

»Du hast nicht widersprochen, als er damals im Garten der Medici von deinen Schulden redete«, erwiderte sie ernst, »auch wenn du das Geld, das er dir gab, an dieses Hospiz weitergegeben hast. Aber es ist so, Alessandro: Ich habe meinen Bauern niemals mehr genommen, als sie geben können, und möchte nun nicht das aus ihnen herauspressen, was sie zum Leben brauchen, nur um selbst teure Kleider tragen zu können.«

»Du sorgst dich um deine Bauern«, sagte Alessandro mit einem seltsamen Ausdruck in den Augen.

»Ich kenne sie alle seit meiner Kindheit. Ich habe gesehen, wie sie heirateten, selbst Kinder bekamen und wie sie ihre Eltern begruben.«

»So habe ich das bisher nicht gesehen«, murmelte er nachdenklich. »Bis zu diesem Moment dachte ich, deine Sorge gelte mir und meinen Schulden, dabei ging es dir um das Wohl deiner Bauern. Dachtest du, ich würde die Steuern mit der Peitsche eintreiben, um hier im Luxus zu schwelgen?«

»Nein«, schüttelte Selina heftig den Kopf, »natürlich nicht. Welch ein Unsinn! Verzeih, wenn es so klang und ich dich damit gekränkt haben sollte, es ist nur …«

»Das hast du nicht«, sagte Alessandro liebevoll. »Im Gegenteil, es gefällt mir, dass du um diese Leute besorgt bist, Selina. Du bist wahrhaftig genau die Frau, die ich immer wollte. Aber«, er beugte sich über sie und küsste sie zart, »es gibt nichts, worüber du dich sorgen musst, glaube mir.«

Eine Stunde später stand Selina im großen festlichen Saal, trug den kostbaren Siegelring der Barenzas an der Hand und in den Augen ein Leuchten, das mit den Kerzen wetteiferte. Auch ihr Großvater war der Sitte entsprechend anwesend und stand mit verkniffenem Gesicht dabei, als der Notar den Heiratsvertrag vorlas. Er hatte, um das Gesicht zu wahren, Selina doch einiges an Kleidern, Stoffen, Haarbändern und Perlen in die Ehe mitgegeben. Selina, die wusste, dass die Santinis noch reicher waren, als sie sich nach außen hin den Anschein gaben, frohlockte insgeheim, konnte sie doch nun ihren Gatten noch weitaus mehr unterstützen, als es ihr ohnehin schon möglich gewesen war.

Als dann jedoch Alessandros Liste für das Heiratsgut vorgelesen wurde, machte nicht nur der alte Santini, sondern auch Selina und Fiorina, die in einem kostbaren und sehr festlichen Kleid etwas im Hintergrund stand, große Augen. Die Liste war nicht nur mehr als doppelt so lang wie jene des Großvaters, sondern umfasste Kostbarkeiten, von denen Selina bisher nicht einmal geträumt hatte.

Als der Notar geendet hatte, hob Alessandro die Hand. »Bevor wir fortfahren, muss ich Ihnen gestehen, Bene Santini, dass ich mich, was den Ehevertrag betrifft, nicht an den zwischen Ihrem Notar und *messere* Agostino vereinbarten gehalten habe. Er schien mir für meine zukünftige Gattin nicht angemessen.« Ehe Santini jedoch den Mund aufmachen konnte, um heftig zu widersprechen, hatte Alessandro dem Notar schon ein Zeichen gegeben, und dieser fuhr mit der Verlesung des Vertrages fort.

Zu Selinas größter Überraschung sah er ausdrücklich vor, dass all ihr in die Ehe gebrachtes Hab und Gut sowie die von ihrem Gatten gemachten Geschenke, darunter auch das noch zu übergebende Heiratsgut, unwiderruflich in ihrem Besitz verblieben und sie ganz nach ihrem Ermessen darüber verfügen konnte. Sie sah Alessandro erstaunt an, wollte etwas sagen, schwieg jedoch, als er leise den Kopf schüttelte. Es war auch später noch Zeit genug, darüber zu sprechen.

»Alles gut und schön«, ließ sich Santini vernehmen, als der Notar geendet hatte. »Eine sehr eindrucksvolle Heiratsgutliste und ein Vertrag, der meiner Enkelin Rechte und ein Vermögen einräumt, über die eine Frau niemals verfügen sollte, da es weder ihrer Bestimmung noch ihren Fähigkeiten entspricht, größere Güter zu verwalten. Aber mir kann das ja gleichgültig sein. Dennoch erscheint es mir in großem Maße seltsam, dass ein Mann, von dem alle Welt weiß, dass er kein Vermögen besitzt, sondern nur Schulden hat, Sachen auf eine Heiratsgutliste setzt, die er sich niemals leisten kann.« Er musterte Alessandro scharf, der ruhig dastand, ein leichtes Lächeln auf den Lippen.

»Ich hatte Eure Zweifel schon vorhergesehen, Bene Santini«, erwiderte er gelassen. »Und habe mir erlaubt, das Heiratsgut nicht gleich in unser zukünftiges Heim schaffen zu lassen, sondern hier, vor Euren kritischen Augen, auszubreiten.‹ Auf seinen Wink hin trugen mehrere Diener große Truhen herein.

Alessandro deutete darauf. »Das ist das Gut, das ich meiner zukünftigen Gattin übergebe. Überzeugt Euch selbst, dass alles, was auf der Liste angeführt wurde, auch vorhanden ist.«

Der alte Santini zögerte nicht lange und öffnete die erste Truhe. Sie war voll mit edlen Stoffen. Als er jedoch die zweite Truhe ebenfalls untersuchen wollte, trat zu Selinas Verblüffung Fiorina vor. Ihre Stimme klang leise, aber bestimmt. »Ich bitte Euch, *messere*, haltet ein. Ihr entwürdigt damit die heutige Feierlichkeit, wenn Ihr den zukünftigen Gatten meiner Nichte und Eurer Enkelin der Lüge und des Betrugs bezichtigt. Und das tut Ihr, indem Ihr diese Geschenke prüft. Alessandro di Barenza ist überall als Ehrenmann bekannt, dessen Wort noch nie in Zweifel gezogen wurde. Ihr bringt Schande über unsere Familie, wenn Ihr der Erste seid, der ihm diese Beleidigung zufügt.«

Selina hatte bei diesen Worten unwillkürlich nach Alessandros Arm gegriffen. Er trat zu Fiorina, um ihre Hand zu küssen. »Ich danke Euch für Eure Worte, *madonna.* Anmutiger und liebenswürdiger ist meine Ehre wohl noch nie verteidigt worden. Aber glaubt mir, Euer Schwiegervater kann mich durch sein Misstrauen nicht beleidigen.«

Der alte Santini hatte die nächste Truhe nicht mehr geöffnet, ließ Alessandro jedoch nicht aus den Augen. »Ich verstehe etwas von Stoffen, Alessandro di Barenza. Und diese hier stammen aus fernen Ländern. Es sind Stoffe von jener Art, wie sie nur das Handelshaus Bernacci in unsere Heimat bringt. Wie kommt es, dass Ihr hier Waren in einem Werte verschenkt, der kaum erschwinglich ist? Bernacci handelt nur mit den ausgesuchtesten und kostbarsten Gütern, aber er lässt sie sich auch teuer bezahlen.«

»Mir hat er sie jedoch kostenlos überlassen«, erwiderte Alessandro mit einem leichten Lächeln.

»Ein Geschenk?«, fragte Santini lauernd und Selina wusste, dass er daran dachte, mit der Hilfe seines Schwiegerenkels ähnliche und weitere Kostproben von Bernaccis Großzügigkeit herauszuholen.

»Kein Geschenk«, sagte Alessandro. »Ebenso wenig, wie ich mich selbst beschenke, wenn ich eine Goldmünze von meiner rechten Jackentasche in die linke stecke.«

Auf seine Worte hin herrschte Schweigen, weil viele der Anwesenden nicht sofort in der Lage waren, deren tieferen Sinn zu erfassen.

Dann lachte Fiorina, die sich am schnellsten gefangen hatte, hell auf. »So seid Ihr es selbst!«, rief sie und schlug entzückt die Hände zusammen. »Ihr selbst, Alessandro, seid der geheimnisvolle Nachfolger des verstorbenen Händlers! Oh, wie ich mich für Euch und meine liebe Selina freue!«

* * *

»Du bist also tatsächlich der Besitzer des Handelshauses Bernacci?« Selina konnte immer noch nicht fassen, was sie beim Ringwechsel gehört hatte. Alessandro war es gelungen, sie heimlich in den Garten zu ziehen, nachdem die Gäste das Haus verlassen und seine Mutter sich zur Ruhe begeben hatte. »Und du hattest es niemals notwendig, eine Frau wegen ihres Geldes zu heiraten!« Sie standen hinter einigen Sträuchern und Alessandro hielt sie im Arm.

»Nun«, er lachte leise in ihr Haar, »Geld kann wohl niemals schaden. Und in deinem Fall ist es wohl noch eine angemessene Dreingabe.« Selina legte den Kopf zurück und er begann, ihr Gesicht zu küssen. »Eine Art Versöhnungsgeld für die Komödie, die du mir vorgespielt hast«, sagte er dabei. »Und für die herzlose Art, in der du mir davonlaufen wolltest. Und für die Ohrfeige, die ich von dir erhalten habe. Und die vielen zukünftigen Plagen, die ich mit einer Frau wie dir noch werde erdulden müssen.«

»Weshalb hast du es niemandem gesagt?«, fragte Selina in seine Küsse hinein.

»Weil ich zuerst keine Lust hatte, von Freunden umgeben zu sein, die an meinem Reichtum teilhaben wollten. Und später wollte ich einfach nur dich haben. Außerdem – du hast mir eine Komödie vorgespielt und ich dir ebenfalls.«

»Und weshalb hast du diesen Vertrag aufsetzen lassen, der besagt, dass mein Vermögen mir allein gehört?«

Alessandro nahm sie fester in die Arme. »Weil ich dich so will, wie du bist, meine Mondgöttin«, sagte er zärtlich. »Unabhängig. Selbständig. Und … ein bisschen eigensinnig.«

* * *

Am Tag des Hochzeitsfestes arbeiteten die Diener und Dienerinnen schon seit den frühen Morgenstunden daran, Tische und Sessel in den Garten zu schleppen. Farbige Zelttücher wurden über die Tafeln gespannt und Teppiche über den Rasen gebreitet. Die Tische selbst wurden mit den feinsten Leinentüchern belegt, kostbares Geschirr stand darauf und Selina, die selbst im Haus der Medici nicht solche Verschwendung gesehen hatte, besah sich alles, staunte und konnte kaum fassen, dass der sonst so bescheiden auftretende Alessandro tatsächlich darauf bestanden haben sollte, ein Fest in solcher Pracht auszurichten. Seine Mutter zuckte nur mit den Schultern, lächelte vielsagend und schwieg.

Der alte Santini ließ sich wohlberaten sein, beim Hochzeitsfest eine gute Miene zu zeigen. Auf Selinas Komödie angesprochen, schüttelte er lediglich immer nur den Kopf und gab einige nichtssagende Worte über romantischen Unsinn von sich, den die jungen Leute heutzutage im Kopf hätten. Alessandros Mutter gegenüber zeigte er sich ausgesucht höflich, während er seiner Enkelin und deren Gatten auswich. Insgesamt konnte er mit dem Ausgang letzten Endes wohl doch zufrieden sein. Seine Enkelin hatte der Familie nicht nur Zugang zu den besten Florentiner Kreisen verschafft, sondern auch die langersehnte Verbindung zum Handelshaus Bernacci hergestellt, und das in einer Weise, von der er zuvor nicht einmal zu träumen gewagt hätte. Alessandro hatte zwar keinen Zweifel offen gelassen, dass der Großvater seiner Frau kein willkommener Gast in seinem Hause war, hatte sich jedoch dem Wohl der Familie gegenüber großzügig gezeigt und sich bereit erklärt, mit Selinas Oheim alle jene Geschäfte zu tätigen, die den Santinis jenen Gewinn versprachen, auf den der Alte schon immer versessen war.

* * *

Das Fest war noch nicht zu Ende, die Leute saßen noch bei Tisch, aßen, tranken und lachten, als Alessandro sein frisch erworbenes Eheweib heimlich fortzog. Er führte sie zum anderen Ende des Gartens, an dem hinter einer kleinen Pforte Luciano mit einer Sänfte für Selina und einem Pferd für Alessandro wartete. Zwei Fackelträger standen bereit und warteten, bis Alessandro seiner Gattin in die Sänfte geholfen hatte.

»Wohin bringst du mich?«, fragte sie mit erwartungsvollem Lächeln. Das Fest war schön gewesen, es hatte ihr Spaß gemacht, jeder hatte sie liebenswürdig behandelt. Mit großer Befriedigung sah sie, wie die Leute über die Pracht staunten, mit der Alessandro und seine Mutter die Feier begangen hatten. Es hatte sich inzwischen schon herumgesprochen, dass er nicht der verarmte Adelige war, der um eine reiche Frau werben musste, und Selina vermutete, dass all der Aufwand, den er hier entfaltete, auch dazu diente, jeden wissen zu lassen, dass er Selina nicht ihrer Mitgift wegen geheiratet hatte.

»In unser Landhaus, meine süße Mondgöttin. Ich habe keine Lust mehr, das Ende der Feierlichkeiten abzuwarten. Üblicherweise dauern diese Feste mehrere Tage und das geht weit über meine Geduld.«

Selina, die ebenso empfand, lehnte sich zufrieden in die weichen Polster zurück, während Alessandro den Vorhang schloss und auf sein Pferd stieg.

Daheim angekommen, hob er seine junge Frau aus der Sänfte, trug sie, wie schon früher, ins Haus hinein und hielt erst an, als er das Schlafzimmer erreicht hatte. Dort legte er sie sanft auf das große Bett. Selina, vom Fest und vom Wein ermüdet, streckte sich gähnend und zog ihn dann zu sich.

»Du solltest jetzt ruhen, meine Liebste«, sagte Alessandro zärtlich, als sie mit halb geschlossenen Augen nach seinem Gürtel griff.

»Aber dies ist doch meine erste Nacht als verheiratete Frau.«

»Keine Nacht mehr, *mia dolce sposa*«, flüsterte Alessandro an ihrer Wange. »Der Morgen graut schon und die ersten Vögel beginnen mit ihrem Gesang.« Er half ihr, das schwere gold- und perlenbestückte Kleid abzulegen, und breitete dann eine leichte Decke über sie. Ein Kerzenleuchter brannte auf dem kleinen Tisch und er blies alle Kerzen bis auf eine aus, bevor er sich ebenfalls auskleidete und neben sie unter die weichen Laken schlüpfte.

Selina drückte ihn, kaum dass er sich neben ihr ausgestreckt hatte, in die Kissen, glitt über ihn und begann, ihn zu küssen. Zuerst sein Gesicht, dann seinen Hals, seine Schultern. Seine Haut schmeckte gut auf ihren Lippen, vertraut und immer wieder erregend. Sie beschäftigte sich ausgiebig mit seinen Brustwarzen, fuhr mit den Fingerspitzen durch das gekrauste Haar auf seiner Brust, schob dann die Decke weg und glitt weiter hinab.

Sie bemerkte, dass ihre Zärtlichkeiten ihn nicht gleichgültig gelassen hatten, und verstärkte eifrig ihre Bemühungen um ihren frischgebackenen Ehemann, der ihre Anstrengungen mit zunehmender Härte belohnte. Die Müdigkeit war vollkommen von ihr abgefallen und sie ließ soeben ihre Zunge um die Spitze seines Glieds kreisen, als ihr plötzlich etwas einfiel. Sie setzte sich ein wenig auf und sah Alessandro im Schein der Kerze aufmerksam an.

»Was ist, meine Göttin der Liebe?«, fragte dieser enttäuscht. »Weshalb hörst du auf?«

»Weil ich lieber den Teufel in die Hölle schicke, als eine Lanze mit den Lippen zu kosten«, erwiderte sie lächelnd.

Er zog sie leise lachend neben sich. »Woher hast du diesen Ausdruck?«

»Ich habe gehört, wie sich heute auf dem Fest einige Männer unterhielten. Über Lanzenstechen und andere Vergnügungen des Liebeslebens.« Sie streichelte über seine Brust und sagte: »Ihr hier in Florenz scheint viele seltsame Ausdrücke für die Freuden der Liebe zu haben. Wobei mir jedoch Psalmen rezitieren am wenigsten auffällig erscheint und am friedlichsten.«

»Dann sag mir, wie du es heute willst, meine süße Frau«, murmelte Alessandro an ihren Lippen.

»Alle Arten, die dir nur einfallen«, flüsterte sie zurück.

Als er jedoch hinuntergriff und ihre fest geschlossenen Beine auseinanderdrücken wollte, um sich zwischen ihre Schenkel zu legen, fand er unerwarteten Widerstand.

»Ich hätte gern mit dem Lanzenstechen angefangen, meine Mondgöttin«, sagte er erstaunt und ungeduldig zugleich. »Allerdings …«

»Dann musst du mich bitten.«

Alessandro starrte sie an. »Ein Ehemann seine Gattin bitten?«

»Bitten«, wiederholte Selina lächelnd, die wusste, dass seine Leidenschaft bereits so weit fortgeschritten war, dass er nun entweder mit Gewalt nehmen würde, was er wollte, oder nachgeben. Sie fand beide Möglichkeiten gleichermaßen wünschenswert und wartete gespannt und innerlich vor Erregung bebend darauf, wie er reagieren würde. So rücksichtsvoll und zärtlich Alessandro zu gewissen Zeiten auch sein konnte, so war er doch kein sanftmütiger, nachgiebiger Mann, sondern einer, der gewohnt war, das zu bekommen, was er wollte.

Nun lag er halb auf ihr, sah sie mit der wohlbekannten Falte zwischen den Augenbrauen an und rührte sich nicht. Um ihm die Entscheidung zu erleichtern und endlich das zu bekommen, was sie sich ersehnte, griff sie an sein hartes Glied, das sich in ihren Schenkel bohrte. Sie streichelte darüber, verstärkte den Druck ihrer Finger und sah, dass Alessandros Augen dunkler geworden waren, brennender. »Rache, Selina?«

»Nein«, hauchte sie, selbst schon so voller Erwartung, ihn in sich zu spüren, dass ihre Hände zitterten. »Nur Neugier.«

»Dann sollst du deinen Willen haben«, flüsterte er. »Bitte. Bitte, meine Geliebte, lass mich in dir vergehen.«

Selinas Beine gaben seiner Hand nach und er glitt

zwischen ihre Schenkel. Anstatt jetzt jedoch sofort ungeduldig in sie zu dringen, beugte er seinen Kopf zu ihr hinunter, küsste sie, spielte mit ihren Lippen, während er den Druck seines Gliedes so unendlich langsam verstärkte, dass sie kaum noch wusste, wie sie die unerfüllte Lust ertragen sollte. Endlich war er ganz in ihr, stützte sich neben ihr auf und küsste sie endlos lange, bis sie atemlos war.

»Das, meine Selene, ist Psalmen rezitieren«, murmelte er an ihrem Mund. »Gefällt es dir?«

Selina nickte nur mit halbgeschlossenen Augen, fuhr mit den Fingern durch sein Haar, streichelte seinen Rücken und genoss die Berührung seiner Haut auf der ihren.

»Gut, dann können wir jetzt weitermachen. Denn das …«, er hob sich aus ihr und stieß mit einer Heftigkeit zu, die sie leise aufschreien ließ, »… das ist Lanzenstechen.« Er stieß wieder zu. Selina wand sich unter ihm, bäumte sich auf, als ihre Leidenschaft sich zwischen ihren Schenkeln sammelte und dann ihren ganzen Körper ergriff. Mit einem Aufstöhnen erreichte auch Alessandro den Höhepunkt seiner Lust und sank dann mit einem Aufatmen auf sie. Sie legte die Arme um ihn, fühlte seinen Körper, der sie schwer auf das Bett drückte. Er bog den Kopf ein wenig zurück, um sie ansehen zu können.

»Und jetzt haben wir den Teufel in die Hölle geschickt.«

Selina lachte leise, schlang ihre Arme fester um ihn und schloss die Augen.

* * *

Als sie einige Stunden später aufwachte, lag sie allein im Bett. Alessandro hatte die schweren Vorhänge zugezogen, damit sie nicht von der strahlenden Sonne, die durch das geöffnete Fenster schien, geweckt würde. Sie sprang aus dem Bett, hüllte sich in ein Laken und lief auf der Suche nach Alessandro durch das Haus. Sie hatte sich mit Alessandro allein gewähnt, so wie die letzten Male, an denen sie ihn hier aufgesucht hatte, und zog verlegen das Laken enger um sich, als ihr ein älterer Diener auf der Treppe entgegenkam. Dieser zeigte jedoch kein Erstaunen, verbeugte sich nur höflich und geleitete sie zu einer Tür, hinter der sich Alessandros Arbeitszimmer verbarg. Er saß hinter einem großen Tisch, stand jedoch sofort auf und kam ihr mit offenen Armen entgegen, als sie den Raum betrat.

»Meine süße Göttin der Liebe, ich wähnte dich noch im Bett und schlafend. Andernfalls wäre ich nicht von dir fortgegangen, sondern bei dir geblieben, um zu erleben, wie du in meinen Armen aufwachst.«

Sie sah neugierig über seine Schulter. »Was tust du hier?«

»Einige dringende Briefe erledigen, die in den vergangenen Tagen liegen geblieben sind. Meine Geschäftspartner warten auf Antwort. Aber jetzt, wo du hier bist, müssen sie sich wohl noch länger gedulden.«

Selina schloss die Augen und genoss seine Zärtlichkeiten, die sich bald von ihrem Gesicht auf ihren Hals ausdehnten, bis er das Laken von ihren Schultern streifte.

»Wo ist der Schwertkämpfer?«, fragte sie verwundert, als sie sich einige Minuten später aufsetzte und von der kleinen Bank unter dem Fenster, wo sie abermals Psalmen rezitiert und anschließend den Teufel in die

Hölle geschickt hatten, hinaus auf den leeren Innenhof blickte.

»Den habe ich natürlich Lorenzo zurückgegeben«, erwiderte Alessandro mit erstaunt hochgezogenen Augenbrauen. »Oder dachtest du, ich würde auch nur die geringste Konkurrenz bei meiner Frau dulden?«

Ende

Mona Vara

Zur erotischen Literatur kam Mona Vara mehr aus Neugier: um zu sehen, ob sie das, worüber man nicht – oder nur selten – spricht, überhaupt schreiben kann. Und sie fand heraus, dass es für sie keinen Unterschied machte. Denn das Wichtigste beim Schreiben ist für Mona Vara, Figuren zum Leben zu erwecken. Ihnen ganz spezifische Eigenschaften und Charaktere zu geben und ihre Gefühle und Erlebnisse auf eine Art auszudrücken, die sie nicht nur vor Mona Varas Augen, sondern auch vor denen ihrer Leser lebendig werden lässt. Und wenn dies manchmal auch noch zusätzlich mit einem Schmunzeln geschieht, so hat sie ihr Ziel erreicht …

Mona Varas Website: www.mona-vara.cc

Joy Fraser
Schimmer der Vergangenheit
Roman

ISBN 978-3-548-26609-1
www.ullstein-buchverlage.de

Auf einer Reise gerät die nichtsahnende Isabel in einen Zeitsprung und landet gemeinsam mit drei Freundinnen und dem attraktiven Piloten Jack im Frankfurt des 18. Jahrhunderts. Als Isabel in Jack auch noch die große Liebe findet, ist sie hin und her gerissen zwischen der Beziehung zu ihrem Freund in der Zukunft und ihrer Faszination für den starken Beschützer an ihrer Seite.

Tania Schlie

Eine Liebe in der Provence

Roman

ISBN 978-3-548-26642-8
www.ullstein-buchverlage.de

Enttäuscht von ihrer Ehe, kehrt Hanna zurück in die Provence, deren Schönheit und Ruhe bereits in den Sommern ihrer Kindheit eine magische Wirkung auf sie hatten. Während sie versucht, sich über ihre Gefühle klar zu werden, schließt sie Freundschaft mit der Nachbarin Sophie, die ihr vom dramatischen Leben ihrer Mutter erzählt. Hanna folgt den Spuren der lange zurückliegenden Liebesgeschichte, die ihr schließlich hilft, ihr eigenes Leben zu ordnen …

UB406